冬期限定ボンボンショコラ事件

米澤穂信

小市民を志す小鳩君はある日轢き逃げに遭い、病院に搬送された。目を覚ました彼は、朦朧としながら自分が右足の骨を折っていることを聞かされ、それにより大学受験が困難になったことを知る。翌日、警察から聴取を受け、ふたたび昏々と眠る小 枕元には、同じく小市民を志す の「犯人をゆるさない 残されていた。追 さんを 佐内 んは、と い……。小鳩君 部作の掉尾を飾る冬

冬期限定ボンボンショコラ事件

米　澤　穂　信

創元推理文庫

THE SPECIAL BONBON CHOCOLAT CASE

by

Honobu Yonezawa

2024

目次

序　章　小市民空を飛ぶ……9

第一部　狐の深き眠り……17

第一章　置き手紙によると小佐内さんは……19
第二章　わが中学時代の罪……54
第三章　わたしたち本当に出会うべきだったのかな……88
第四章　小鳩くんと小佐内さん……117
第五章　秘密さがしにうってつけの日……152

第二部　狼は忘れない……197
第六章　痛くもない腹……199
第七章　乾いた花に、どうぞお水を……236
第八章　幸運のお星さま……271
第九章　好ましくない人物……298
第十章　黄金だと思っていた時代の終わり……324
第十一章　報い……351
終　章　小市民は空を飛ばない……402
小鳩くん、寝台《ベッド》のうえの人となる／松浦正人　420

冬期限定ボンボンショコラ事件

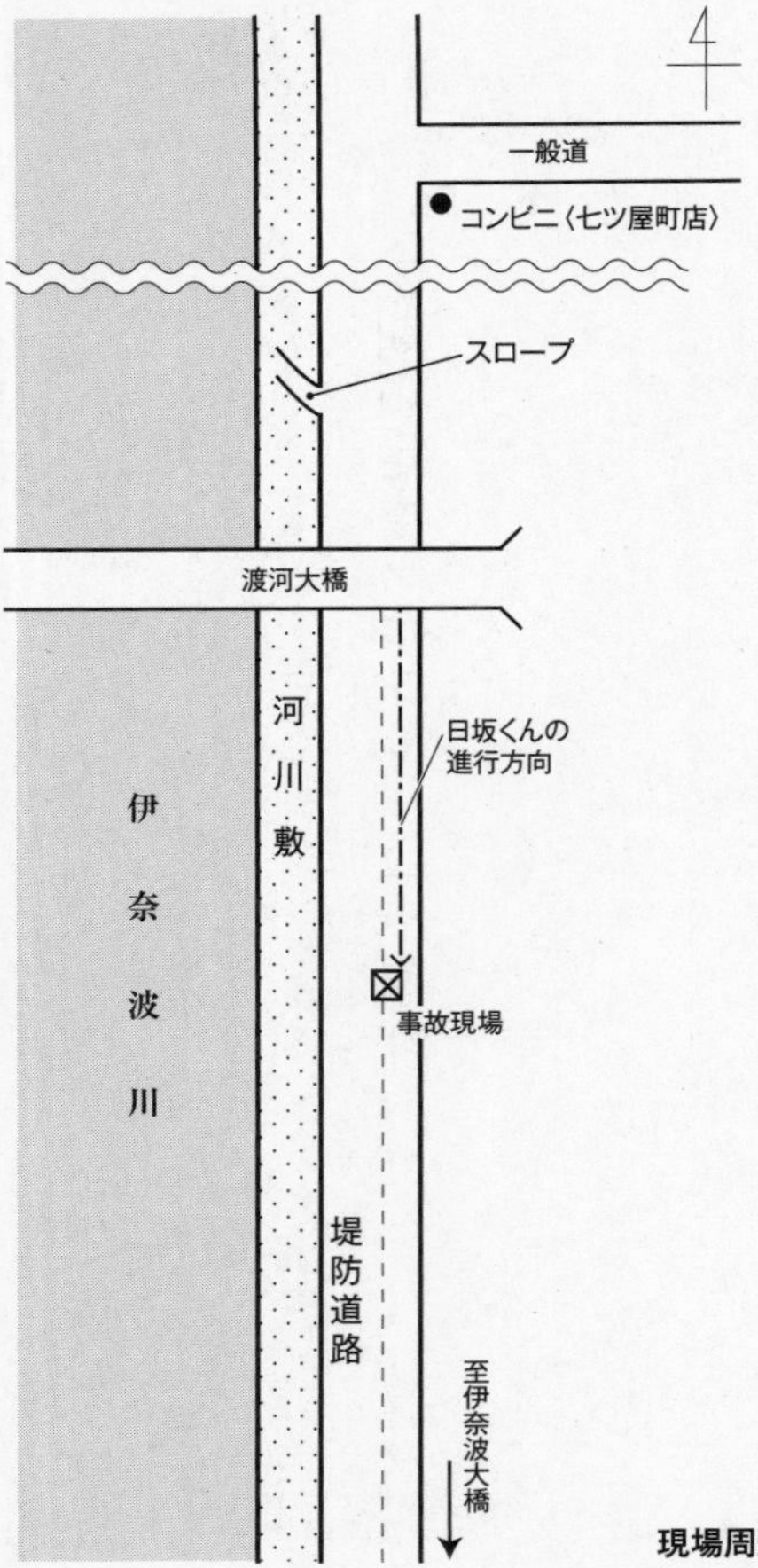

一般道
コンビニ〈七ツ屋町店〉
スロープ
渡河大橋
河川敷
日坂くんの
進行方向
伊奈波川
事故現場
堤防道路
至伊奈波大橋

現場周辺略図

序章　小市民空を飛ぶ

川面《かわも》を冬の風が吹き渡り、枯れたススキが川辺で揺れる。ぼくは、夕暮れ近い堤防道路を歩いている。

道は溶けた雪で濡れている。この街で十二月に雪が降るのは珍しい。昨夜からひとしきり降った雪は、除雪車によって道の両側に押《お》しのけられ、歩道を半ばまで埋めている。そのせいでぼくは車道ぎりぎりを歩くことを強いられていて、ぼくのすぐそばを、車がおっかなびっくりに追い越していく。車道と歩道を隔《へだ》てるのは白線だけで、その線の上に、数メートルおきに短いプラスティックのポールが置かれている。

ぼくの左隣を、ぼくと同じ船戸《ふなど》高校の制服を着た女子が歩いている。前髪を切り揃えたボブカットにクリーム色のイヤーマフをつけていて、背はぼくよりも頭一つ半ぐらいは低い。本人は自分の身長が大台に乗ったと主張していたけれど、その大台がいったい何センチを意味するのか、ぼくは知らない。小佐内《おさない》ゆき——ぼくと同じ、高校三年生だ。

第三者から見れば、ぼくたちは高校入学前から交際をしていて、二年生の夏に別れ、三年生の夏に再び付き合い始めたということになる。実際には、ぼくたちの関係は「交際」の一語よりもう少しだけ複雑だ。ぼくは小佐内さんを助けるし、小佐内さんはぼくを助ける。その互恵《ごけい》関係のために、ぼくたちは一緒にいる。

いま、小佐内さんは何も言わずに、ただ自らが手にしたものをいとおしんでいる。別の表現をするなら、小佐内さんは鯛焼きを食べている。大振りで、あんこがたっぷり詰まっていて、狐色で、薄紙に包まれた鯛焼きを。

この鯛焼きは、学校から徒歩二十分ほど離れ、川を渡った先にある〈おぐら庵〉本店のものだ。放課後、昇降口で落ち合った小佐内さん曰《いわ》く、「今日はとっても寒くて芯《しん》から凍えそうだから、無事に帰るには鯛焼きが必要だと思う。〈おぐら庵〉なら、本店がいちばんだと思う」だそうで、ぼくたちはお店まで連れ立って行ったのだ。

ふたりで甘いものの店に行った場合でも、ふつう小佐内さんは、ぼくも何か注文するべきだとは言わない。なので今日、鯛焼きを買ったのは小佐内さんだけだ。〈おぐら庵〉に寄ったために通ることになった堤防道路で、小佐内さんは鯛焼きを両手に持っている。ふだん小佐内さんは自転車で通学しているけれど、雪が積もった今日は、もこもこのブーツで雪を踏んで歩いている。甘いものを手にしながら小佐内さんが弛緩《しかん》とは程遠い顔つきをしているのは、たぶん寒さに耐えているからだろう。

その横顔を見ながら、ぼくは幾つかのことを考えている。

ぼくたちは高校に進むとき、必要に迫られて行動を共にした。二年生の夏休み、その必要がなくなっていることに気づいて離れ離れになった。それから一年間、ぼくたちはそれぞれ別の「恋人」と時を過ごし、そしていま、再び並んで歩いている。

二年生の夏まで、ぼくたちは相手のことを便利な道具程度にしか思っていなかった。人間の形をして人間の言葉を話し、ときどき面白いことも言う便利な道具――それがいまは、少し違うような気がする。たぶんぼくたちはお互いを、単に便利なだけでなく、貴重でもある道具だと見直したのだろう。

かけがえがないことに気づいた、と言い直してもいい。

少なくとも、必要もないのに二人並んで学校から帰るというのは、以前は見られなかった行動だ。ぼくたちはたしかに、少し変わった。その変化は望ましいものだっただろうか。望ましさなんて何だかわかりもしないのに、答えが出るわけもないけれど。

ただ、小佐内さんとぼくの関係がどのように変わったのであれ、この結びつきはそれほど長く続かない。ぼくも小佐内さんも高校三年生であり、それぞれ進学を希望している。ぼくは名古屋の大学を第一志望にしている――近いので。小佐内さんはどうやら、京都の大学を目指しているようだ。どちらが合格しても、ぼくたちは別々の道を行くことになる。どちらも全て不合格だった場合は、二人ともこの街に残ることになるけれど……さすがにその結末は、まったく望んでいない。だからぼくたちは、もうそれほど長く一緒にはいない。

もう一つ、ぼくはまったく別のことを考えている。その考えを口に出す。

「ずいぶんゆっくりだね」

小佐内さんはさっきから、鯛焼きをほんの少しずつしか口にしない。せっかく焼きたてを買って来たのに、このペースではどんどん冷めていくだろう。小佐内さんは甘いものをこよなく愛し、その摂食速度は一般に、がっつくほど早くはなく、もったいぶるほど遅くもない。それがこの鯛焼きに限って、あきらかに食べるのが遅いのだ。小佐内さんは背びれ側からまた少しだけ鯛焼きをかじって、ぼくを見上げる。

「うん」

「冷めちゃうよ」

「そうね。かなしいことに」

「かぶりつけないほど熱かったの？」

小佐内さんの返事は、少し遅かった。

「そういうわけじゃない」

ぼくはその答えに含意《がんい》を見る。熱くて食べにくいわけではないとしたら、ではどういうわけなのか、小鳩《こばと》くん——小鳩常悟朗《じょうごろう》ならわかるでしょう？　と、小佐内さんは言っている。これは挑発だ。

こうした挑発に、嬉々《きき》として乗ることもあった。いっしょに小市民になろうと約束したのに、どうして人を試すような真似をするのかと腑《ふ》に落ちかねることもあった。いまは、帰り道の他愛ないお遊びに、深刻な意味を見出したりはしない。

実際、小佐内さんが鯛焼きをひどくゆっくり食べているのは何故《なぜ》なのか、このぐらいの謎なら考えるまでもない。あんこが熱すぎて冷めるのを待っている可能性が否定されたのなら、答えなんて一つしかない。

「カイロがわりにしているんだね」

寒いから、小佐内さんはあつあつの鯛焼きで暖を取っているのだ。冷めてしまえば魅力半減だろうから温かいうちに食べたいだろうけど、食べてしまえば指先が冷える。小佐内さんなりに温かさとおいしさのバランスを考慮した結果が、いまのスローペースなのだ。

小佐内さんはちらりとぼくを見て、

「当たり」

とだけ言って、また手の中の鯛焼きを見つめる。もちろんこれぐらいでは賞賛のお言葉をいただけないし、ぼくも、どうだと胸を張る気にならない。小佐内さんにも困ったものだと思いながらも、しあわせそうに食べるなあと、ぼくはちょっと笑う。

ぼくたちの右手では広々とした河川敷《かせんじき》に雪が積もり、左手には雑然とした街並みが広がっている。正面から車が近づいてくる。風が冷たく、ぼくは両手をポケットに入れている。近づく車の運転席で、運転手がマスクをしているのが見える。

……ところで。

いまのぼくは小市民を志《こころざ》し、自分の解きたがりの性格を全面的に良しとは思っていないけれど、以前はヒーローを夢見たこともあった。軽やかに誰かを助け、感謝の言葉はいらねえぜと風の中に去っていく恰好いい存在になれればと空想し、そのためにも誰かが困った目に遭《あ》わないかと考えていたこともあった。小学生の頃の話だ。……いや、中学生になっても、そんな幼い願望は、たぶん心のどこかにあった。

馬鹿だったなあ、と心から思う。いざ他人に危険が迫ってみれば、考えることは、ぼくにとばっちりが来ませんようにということだけだ。諸般の事情でぼく自身を守ることはできそうもなく、その代わり他人だったらまあなんとか助けられそうだとわかった時、ぼくは溜め息をつきたくなった。なんでこんなことをしなくちゃならないのかと、腹立たしいような気持ちにさえなった。それでぼくは、ぼくの左隣を歩く小佐内さんに、肩からぶつかっていった。

小佐内さんは完全に不意を打たれ、堤防道路の斜面によろめき、そのまま一瞬だけ宙に浮いた。ぼくの体当たりで弾《はじ》き飛ばされたことをとっさに理解できなかったらしく、空中で、目をまんまるに見開いている。小佐内さんの手からは鯛焼きも飛んで、小佐内さんよりも遠くに飛んでいく。これはぼくの見間違いだったかもしれないけれど、小佐内さんは一秒かそこらの間に自分がひどいことをされたと気づいて、ぼくを睨《にら》んだ。ぜったいに許さないという意思を込めた、暗く静かな眼差《まなざ》しだった。

小佐内さんに続いて、今度はぼくが空を飛ぶ。冬の重く垂れこめた雲が、視界いっぱいに広がる。

これが最期に見る景色なんて嫌だな、とぼくは思った。

（十二月二十三日　中日新聞　社会面）

十二月二十二日午後四時半ごろ、木良《きら》市で歩行者が車にはねられるひき逃げ事件があり、警察が逃げた車の行方を追っている。警察によるとはねられたのは市内の学校に通う十八歳の高校生で、木良市民病院に運ばれたが意識不明の重体。当時現場は雪が積もっており、市内では他にも複数の事故が起きていた。

第一部　狐の深き眠り

第一章　置き手紙によると小佐内さんは

ぼくは夢を見た。たぶん夢だったのだと思う。

夢の中でぼくは集中治療室にいた。痛みはなかったけれど、このままでは取り返しのつかないことになるというあせりがあった。それなのに体は動かないし、目を開けることもできないのだ。

入れ替わり立ち替わり誰かが来て、ぼくを助けようとしてくれた。手術も受けた。かなしいことにぼくが知っている手術器具はメスと鉗子《かんし》とドレーンだけなので、医師はひたすら、その三つの器具だけを要求していた。

やがて静かになった。昼なのか夜なのかもわからないけれど、あたりには誰もいなかった。ぼくはずっと目を閉じているのに、部屋の様子は見て取れた。一人でベッドに横たわるぼくに、誰かが近づいてきた。ぼくはそれを小佐内さんではないかと思ったけれど、すぐに、そんはなずはないと思い直した。さすがに夢だけあって、その誰かはたちまち小佐内さんではなくなったけれど、では誰なのかは判然としなかった。

その誰かは身動きのできないぼくの耳に顔を近づけ、こう囁《ささや》いた。

「これは報《むく》いだ」

馬鹿なことを！

たしかにぼくは、品行方正とは言えない。仮にもぼくのことを好きだと言ってくれた人に、あなたも最低だったと言わせてしまうような、ろくでもない人間だ。だけど、それにしたってこんな——こんな仕打ちを受けるいわれはない！

と思う。

たぶん。

それとも、もしかしたら、本当に報いなんだろうか。何の理由もなくこんな目に遭う方が、よほど理不尽だ。自分で気づかなかったような致命的な落ち度のせいで、ぼくは命を落としかけたと考える方が、よほど理屈が通っているのではないか。

ちょっと待てよ。命を落としかけた？　本当に？

もう落としてしまったのではなく？

ぼくがまだ生きていると考える理由はあるだろうか。こんなに暗いのに。ここは考えどころだ。さっき、ぼくに近づいたのは小佐内さんでないと考えたら、たしかにそのようになった。つまりこの夢は、ぼくの意思に従っていると考えられる。それなら考えるべきことは一つしかない。

ぼくは生きている。だから、ぼくは生きているという結果が生じる。そのはずだ。

誰かが言う。

「これは報いだ。逃げられるはずがない」

そうかな? いや、やっぱり、そんなことはないと思う。だいたい、何の報いだというんだ。理由を言えるものなら言ってみろ。言えないのなら、そんな難癖には付き合っていられない。これは報いなんかじゃない。だからほら、声が……まともな声が聞こえて来たじゃないか。

知らない女の人の声だ。こう言っている。

「先生。患者さんが目を開けました」

ぼくは五時間近く意識を失っていたらしい。

若く、疲れた顔をした医師が、ベッドに横たわるぼくに訥々《とつとつ》と説明してくれた。

「MRIを撮影しましたが、脳内に出血は見られません。脳震盪《のうしんとう》と考えられます。頭蓋内圧《ずがいないあつ》を測ればより確実ですが、測定はリスクを伴いますし、現時点では脳の損傷を疑う積極的な理由はありませんから、しばらく様子を見ましょう。朦朧《もうろう》としているかもしれませんが、これは次第に恢復《かいふく》していきます」

朦朧としてなんていない、ぼくの意識は鮮明だ……と言いたかったけれど、まあいいかという気分になってしまい、反論はしなかった。ということはやはり、多少はぼんやりしていたのかもしれない。

「体の怪我《けが》の方は、軽いとは言えません。右の大腿骨《だいたいこつ》の骨幹部《こっかんぶ》、つまり真ん中あたりですが……」

と言いながら、医師は自分の太腿《ふともも》をなでる。

「ここが折れています。ギプスで固定して治癒《ちゆ》を待つ方法は非常に長い時間がかかりますし、後遺症も出やすくなりますので、手術をお勧めします。この手術は早ければ早いほどいいので、後ほど同意書をお渡ししますからご検討ください。手術まで足を動かしてはいけません。また、全身を強く打っていますから熱が出てくるはずで、あまりつらいようなら解熱剤《げねつざい》を処方します。肋骨《ろっこつ》の亀裂《きれつ》骨折も見られますが、こちらは様子を見て、痛みがあまり強いようであれば圧迫固定で対応しますが、基本的に手術は必要ないと考えています」

痛みはそれほど感じないけれどと思っていたら、医師は、ぼくの心を読んだように付け加えた。

「いまは鎮痛剤が効いているので、痛みはあまりないかと思います」

鎮痛剤を投与された記憶はなかった。つまり、後でまた痛くなってくるらしい。嫌だなあの一語に尽きる。

実際のところ、医師はぼくだけに説明しているのではない。両親も立ち会っている。父が、完治までにはどれぐらいかかるのか訊く。医師が答える。

「退院まで長くて二ヶ月とお考えください。その後もリハビリは続けることになります。その後は個人差が大きいので一概《いちがい》には言えませんが、あくまで一般的な例で言いますと、松葉杖が取れるまで長ければ半年程度と見込まれます」

来月には入試が始まるのだけれど……。そう思っていたら、母が大学受験は可能か訊いてくれた。医師は、はっきり答えた。

「難しいとお考えください。仮骨《かこつ》形成が不充分な状態で外出すれば、再骨折や、大きな後遺症が残るおそれがあります」

つまりこういうことだ。

ぼくの受験は終わった。まだ、始まってもいなかったのに。


両親はぼくのために、個室を取ってくれた。家族と医師が去り、ぼくは一人になる。部屋は六畳間ぐらいの広さだけれど、どのみち、ぼくはベッドから下りることもできない。壁はクリーム色で、窓にベージュのカーテンがかかっている。ぼくの腕には点滴が繋《つな》がれている。白い天井と点滴バッグを見上げ、ぼくは自分の身に起きたことを整理する。

伊奈波《いなば》川を右手に見ながら堤防道路を下流方向に歩いている最中、ぼくは車に轢《ひ》かれた。

堤防は、国内屈指の暴れ川である伊奈波川の氾濫《はんらん》を押しとどめるため、両岸に造られている。高さは場所によって異なり、いちばん高いところでは三階建ての家を超える。堤防の幅はおそろしく分厚くて、二十メートルか三十メートルはありそうだ。これが川沿いに、何十キロも続いている。

横——街側から見ると、堤防は急斜面で上に向かい、高さ数メートルの地点でいったん平らになる。そこからまた急斜面の上りが続いて、平らなてっぺんに至る。てっぺんは道路だ。その道路を越すと、今度は下りの急斜面、平らな場所、さらに下りと続き、その先は河川敷だ。つまり堤防の断面は、凸の字に似ている。

専門用語で言えば、てっぺんの平らな場所を天端《てんば》、天端の左右にある、一段低く平らな場所を小段《こだん》という。小段の幅は三メートルぐらいだろうか。

今日ぼくたちは、学校の帰りに鯛焼き屋〈おぐら庵〉へ寄り道したせいで、伊奈波川沿いの堤防道路を通って帰ることになった。両岸の堤防をまたいで架かる渡河《とごう》大橋から、鉄製の折り返し階段で堤防道路に下りた。

伊奈波川堤防の天端は自動車専用の二車線道路になっていて、ふつう歩行者は立ち入れない。ただ、渡河大橋から下流方面だけ、車道の街側の端、一メートル半ほどが歩道になっている。この歩道と車道とは、白いラインと、数メートルおきに設置されたプラスティックのポールで隔てられているに過ぎない。

歩道は渡河大橋から次の橋まで、一キロほど続いている。ぼくたちは家に帰るべく、その道を歩いていた。

……あの時、夕暮れ迫る道で、ぼくはこちらに向かってくる車がセンターラインを越えたことに気がついた。

近づいてくる車がぼくたちをはねるコースにいることに気づいて、ぼくは逃げようとした。けれど逃げられる場所は除雪された雪が積もる左側しかなく、それに加えてぼくの左隣には小佐内さんがいて、鯛焼きを食べていた。

小佐内さんの観察力は極めて優れているけれど、誰だって周囲を常時観察し続けることはできない。ぼくは、小佐内さんが車の接近にまったく気づいていないことに、気づいた。

もちろん最善策は、小佐内さんに警告して二人で飛びのくことだった。二人で小段に転がり落ちることになったかもしれないけれど、はねられるよりは余程ましだ。だけど、それだけの時間さえなかった。実際、両手をポケットから出す時間もなかった。ぼくにできたのは、小佐内さんに体当たりすることだけだった。

……たぶん、きっとたぶん、ぼくに小佐内さんを助けるつもりはなかったと思う。単に、自分が逃げる唯一の方向に小佐内さんがいて、小佐内さんを押す以外にできることがなかっただけなのだ。

ぼくを轢いた車の運転手は、ぼくを救護せずに車を走らせていったらしい。

つまり、轢き逃げだ。

事故の瞬間は、よく憶えていない。ただ、少しずつ思い出してきたこともある。ぼくはたしかに小佐内さんを衝突コースから押し出した。あの堤防からまっさかさまに地面まで落ちれば、ただでは済まない。けれど、小佐内さんは小段に続く斜面に落ちたはずで、それほど大きな怪我は負っていないはずだ。そうあってほしい。ぼくが押しのけたせいで、小佐内さんが首でも折っていたら、まったく目も当てられない。

全身から冷たい汗が吹き出すのを感じる。

小佐内さんが首を折っていないと考える理由は、何もないのではないか？　本当に無事だろうか。小佐内さんは本当に、ぼくのせいで大怪我を負っていたりしないだろうか。どうやったらそれを確かめられるだろう。どこかにナースコールがあるはずで、その使い方も説明を受けたはずなのに、何も思い出せない。さっき症状の説明を受けた時、意識があったのに、小佐内さんのことは思い出しもしなかった。やっぱり医師が言う通り、ぼくは朦朧としていたのだ。人を呼ぼうと声を出す。

「あの……」

自分でもびっくりするぐらい、か細い声が出た。この病室の中に誰かいたとしても、ぼくの声は聞き取れなかったのではないか。もちろん、誰も来ない。大きな声を出そうと息を吸い込むと、胸に鋭い痛みが走った。本能的に怯《ひる》み、吸った息をゆっくり吐き出す。

痛い。痛い。胸が、足が、頭が痛い。痛い――。

それでようやく理解する。

ぼくは、死んでいてもおかしくなかったのだ。

次に目を覚ますと、外が明るかった。それでようやく、さっきまでは夜だったのだと気づく。痛みは少し引いていた。左腕の点滴から、鎮痛剤を投与されているのかもしれない。カーテンのわずかな隙間から、冬晴れの空が見えている。ドアが開き、看護師さんが抑制された明るさで言う。

「おはようございます」

切れ長の瞳が印象的な看護師さんだ。ベリーショートというのだろうか、髪の毛はとても短く、耳の上などは刈り上げられてさえいる。中背だろうと思うけれど、少し猫背なので、体が小さく見える。

看護師さんは、カーテンを開けながら言った。

「お聞きになっていると思いますが、朝食はありません」

お聞きになっていなかった。食欲はないけれど、ごはん抜きとはあんまりだ。

「え、そうなんですか」

看護師さんは、ちらりとぼくを見下ろした。

「手術は全身麻酔で行われます。胃に内容物があると嘔吐して気管や肺に入る恐れがありますから、絶食になります」

そう言われてみれば、説明を受けたような気がしてきた。話は聞いたけれど忘れていたらしい。

「わかりました。それと、すみません」

「何かありますか」

「カーテンは閉めておいてもらえませんか」

看護師さんは窓の外を見て、

「わかりました」

と、いま開けたばかりのカーテンを閉めてくれた。閉めたカーテンにはわずかな隙間が残っていて、そこから差し込む日光がちょうど目に当たる。それに気づいたのか、看護師さんはもう一度念入りに、隙間がないようにカーテンを閉め直してくれた。

それからはすることもなく、薬で抑えつけられた鈍い痛みに耐えながら太腿の手術を待つばかりになる。どうせ昨日は気絶していたのだから、そのあいだにやってくれれば話が早かったのに……と思ったけれど、脳が損傷しているおそれがあるのに足だけ先に手術するというのも、考えてみれば乱暴だ。麻酔をかけてしまえば、意識がもどったのかどうかわからなくなってしまう。

やがて手術の時間が来る。事前に看護師さんが、「移動中は目をつむっていてください」と言ったので、ぼくはストレッチャーの上で目をつむったまま運ばれていった。大勢の看護師さんや医師の声が耳に届く。なるほどたしかに目をつむっていると、不安を抑える効果はあった気がした。

全身麻酔が切れたのが昼頃で、鎮痛剤のおかげか痛みはあんまりないけれど、太腿にごつごつとした違和感があるのが気になる。金属の釘で折れた骨を繋いで固定していると説明は受けたけれど、これほど露骨に何か入っている感じがするものとは思わなかった。いずれ慣れるのだろうか。痛みはほとんど感じないけれど、とにかくだるかった。

誰かの声を聞いた気がして目を開ける。ということは、ぼくは眠っていたらしい。

カーテンを透かす日光はオレンジ色で、外が朝焼けなのか夕焼けなのかは判断がつかない。ぼくの携帯は事故の衝撃で壊れ——右のポケットに入れていたのだ。右の大腿骨が折れたことも考えると、ぼくは右半身をぶつけられたらしい——、時刻を知る方法がない。

「何時なんだ」

と呟く。はからずも、答えがあった。

「四時すぎだな」

知った声だ。首をめぐらすと、病室のドア近くに、船戸高校の制服を着た男子が立っていた。背は高く、肩幅が広く、顔つきも体つきもどこか四角い。堂島健吾《どうじまけんご》だ。手に、果物を盛った籐《とう》かごを提げている。

健吾は言った。

「起こしたか。悪かった」

何しに来たのと言おうとして、見舞いだと思い当たる。まさか健吾がぼくを見舞うとは思っていなかったので、気づくのがちょっと遅れた。

健吾は籐かごから袋詰めのリンゴを出し、ベッドそばのテーブルに置く。

「見舞いだ」

「ありがとう」

「……ひどい目に遭ったらしいな」

「そうだね。ひどい目に遭った」

健吾は、ぼくを直視しようとしない。

「意識不明だって聞いたぞ」

「だったらしいね。生きてるよ」

自分が生きていることを事実として他人に伝える日が来るなんて、思ってもいなかった。ぼくは少し笑い、そして、やっとのことで違和感に気づく。

「……ぼくが意識不明だって、誰から聞いたの？」

健吾が顔をしかめる。

「いきなりそんなことを気にするあたり、いつもの調子みたいだな」

「自分に関する噂だからね。さすがに気になる」

小さく溜め息をつくと、健吾はなぜか少し笑って、ようやくぼくを見た。

「常悟朗らしくてよかった。意識不明の重体だって話は、今朝の新聞に出ていたんだ」

なんと、気がつかないうちに新聞デビューしてしまったなんて。けれどまだ納得できない。

「重体の患者って、実名報道されるんだっけ」

健吾は元新聞部部長らしく、慎重に答える。

「ケースバイケースだろうが、一般的に名前は出ないと思う。お前も、十八歳の高校生としか書かれていなかった」

「十八歳の高校生が轢かれたって記事を見ただけで、ぼくのことだと思うかな」

「お前、重傷患者ならもうちょっとしおらしくしたらどうだ。もちろん、お前のことだと思った理由がある。うちのクラスの吉口《よしぐち》は知ってるな?」

もちろん知っている。ぼくたちと同じ三年生で、見た感じは特に目立つところのない女子生徒だけれど、妙に人の噂に詳しい。ぼくも以前、当時付き合っていた彼女について、吉口さんから噂を伝え聞いたことがある。思えば吉口さんとぼくが知り合うきっかけを作ったのが、ほかならぬ堂島健吾ではなかったか。

「昨日、吉口も学校に来ていて、帰り道に救急車を見かけたそうだ。それで何気なく救急車が向かった先に行ってみたら、小佐内がいたそうだ」

即座に訊く。

「小佐内さんは無事だったの?」

そこが問題になるとは思っていなかったらしく、健吾はちょっと戸惑ったようだ。

「何も聞いてないぞ。小佐内も危なかったのか?」

「一緒に歩いていたんだ」

納得したようで、健吾はひとつ頷く。

「そういうことか。吉口が言うには、小佐内が救急隊員に、患者は小鳩常悟朗だと伝えるのを聞いたんだそうだ。あんまり冷静だから、小佐内がお前を刺したんじゃないかと思ったらしい。だからまあ……無事だったんじゃないか、小佐内は」

ぼくは力なく笑った。吉口さんの誤解が面白いし、それに、事故現場で小佐内さんが小佐内さんらしく振る舞っていたことが、よかった。健吾はそんなぼくを訝《いぶか》しげに見ながら、先を続ける。

「そのうち警察も来て騒がしくなってきたから現場を離れて、俺の携帯に電話をくれたんだ。小鳩が救急車で運ばれたけど何か知らないか、ってな。俺は何も知らなかったが、今朝の新聞を見てこれだと思って、お前の家に電話して、病院を教えてもらった」

「それで見舞いに来てくれたのか」

「状態だけ聞いて、後は知らん顔するのも変だからな」

健吾がこういう照れ方をするとは知らなかった。ぼくはいま、リクライニングベッドの力を借りなくては上半身を起こせないから、代わりにあごをちょっと引く。

「ありがとう。嬉しいよ」

健吾はまずいものでも口に入れたような顔をする。

「何だ、妙に素直じゃないか」

「頭を打ったんだ」

眉をひそめた後、ようやく冗談だと気づいたようで、健吾は声を出して笑った。健吾のこんな笑い声を、ぼくは初めて聞いたような気がする。

ひとしきり笑うと、健吾は天井を仰《あお》いで長い息を吐いた。息を吐き終えると、健吾はもう、いつものしかつめらしい顔に戻っている。

「……轢き逃げだったんだってな」

「らしいね。両親から聞いた」

「まあ、きっと捕まるさ。安心して寝てろ」

「寝る以外のことが、何もできないんだよね」

「受験には間に合うんだろ?」

おっと。

さて、どんな雰囲気で話したものだろう。あんまり明るく話しても痛々しいし、沈痛に話しても、健吾が反応に困るだろう。

伝え方を考えた一瞬の遅れで、健吾は事実を察したようだ。

「だめなのか」

「だめというか……太腿の骨が折れちゃって。釘で固定してもらったんだけど、仮骨ができるまでは身動きできない。まあ要するに、だめなんだ」

健吾は絶句し、うつむき、

「そうか」

とだけ言う。

気の毒に思ってくれる気持ちはわかるけれど、ぼく自身は考えを切り替えていた。たしかに受験の準備が無駄になったことは惜しいし、進学の方針を変えないなら一年間のロスは残念極まりない。けれど、ぼくは生きている。それだけで、素直に満点だと思っている。

健吾は話題を変えた。

「堤防道路でやられたんだってな。あそこは俺も通るが、割と怖い。白線が引いてあって、プラスティックのポールが並んでいるだけじゃなかったか、あそこ」

「だったね」

「歩道と車道の境目に、何かブロックでも設置してほしいもんだ。でも確か、堤防の上って法律で何も設置できないんだよな。歩道があること自体、特別なんだ」

「そうなのか」

「前にもあそこで事故があったって聞いたことがある。中学生の頃だったかな」

おそらく健吾は、あの道が危険であることを強調し、ぼくの事故に同情を示してくれているのだろう。けれどぼくは、健吾の意図とは全く違ったところで、ひどい衝撃を受けた。

そうだ。ぼくが事故に遭ったあの道で、前にもひとり、轢かれている。ぼくはその事故について とてもよく知っているはずなのに、いま健吾が言及するまで、思い出してもいなかった。

ぼくの沈黙に気づかず、健吾は続ける。

「まあ、ただの噂だったのかもしれん。俺も見たわけじゃない」

「……噂じゃない。事実だよ」

ぼくの声は、わずかに硬かった。

そうだ、どうして気づかなかったのだろう。ぼくの事故は、三年前にあった事故とよく似ている――とても、よく似ている。

当然、健吾が訊いてくる。

「知ってるのか」

ぼくは、うわの空で頷く。

「知ってる。あれも、轢き逃げだったんだ。轢かれたのは中学三年生……ぼくのクラスメートだった」

「たしか……モトサカだったか、そんな名前のやつだって聞いたおぼえがある」

ちょっと笑ってしまった。

「伝言ゲームもいいところだ。日坂《ひさか》くんだよ。日坂祥太郎《しょうたろう》」

「日坂だって？」

今日の健吾はつくづく、ぼくを驚かせる。明らかに、日坂という名前を初めて聞いた反応ではなかった。ぼくはがばりと身を起こそうとして痛みにうめき、体をベッドに沈め、ひとつ息をして昂奮を鎮《しず》める。さっき言われたことを、今度はぼくが言い返す。

「知ってるの？」

健吾はたじろいだように目を背ける。

「新聞部でちょっと耳にしただけで、知ってるってほどじゃない」

「誰から聞いたか、憶えてないかな」

ぼくの勢いに押されながらも、健吾は答えてくれた。

「三《み》笠《かさ》速人《はやと》は、わかるか。俺たちが二年生の頃、学校で唯一県大会まで行った先輩なんだが」

ぼくは首を横に振る。健吾は溜め息をついた。

「学内新聞で取り上げたんだがな……。三笠先輩はバドミントン部で、地区予選を突破した時に新聞部でインタビューしたんだが、その中で先輩は、中学時代は下級生にライバルがいて一度も勝てなかったって言っていた」

「そのライバルが、日坂くん？」

「ああ」

健吾が取材をした相手の、中学時代のライバル——さすがにこれは、関係が遠すぎる。日坂くんと連絡を取ってもらうのは難しそうだ。

健吾が訊く。

「その日坂祥太郎が、どうかしたのか」

ぼくは、さして考えることもなく答える。

「まあね。ちょっと……謝りたくて」

「謝る？　お前が？」

無言で頷くと、健吾は真顔になった。

「そうか。何があったかは聞かないが、そいつは心残りだろうな」

ぼくは健吾をまじまじと見る。変な言葉を使うじゃないか。

「心残り？」

「違うのか」

どこか、奥歯にものがはさまったような態度だ。思えば、取材中に名前を聞いただけなら、さっき日坂くんの名前が出た途端に健吾があんなに驚いたのはおかしい。隠し事をされているとは思わないけれど、何かが食い違っている。

はっきりしない頭で、ぼくは様子を探る。

「ぼくは中学を卒業してから日坂くんとは会っていないんだ」

健吾もまた違和感に気づいていたようで、道理で、と納得したように頷く。

心残りという言葉から推すと、ぼくは日坂くんに、謝ろうにも謝れない状態にあるらしい。思いついたことを言う。

「日坂くんはいま、留学してるとか？」

日暮れが近い病室で、束の間、健吾の目に怒りがよぎる。ぼくが趣味の悪い冗談を言ったと思ったのだ。ぼくは、ふざけたつもりはない。健吾もそれはすぐに読み取ったらしく、自分の誤解を悔いるように、ふっと短く息をつく。

「……いや。自殺したそうだ」

今度はぼくが怒る番だった。冗談にしてもタチが悪い。

「嘘だ」

「かもしれん」

あっさりと認め、健吾は口ごもる。

「俺はそう聞いただけだ。理由は知らん。正確な言いまわしは忘れたが、三笠先輩に『高校に入ってから、リターンマッチはやりましたか』と訊いたんだ。いま思えば先輩は、日坂の名前を出したことを後悔したみたいだった。『そうしたかった』と言って黙り込んで、俺が何も言わずにいると、『自殺したって聞いた』と付け加えた」

「自殺を図ったからって、必ず成功するわけじゃない。日坂くんは生きてるんだろ?」

「悪いが俺は知らないんだ。当たり前だろう、訊けるわけがない」

……もっともだ。健吾が訊けたはずがないし、訊けなかったのなら、結末を知っているはずもない。

ぼくは、すがるように言う。

「健吾。調べてくれないか。日坂くんが、本当に、その……死んだのか」

人のいいやつだ。健吾は、苦しげにうめいた。

「引き受けてやりたいが、三笠先輩はもう卒業してる。それに……すまん、常悟朗。俺も受験なんだ」

そうか。もちろん、そうだ。ぼくの受験が終わったからって、健吾のそれまで終わったわけではない。どうかしていた。

「そうだね。ごめん、忘れて」

ぼくが力なく手を振ると、健吾は律儀《りちぎ》に頭を下げた。

「すまん」

謝るのは、ぼくの方だったのに。

健吾が病室を出ていき、ぼくはカーテンの向こうが夜だと気づく。このカーテンは遮光《しゃこう》ではないので、この部屋は朝と共に光に満たされ、夜が来ると暗くなる。

ドアがノックされる。夕食かなと思いながら、「どうぞ」と答える。

病室に入ってきたのは、二人組の大きな男だった。ぼくがベッドに横たわっていることを差し引いても、のっそりという擬態語が似合いそうなほど体が大きい。この二人に比べれば、堂島健吾ですら成長途上に見える。一人はジャージを着ていて、もう一人はジャケットをはおっている。ジャケットの方が言った。

「大変でしたね。お見舞い申し上げます。わたくし、木良警察署交通課の勝木《かつき》といいます。静養中にすみませんが、ちょっとお話を聞かせて頂けますか」

言葉は優しいけれど、有無《うむ》を言わさぬ強い口ぶりだ。

ぼくを轢いた車が逃げたと聞いた時点で、当然、警察が来るだろうと思っていた。むしろ、思ったよりも遅かったぐらいだ。たぶん警察は事件発生の直後にぼくの話を聞こうとしたはずだけれど、あいにくぼくは昏睡状態で、その後も足の手術で全身麻酔にかかっていたりしたので、警察としても話を聞けるタイミングがなかったのだろう。とはいえ、健吾の方が警察よりも先に来てくれたというのは、ちょっと面白い気がする。

ぼくは言った。

「はい」

「ではまず、お名前、年齢、職業、住所からお願いします」

「小鳩常悟朗。漢字は常に悟ると書いて、ロウは朗らかの方です。十八歳で、船戸高校の三年生です。……あと、何でしたっけ」

「住所です」

いま寝起きしているのは木良市民病院です、と小粋なジョークを飛ばしたい衝動に駆られるけれど、どう考えても笑ってはもらえそうにないので、素直に住所を申し述べる。勝木さんは手帖にペンを走らせる。

「事故があった日時は？」

「十二月二十二日の……夕方四時半ぐらいだったと思います」

「もう少し正確には、どうでしょう」

と言われても、空を飛びながら時計を見られたはずもない。

「事故のあとは意識がなかったので、わかりません」

「だいたいで構いません」

「だいたい四時半ぐらいでした」

「四時半より前でしたか、後でしたか」

これもお仕事なのだろうとは思うけれど、わかりようのないことを訊かれても答えようがない。これではお互いに困ってしまう。ぼくは訊いた。

「すみません。救急への通報が何時だったか、わかりますか」

事情聴取中に質問されることは珍しいのか、勝木さんは一瞬ためらった。

「……記録では、十六時三十七分となっています」

「わかりました」

いまのやり取りがそのまま質問への答えになっていると思うのだけれど、勝木さんがペンを動かさないので、ぼくは仕方なく先を続ける。

「事故に遭ったのは、だいたい十六時三十五分ぐらいでした」

小賢《こざか》しいガキめと思われて然《しか》るべきところ、さすがにプロらしく、勝木さんは表情を動かさない。

それからぼくは、事故に関してあらゆる質問を受けた。同行者についても質問を受け、小佐内さんについて話していいものか迷ったけれど、どう考えても通報者である小佐内さんのことを警察が把握していないわけがないので、素直に話すことにした。二人組の警察官のうち、名乗らなかった方は勝木さんよりも若く、立ったままノートパソコンを左手に載せて、ぼくが質問に答えると右手だけで器用にキーを打っている。病室にはぼくたちのやり取りと、キーを打つ音が繰り返し響く。

事情聴取は、それほど長く感じなかった。勝木さんは最後に訊いてきた。

「犯人への重い処罰を求めますか」

ぼくはとっさに、被害者とはいえ刑罰の重さをぼくが左右するのは、法律の運用としていかがなものかと思った。法律は個人の復讐心のためにあるのではないはずだ、とも思った。けれど同時に、こうも思った。

怖かった。

いまでも怖い。

薬で抑えているけれど鈍い痛みは絶え間なく、病室から人がいなくなると、死という一文字がのしかかって心が止まるような感じがする。受験は不可能になったし、そもそも、足が元通り動くようになるのかさえわからない。ぼくを轢いた犯人への感情を表現するなら、自分でも意外だったのだけれど、恨みという言葉では不適切だ。別に恨んではいないけれど、犯人には、ぼくと同じように轢かれてほしい。そうでないなら、ものも言わずにこの世から消えてほしい。それらがどうしても無理だというのなら、せめて……妥協に妥協を重ねて、せめてものこととして……法律が許す限りの罰を受けてほしい。

それらの思いが、一瞬でぼくの脳裏を行き過ぎていく。ようやく声になった言葉は、短かった。

「はい」

若い警察官がキーを打っていく。

便利なもので、彼らは携帯できるプリンタを持っていた。麺棒《めんぼう》のようなそれに用紙を差し込んでいくと、その場で印字が始まる。こんなものがあるんだなと思いながら見ていると、プリントアウトを勝木さんがぼくに渡してきた。

「間違いがないか、確認してください」

それはこんな書類だった。

氏名　小鳩常悟朗
職業　高校生
右記の者は十二月二十三日木良市民病院において、本職に対し任意、次の通り供述した。

1
私は十二月二十二日午後四時三十五分ごろ、木良市藪入町二丁目の伊奈波川沿い堤防道路の歩道を南方向に歩いていた時に、正面から来た車にはねられてひき逃げされるという事故にあったので、私がわかる範囲の状況についてお話しします。

2
この事故は、船戸高校で授業を受けて帰る途中の出来事でした。六時間目まで授業を受け、午後三時二十五分に授業が終わりました。その後、清掃とショートホームルームがあり、午後三時五十分ぐらいに、友人の小佐内ゆきさんと二人で学校を出ました。
その後、小佐内ゆきさんと連れ立って、当真町にある鯛焼き店おぐら庵本店で鯛焼き一個を購入しました。帰宅するため、同じく二人で、道路の左側の歩道を南に進んで、午後四時三十五分ぐらいに現場に差しかかりました。

3

私は、正面から黄色い自動車がセンターラインを越えて私に近づいてくることに気づきました。

急なことだったので、自動車のヘッドライトに気を取られていて、自動車の車種はわかりません。

運転手がマスクをしているのを見ました。

このままでは二人ともひかれてしまうと思い、私は小佐内ゆきさんを道路の外側に突き飛ばしました。車はブレーキを踏まなかったと思います。

その後、私は車にひかれて意識を失いました。木良市民病院で意識を取り戻したのは、午後九時二十分ごろでした。

4

私をひいた自動車の運転手は、どこの誰なのかわかりません。

両親から、私をひいた自動車は、私をひいた後、止まることなく立ち去ったと教えられました。

5

今回の事故の原因について思い当たる点は、当日は朝まで雪が降っていて、道路が滑りやすくなっていたのに、自動車の運転手が徐行していなかったことだと思います。

6

私の落ち度は、除雪されていた雪が路肩に押しのけられていたので、それを避けるため歩道の右端を歩いていたことだと思います。

7

私は今回の事故で、自動車か地面に、全身を打ち付けました。

事故後、木良市民病院の医師からは、脳震とう、右大腿骨骨幹部骨折、肋骨亀裂骨折、全身打撲により、受傷日より六ケ月の加療を要する見込みと診断されました。

右大腿骨骨幹部骨折については、手術を受けました。

8

私の治療費は、どれぐらいかかるのかわかりません。ひき逃げをした相手の人に、誠意のある対応をしてもらいたいと思っています。

9

相手の人に対しては、一本道で見通しもよかったのだから、私が見えなかったはずはないと思っています。それなのに私をはねた後、警察や救急車を呼ばずに逃げてしまったことを、とてもひどいと思っています。

相手の人には十分反省してもらいたいので、厳しく処罰してほしいと思います。

以上の通り録取し、読み聞かせた上、閲覧《えつらん》させたところ、誤りのないことを申し立て、本調書末尾に署名捺印《なついん》した。
前同日
木良警察署
司法巡査　勝木晶彦《あきひこ》

すごい。ぼくが喋った言葉がほとんど使われていない。

ぼくは現場の道路がシャーベット状だったことは話したし、ぼくを轢いた車がそれほどゆっくり走っていなかったことも話したけれど、それが事故の原因だと思うとは言わなかった。そもそもぼくは、徐行という言葉の意味さえよくわかっていない。除雪された雪のために歩道の端ぎりぎりを歩いていたことは話したけれど、それが自分の落ち度だとは言わなかった。犯人に対しても、ひどいという言葉は使っていない。

そしてまた、小佐内さんを突き飛ばしたことは話したけれど、それがこのままだと二人ともはねられると思っての行動だとも、言いはしなかったのだ。

けれど、それらの意図を持っての発言なのか勝木さんには逐一《ちくいち》確認されたし、ぼくも絶対に違うとは言わなかった。つまりこの書類は、おおむね間違ってはいない。

「問題がなければ、捺印してください。拇印《ぼいん》でも結構です」

と勝木さんに言われ、もちろんぼくは印鑑など持ち歩いてはいないので、拇印を押した。勝木さんはその書類をもう一度見直すと、小さく頭を下げた。

「お疲れさまでした。この後は実況見分にも立ち会って頂く必要がありますので、医師から外出の許可が下りた時にはすぐに連絡してください。では、我々はこれで失礼します」

ぼくはさすがに、訊かずにいられなかった。

「あの。犯人は、わかりそうですか」

勝木さんはにべもなく答える。

「捜査を尽くしています」

実際のところ、それ以上のことが聞けるとは、ぼくも思ってはいなかったのだけれど。

熱が出てくるはずと言った医師の予告通り、ぼくはやがて発熱した。解熱剤を出してもらえないか看護師さんに頼もうかと思ったけれど、我慢できないほどではなかったので、とにかくじっとしていることにした。

すぐ、夕食の時間になった。

ベリーショートの看護師さんがベッドのリクライニングを操作してぼくの上半身を起こし、ベッドテーブルを設置して、水の入ったコップを置いた。

「問題なく飲めるか、たしかめてください」

言われるままに飲む。ただの水だ。

「何なんですか、これ」

「全身麻酔の後は飲み込む力が弱くなったりするので、確認です。問題なさそうですね」

ベッドテーブルには続いて食事が置かれる。夕食は、おかゆとヨーグルトだった。何時間ぶりかわからない食事なのに、いまひとつ食欲をそそらない組み合わせだ。

「食べにくかったら、言ってください」

飲み込む力はさておき、果たして、ぼくは食事がとりにくい状態なのだろうか？　自分の体を動かしてみる。手元の食事を見るには、少しうつむかないといけない。首は……よし。少しぐらいなら、大きな痛みもなく下を見ることができる。

腕を持ち上げる。肩は、少し痛いものの、動く。鎮痛剤が効いていても痛いと思うのだから、実際には強い痛みなのかもしれないけれど、とりあえず今回の食事に差し支えはなさそうだ。肘も、手首も、指も動く。両腕を広げると鈍い痛みが広がるのは、肋骨が折れているからなのだろう。

「大丈夫そうです」

と答える。看護師さんはちらりとぼくを見て、

「そうですか」

とだけ言った。

看護師さんが病室を出た後で、食後にトレイをどうすればいいのか訊かなかったと気がつく。まあ、たぶん、下げに来てもらえるのだろう。なにしろぼくは立つどころか身じろぎもできないので、食器を自分で片づけることも不可能だ。

おかゆは、あまり味がついていなかった。具も入っていない。食べ進めるうち、ぼくは自分が涙を流していることに気がついた。何の涙なのか、ぼくにはわからなかった。

食事が終わる頃、看護師さんがまた水の入ったコップを持ってきて、トレイを下げる前に言った。

「身動きできない状態で水分不足になると血行に悪影響があるので、水を飲んで下さい」

ぼくは指示通りに水を飲んだ。ベッドから下りられず、肋骨が折れていて体をよじるのもつらいので、歯磨きも看護師さんの介助を受けた。そして、深く深く眠った。

――目が覚めたのは、何時だったのだろう。足を手術した関係上寝返りは打てないし、肋骨が折れているので上半身を起こすこともできず、とにかく時計が見られない。それでもカーテンを透かして、外が暗いことはわかった。

ぼくは体を動かしたい衝動にかられ、身じろぎした。いま許される動作なんて、上半身をお

ぼつかない様子で左右に揺すったり、そっと腕を動かすことぐらいだ。ぼくは頭の後ろで手枕をしようとした。何か乾いた音がした。

「なんだ?」

一人きりの病室で、ぼくは独り言を発する。音は枕のあたりから聞こえた。枕はやや低めで、ぼくの好みから言うと少し硬い。手で触った感じ、きちんと枕カバーがかかっていて、異音が立つようなものではない。いったい何の音だったのだろうと枕の下を探ると、指先が何かに触れた。人差し指と中指でつまんで引き出すと、それはメッセージカードを入れる、小さな封筒だった。

封はされておらず、差出人の名前もない。暗がりの中ではっきりとは見えないけれど、色はおそらく白か、クリーム色のようだ。見た目通り、カードが入っているのだろうか。

ぼくはその封筒の中身を確認することを、ためらった。いったい何が恐ろしいのかわからないままに、ただ、嫌な感じがすると思った。

なぜなのだろう……。

ぼくは小さな封筒を指で弄《もてあそ》ぶ。指先が満足に動くことを確かめるように、封筒を人差し指と中指ではさみ、それから中指と薬指の間に移し、親指と中指でつまんだ。そうするうちに、思い出した。

ぼくは夢を見たのだ。気を失っていたはずなのに、何かを聞いた。ああ、思い出さなければよかった。夢はぼくに、こう囁いた。

『これは報いだ』

報い、か。

ぼくは手の中の封筒を見つめる。どうやらぼくは、その中に告発状が入っていることを恐れているようだ。誰かが、これこれの理由でお前は報いを受けるに値すると糾弾してきたのではないかと恐れている。

夜の病室で、ぼくは呟く。

「身に覚えがない」

そうだ。ぼくは寝ぼけて、ありもしない告発のまぼろしを怖がっただけなのだ。ぼくは、薄笑いを浮かべただろう。封筒を開ける。

中身はやはり、メッセージカードだった。部屋が暗くて文字が読めないけれど、未明の薄明かりを透かしているカーテンにカードを近づけると、かろうじて読めた。

ありがとう
ごめんなさい
ゆるさないから

小佐内

三行目の「ゆるさないから」の冒頭に吹き出しがついていて、「犯人を！」という一言が付け加えられている。たしかにその一言を書き落としては、とんでもない意味になる。

無理しなくていいよ、小佐内さん。小佐内さんだって受験生じゃないか。

警察がちゃんと捜査してくれている。ぼくたちにできることなんてないよ。

相手は運転免許を持ってる大人だよ。危ないよ。

そう思いながらぼくは、なぜだか笑った。小佐内さんが本当に無事だったこと、無事だった小佐内さんが許さないと宣言したこと（犯人を！）、どちらもなんだかおかしかった。笑いがこみ上げると、ヒビの入った肋骨が痛みを訴える。ぼくは痛みを逃がそうと、溜め息をつくように笑った。

そしてしばらくして、ようやく、疑問をおぼえる。

小佐内さんは、いつ来たのだろう。たしかにぼくは眠っていたから、隙はあったのだろうけれど。

想像の中で、小佐内さんが天井板を外して顔を出す。小さな封筒を手裏剣のように投げて、ぼくの枕の下に忍び込ませる。そんなことがあるはずはないけれど……。

ぼくはそっと、呼びかける。

「小佐内さん？」

もう一度、やっぱり声を殺して。

「小佐内さん。……いないよね？」

ありがたいことに、「いないよ」という答えは返ってこない。病室はとても静かだった。

第二章　わが中学時代の罪

翌日、学校では二学期の終業式が執《と》り行われたはずだ。ぼくは朝から血を抜かれていた。検査もあったけれど、寝返りも控えるよう言われているのだから診察室まで行くことは困難で、まことに恐縮ながら医師が病室まで来てくれた。和倉《わくら》という名前の、初老の先生だった。生年月日や今日の日付を訊かれるものだから、最初のうちはなにか書類作成に問題があったのかと思ったし、自分の誕生日や住所、両親の名前を訊かれても、何のための質問かわからなかった。まったく鈍いことに、簡単な足し算と引き算の問題を出されるまで、ぼくは自分が検査を受けていることに気づかなかったのだ。

一通りの質問を終えると、和倉先生は眠たげに言った。

「認知能力に問題はありませんね。思考力もしっかりしているようです」

それはよかった。

本当によかった。ぼくには、それぐらいしかない。

和倉先生が病室を出てしばらくすると、ぼくが意識を取り戻した後に症状を説明してくれ、後に足の手術を受け持ってくれた若い医師が来た。手術前のぼくはやはり多少なりともぼんやりしていたらしく、その医師の胸に「宮室《みやむろ》」と書かれた名札があることに、ぼくは今日初めて気づいた。

宮室先生はクリップボードを手に、説明してくれた。

「白血球が若干多いけど、術後としては許容の範囲内だね」

ほかに宮室先生は、熱や痛みの具合を確認し、寝返りを我慢するよう再度強調した。

もうすぐ昼という時間帯になって、ドアがノックされる。誰か見舞いに来てくれたのかと思って「どうぞ」と答えると、「失礼します」と一声かけて、モップを持った作業服の男性が入ってきた。初老のように見えたけれど男性の動きは素早く、迷いなく、ゴミ箱に何も入っていないことを確認するとベッド下を含む病室の隅々にモップをかけて、「失礼しました」と退出していった。

見舞い客は、午後になってから来た。学校の担任の先生と、クラス委員の戸部くんと里山さんだ。先生は本当に心配そうな顔をしていたけれど、クラス委員の二人はどこか白けたような顔をして、見舞いの言葉も、まるで作文を読み上げるようだった。それも無理はないことで、受験を前にして誰しも自分のことで精いっぱいなのに、ドロップアウトしたクラスメートにかける言葉など、別に思いつかないのだろう。

千羽鶴でも置いていかれたら場所を取ると思っていたけれど、昨日の今日でそんな大層な見舞い品が用意できるはずもなく、鶴はなく、亀もなく、ついでに果物のかご盛りも、花もなかった。ぼくが受け取ったのは里山さんの「お大事に。早く治るといいね」という言葉と、戸部くんの、どうやら冗談のつもりだったらしい、「轢き逃げだってな。まさか、狙われたんじゃないだろうな」という軽口ぐらいだった。

ぼくは堂島健吾とそれなりに親しいから、もしこう言ったのが健吾だったら、親切心から教えてあげたことだろう。死にかけた人間に対して、それは事故じゃなくて殺されかけた結果なのではとほのめかすことは、冗談としてまったく面白くないのだと。けれどぼくは戸部くんとそれほど親しくないので、「かもね」と言うに留めた。

見舞いの三人が帰ると、昨日と同じ看護師さんが入ってきた。

「清拭《せいしき》をしていきます」

というので、セイシキとはなんだろう、不正もあるのだろうかと思ったら、タオルで体を拭くことをそう呼ぶらしい。体もろくに動かせないのに入院着を脱ぐのは手間がかかり、恥ずかしくもあったけれど、温かい蒸しタオルで体を拭いてもらうのは想像以上に心地よく、ひとごこちがつく思いだった。蒸しタオルで拭いた端から気化熱で寒くなっていくのは、ちょっと閉口したけれど。

看護師さんは無言でぼくを拭き終え、元通りに入院着を着せていく。看護師さんが去ると、病室の中に変化らしいものは、少しずつ動いていくカーテンの向こうの太陽と、したたる点滴ぐらいになった。

時間が遅く過ぎていく。鎮痛剤がよく効いているのか痛みもなく、発熱も空腹感もなく、ぼくはただ天井を見上げて、高校最後の二学期の、最後の日が過ぎていくのを見送っていた。携帯が壊れたせいで、誰と連絡を取るすべもない。落ちていく点滴のしずくを数え始めたけれど、百までいかないうちに飽きてしまった。手を伸ばせば届くベッド横のテーブルには健吾の見舞いのかご盛りのほか、両親が置いていった教科書とノート、筆記具があるけれど、受験が一年延びたのに手術翌日から勉強を始めるほど、ぼくは殊勝《しゅしょう》ではない。

なので、ノートに書き留めることにした。

……日坂くんについて。

健吾は、日坂くんが自ら死んだと言った。

そんなのは何かの間違いに決まっている。もちろん健吾は聞き間違いをしたのだ。

日坂祥太郎くんとは、中学二年と三年で同じクラスだった。

そのころのぼくがどんな言動をしていたかを振り返るとベッドの上をごろごろ転がりたくなるし、いまは寝返りを控えるよう言われているので、自分のことは考えないようにする。日坂くんは——一言で言うなら、恰好いい男子だった。

背丈はぼくよりも、こぶし一つ分くらい高かった。つまり、百八十センチぐらいだ。歩く時は、少しだけ背を丸めていた。喋る時は言葉少なで、笑う時は、ちょっと申し訳なさそうに笑っていた。陰のあるタイプだったと言えば、そうだったかもしれない。いつも日焼けしていて、夏場は特にそうだった。

学校の成績は、中ぐらいと言ったところだったと思う。テストに四苦八苦していたようでもなかったし、かと言って抜きん出て優秀というほどでもなかった。

一方、部活ではずば抜けた成績を残していた。ぼくが通った中学校では、夏の中体連の大会に全生徒が参加することになっていた。運動部に入っている生徒はもちろん出場し、そうでない生徒は、応援に駆り出されるのだ。二年生の夏、それでぼくも野球部の応援に行ったのだけれど、そこでクラスメートがこんなことを言うのを聞いた。

「弱っちい野球部なんかより、日坂を見に行きたいよな。あいつ、強いんだろ?」

「強い。市内じゃ敵なしだ」

それに続けて、日坂くんの相手になるのは誰それぐらいだと言っていたおぼえがある。たぶんそれが、健吾が取材した三笠先輩だったのだろう。

轢き逃げ事件以前、日坂くんと直接話した記憶はそれほど多くない。

二年の冬、体育の授業で剣道をやった。ぼくは幼い頃、少しだけ剣道をやっていたので、竹《しな》刀《い》の持ち方や防具の付け方ぐらいは知っている。二人組を作れと言われたので、近くにいた日坂くんと組んで切り返し——正面打ちと左右面打ちを連続して行う、基本練習——をした。授業の終わりかけ、面を外した日坂くんに訊かれた。

「小鳩、経験者?」

ぼくは短く答えた。

「少しだけ」

するとと日坂くんは、例の、ちょっと申し訳なさそうな笑い方をした。

「だと思ったよ」

調子に乗ることにかけては人後に落ちなかった中学時代のぼくも、さすがに、これだけで自分が実は秘めたる剣の達人なのだと思いはしなかった。日坂くんは単に、ぼくがちょっと物慣れた様子なのが意外だったのだろう。

三年生になっても日坂くんとは同じクラスだったけれど、親しく言葉を交わすことはなかった。たしかにぼくは誰とでも仲良くなる社交的なタイプではないけれど、日坂くんはぼくに輪をかけて、人付き合いを好まない様子だった。顔立ちが整った名選手とくれば、たぶん人気はあったはずで、実際、日坂くんの浮いた噂はぼくの耳にさえ届いていた。けれどぼくが思い出すのは、窓際にひとりでいる日坂くんの姿ばかりだ。

ぼくの轢き逃げと日坂くんのそれには多くの共通点があるけれど、事件が起きた季節はそれにあてはまらない。日坂くんが轢かれたのは夏だった。夏休み前のことだったはずだ。

ぼくは記憶を辿り、ノートの白いページにペン先を置く。

その日、日坂くんは学校に来ていなかった。

正直に言えばぼくはそのことに気づいていなかったけれど、それを観察力の欠如だったとは思わない。四十人からの教室で、ふだん特別に親しいわけでもなかった一人が来ていないことに気づくのは、無理というものだ。朝のホームルームで、担任の先生が沈痛な顔を作っていた。

「知っている者もいるかもしれないが、昨日、日坂が事故に遭った。事故を見た者は名乗り出るように」

クラスのどよめきにぼくは、先生が思っているほど「知っている者」は多くなかったんだなと思った。目撃者だというクラスメートが名乗り出ず、先生は先を続ける。

「日坂は、命に別状ないそうだ。クラスからもお見舞いに行く。立候補する者はいるか？」

今度は、ふだんから日坂くんと話すことが多い何人かが手を挙げた。

「よし。じゃあ、今日の放課後に行く。木良市民病院だ。俺が引率するから、手を挙げた者は勝手に行かないように」

それで話が終わりそうになったので、誰かが慌てたように訊いた。

「先生。日坂は、どういう事故に遭ったんですか」

先生がしまったという顔をしたのを、ぼくは見逃さなかった。とはいえ先生は、すぐに沈痛な顔を取り戻した。

「交通事故だ。堤防道路で轢かれたそうだ」

それが事故の第一報だった。

日坂くんの事故はただの事故ではなく轢き逃げだという噂は、たちどころに広まった。情報の出所ははっきりしている。その日の朝刊に、木良市で中学生が轢き逃げされたという記事が出ていたのだ。記事に被害者の名前は出ていなかったけれど、日坂くんが轢かれたという事実と朝刊の情報が結びつくのは、ごく自然なことだった。

昼休みには、さらに詳しい情報も飛び交い始めた。教室の後ろで、男子ばかり数人が集まって話しているのを、たまたま近くにいたぼくは聞いていた。

「事故、見てた二年がいるんだ」

ぼくは思わず、彼らを振り返った。

自分が通った中学校のクラスに、厳然とした身分制的序列が発生していたとは思わない。たしかに、文武両道の生徒たちから成るグループ、スポーツは得意だけれど勉強はさほどでもない生徒たちのグループ、お調子者のグループ、インドア趣味のグループなどなどいくつかの集団はあったけれど、それらの間にははっきりとした蔑《さげす》みや憧れはなかった——と思う。ぼくはあんまりそういう機微に敏感ではないので、もしかしたら多少は上下があったのかもしれないし、女子のグループ間に力関係があったのかについては、何も知らないのだけれど。

そのとき教室の後ろで話していたグループは、どちらかというと運動系だけれど、花形でもないというクラスメートの集まりだった。彼らは噂話を続けた。

「轢き逃げなんだろ？　ひでえ話だ」

「夏の大会は無理だろうな」

「そもそも歩けるようになるか微妙だって聞いたぞ」

一瞬沈黙が下り、誰かが言った。

「犯人、捕まると思うか」

再び沈黙が下りて、それを破ったのは、誰だったか。

「俺、自転車盗まれたんだけどよ。警察に言ったけど、届出書いて、それだけだった」

「うちの兄貴もそう言ってた。何もしてくれなかったって」

いまのぼくなら、警察は忙しくて自転車泥棒に総力を挙げてくれたりはしないのだと、道理の通った――別の言い方をするなら、物わかりのいい感想を抱くだろう。けれどあのときの彼らは、そしてぼくも、自らの狭い経験に照らせば轢き逃げ犯はきっと捕まらないと危ぶんでいた。

誰かが言った。

「……現場、行ってみようぜ。日坂は俺たちのエースなんだ。あの日だって、部活の練習の後で轢かれた。チームメイトがやられて、黙ってられるか」

「なにもできねえだろ」

「わかんないだろ、そんなの。授業が終わったら、行くぞ。もしかしたらってことも、あんだろうが」

彼らは日坂くんが轢かれた現場を確認し、事件解決の手掛かりを捜そうとしている。そう気づいた時、ぼくは頭を揺さぶられるような衝撃を受けた。

……それまでぼくは中学校の中で、いわば名探偵のように振る舞っていた。体育祭の綱引きが中止になったのは何故だったか。一年生を殴ったのは、本当は誰だったか。掃除中に消えた現金はどこへ行ったのか。そうした謎を解き明かし、誰よりも知恵がまわることを誇っていた。

そしてその日、ぼくは、自分が学校の外に出る時が来たのだと思った。物静かなクラスメート、日坂祥太郎くんの中学最後の夏季大会を台無しにした卑劣な犯罪者を、この小鳩常悟朗が追い詰め、日坂くんの前に引っ張り出すというわけだ。

もっとも、さすがにぼくだって、轢き逃げ犯に直接手錠をかけることを想像したりはしない。警察が見落とした些細な手掛かりを見つけだし、通報して、市井の善良な協力者になれれば充分だ。そしてぼくは、それはさほど難しいことではないだろうと考えた。

気勢を上げる彼らに、ぼくは出し抜けに声をかけた。

「聞こえていたんだけど、ぼくも行っていいかな」

ぼくと彼らは、特別に親しいわけではないけれど、話をしたこともないというほどの仲でもなかった。グループのひとり、牛尾《うしお》くんとは五月の修学旅行で班が同じだったことも、たぶんいい方向に働いた。牛尾くんはちょっと面食らったようだけれど、すぐに力強く頷いた。

「いいぜ。人数は、一人でも多い方がいいからな」

放課後の空は雲一つなく晴れていた。

ぼくは約束の時間まで図書室にいた。事故の記事を確認していたのだ。果たして記事は載っていた。

（六月八日　毎日新聞　社会面）
六月七日午後五時十分ごろ、木良市で歩行者が車にはねられる事件があった。警察によるとはねられたのは市内の学校に通う十五歳の中学生で、自ら一一九番通報し木良市民病院に運ばれたが重傷。警察は現場の状況からひき逃げ事件の可能性があると見て、現場から走り去った青い車の行方を追っている。

記事は、轢き逃げではない可能性を含ませていた。ぼくは憤慨した。そんな甘い見通しでは、やっぱり轢き逃げ犯は捕まらないだろうと思った。

ぼくは徒歩で通学していたので、待ち合わせの場所にも歩いて行った。

渡河大橋のたもとが、ぼくたちの待ち合わせ場所だった。図書室を出る時には充分に時間の余裕があると思っていたのに、ぼくは移動時間を読み違えて、約束の時刻に十分遅れてしまった。携帯で遅刻の連絡はしたけれど、道の先に見えてきた待ち合わせ場所には、一人しか立っていない。ほかのメンバーは先に行ったのだと思った。

ところが、待ち合わせ場所にただ一人いた牛尾くんは、到着したぼくに向けて吐き捨てるように言った。

「来たのはお前だけだよ。あとは……まあ、なんか急用だってさ」

「部活に顔を出さないといけなかった。塾を忘れていた。部活と塾の両方に行かなきゃいけなかった。そんな感じ」
「急用？」

来なかったメンバーが何を考えているのか、ぼくは即座に悟った。

たぶん彼らは、馬鹿馬鹿しくなってしまったのだ。昼休みには盛り上がったけれど、ちょっと時間を置いたら冷静になって、警察が捜査を済ませた現場を中学生がうろついたところで何も見つかるはずはないと思ってしまったのだ。

ぼくのほかにただひとり来た牛尾くんも、来なかった連中に怒っているような様子はなく、それどころか来たことを悔いるような、どこか白けた顔をしている。それでも牛尾くんは、先に立って歩きだした。

「こっちだ」

この街の北方に広がる山岳地帯から流れ出した川は下りながら合流を繰り返し、大河、伊奈波川になる。この街に流れ込んだ伊奈波川は地形に沿って西へと方向を変え、やがて再び南に向かって街を過ぎ、遠くで太平洋に流れ込む。ぼくたちが歩いているのは、西に流れていた川が南に向きを変える屈曲部を過ぎたあたりに架けられた、渡河大橋の上だ。

堤防は橋の下をくぐるように造られている。と言うより、橋の方が堤防をまたいで架けられたのだ。橋から堤防道路までは数メートルの高さがあり、金属製の折り返し階段を下りていく。

やがてぼくたちは、堤防道路に並んで立った。川が流れ下る南へと歩き始める牛尾くんに、ぼくは訊く。

「日坂くんも、同じように歩いたのかな」

「同じだって？」

「つまり、この橋のたもとから、下流に向かって歩いたのかな」

なんでそんなことを疑問に思うのかと言いたげに、牛尾くんは吐き捨てた。

「そりゃあ、そうだろう。帰ろうとしていたんだから」

たしかに、上流に向かえば学校に戻ってしまう。

事故が起きたのは、ここから下流方向に百メートルほど行った地点だという。ぼくたちは道の左側に設置された歩道を歩き始める。

堤防道路には信号がないので、車はかなりのスピードを出している。びゅんびゅん行き過ぎる車のすぐそばを、ぼくたちは歩いていく。歩道には充分に二人並べるだけの幅があるけれど、ぼくと牛尾くんは並ばなかった。牛尾くんはすたすたと歩いていき、ぼくは彼の後ろで、前後左右、できるだけ周囲を観察しつつ歩いた。

ぼくたちの左側は、四十度はありそうな下りの斜面だ。小段を経てまた下り、その先には街が広がっている。堤防を補強するためか、斜面には芝が植えられている。

ぼくは歩道を歩きながら、左側の小段を見下ろす。小段の幅は三メートルはありそうで、人が歩くのに不自由はなさそうだ。もし日坂くんが歩道ではなく小段を歩いていたなら、あんな事故には遭わなかっただろう。

けれど、小段を歩くことは、学校から強く禁止されている。人が小段を歩けば芝が剝《は》がれ、芝が剝がれればそこから雨水が染みて、堤防が崩壊するからだと聞かされている。

牛尾くんが足を止め、路面を指さした。

「ここだ。聞いた通りだ」

アスファルトの上に、明らかなブレーキ痕が残っている。けれどそれ以外、現場には立入禁止のテープも張られていなければ、見張りの制服警官もいない。昨日、日坂くんが轢き逃げに遭ったことをあらわすものは、路上の黒々としたブレーキ痕以外に何もなかった。

ぼくはまず、牛尾くんに訊いた。

「聞いた通りって、誰から聞いたの」

牛尾くんは、つまらなそうに答える。

「さっき言わなかったか？　事故を見てた二年生だよ。歩道にブレーキ痕が残ってるから、事故現場はすぐわかるって言っていたんだ」

牛尾くんは顔を上げた。ぼくもつられて遠くを見た。見晴らしがいい。街と農地が彼方まで続いている。鉄塔に中継された電線が、遙か向こうから遙か先へと延びている。六月だった。梅雨《つゆ》の晴れ間で、空はどこまでも青かった。

この広さの中で、牛尾くんは明らかに、自分に何かができるかもしれないという期待感を失った。牛尾くんの心を諦めが満たしていく、その過程がぼくには見えるような気がした。牛尾くんは、自分に言い聞かせるように呟く。

「手掛かりって、なんだ?」

ぼくは、手掛かりとは、たったいまの君の発言だと言いたかった。

「その二年生って、何て名前?」

「うん?」

「名前だよ。事故を見ていた二年生の名前と、わかるなら、クラスも」

「ああ。藤寺《ふじでら》だ。藤寺真《まこと》。クラスはわかんねえな」

「その二年生は、どこから事故を見ていたって言ってた?」

牛尾くんは眉をひそめた。

「知らねえよ。こんな、前も後ろも道が続いてる場所で、それでも見たって言うんだから、おおかた日坂の後ろにいたんだろう。事故は藤寺の目の前で起きたんだ」

「ふたりの間は、どれぐらい離れていたんだろう」

「だから、知らねえって。本人に訊けよ」

もちろん、そうするつもりだ。

初夏の風が、川面を渡ってくる。牛尾くんは申し訳程度に左右を見まわし、

「ここには何もなさそうだな」

と言った。つまり、完全にやる気をなくしたのだ。ぼくは牛尾くんを引き止めなかった。

「そうかもね」

「帰ろうぜ」

「ぼくは、もうちょっと見て行くよ」

それを聞いた牛尾くんが、一瞬、蔑むような表情を浮かべた。クラスメートが悲劇に襲われた場所を興味本位にうろつくなんて、見下げたやつだと言わんばかりに。ぼくは、ここに来ようと言い出したのは君たちじゃないかとは、口にしなかった。引き上げるなら早く引き上げてほしかったからだ。

やがて牛尾くんは、投げやりに言った。

「何かわかったら、教えてくれよな」

「もちろん」

「じゃあな」

ポケットに手を入れ、牛尾くんは堤防道路を歩いていく。その背中を十秒ほど見送ってから、ぼくはブレーキ痕に目を向けた。

——ブレーキ痕が残っていることそれ自体が、極めて大きな手掛かりだ。

アスファルトにブレーキ痕が残っているということは、回転がロックされた状態でタイヤが滑ったことを意味する。そして、いま走っている車の多くにはアンチロックブレーキシステム、ABSが搭載されていて、タイヤのロックは起きない。つまり日坂くんを轢いたのはABS非搭載の車ということになり、対象の車種はかなり絞られる。

ぼくは路上にしゃがみこむ。

ブレーキ痕は四本だ。つまり日坂くんを轢いたのはバイクや三輪自動車ではなく、四輪の自動車で間違いない。

問題は、向きだ。轢き逃げ車は日坂くんに正面からぶつかったのか、後ろからぶつかったのか。

ぼくは何となく、日坂くんが下流に向かって歩いていたのが確かなら、彼は背後から轢かれたのだろうと思っていた。日坂くんが正面から轢かれたのだとすると、その車はセンターラインと対向車線を越えて歩道に突っ込んできたことになるため、さすがにそんなことはないだろうと思っていたのだ。しかしブレーキ痕は、まさにそういう形をしていた。

つまり犯人の車は、こちら側の車線を突っ切って、ブレーキをかけながら歩道に突っ込んできたのだ。犯人は携帯か何かに気を取られたのか、それとも、居眠りでもしていたのだろうか。

授業で使う物差しを持ってきていたので、ブレーキ痕の幅と長さを測る。幅は十四センチ五ミリぐらいで、長さはおよそ二十六センチだ。

青空の下、ぼくは首を傾げる。専門知識を持たないぼくには、いま手に入れた数字をどう利用すればいいのか、見当もつかない。ただ、タイヤが細いような気はした。ぼくは学校にいるあいだに、駐車場に停まっていた車のタイヤを測っていた。その車はごく普通の乗用車で、地面に接している部分のタイヤの幅は、十九センチ五ミリだった。それに比べれば、現場に残されたブレーキ痕は細いのだ。

「軽自動車?」

例外はあるだろうけれど、押しなべて軽自動車のタイヤは普通車のそれに比べて小さく幅も狭い。このブレーキ痕を残したのは軽自動車だと断言するには根拠が弱いけれど、少なくとも、大型車でなかったとは言えそうだ。

さらに考えてみる。日坂くんは事故の瞬間、歩道のどのあたりを歩いていたのだろう。測ってみると、歩道の幅は一メートル半だった。日坂くんが歩いていたのはその右寄りだろうか、真ん中あたりだろうか、左寄りだろうか。

車と違って、路上に日坂くんの足跡が残っているわけではない。ここでも参考になるのは、やはりブレーキ痕だ。ブレーキ痕の末端はタイヤが静止した位置、つまり車が止まった位置だと考えていい。車はそこで停止するまでのどこかで、日坂くんを轢いたことになる。

ブレーキ痕を再度観察し、ぼくは眉をひそめた。

歩道の真ん中に立って、改めて路上のブレーキ痕を見る。

前輪の位置から車の鼻づらまでの長さは、車種によって異なる。トラックのようにボンネットがない車がある一方、鼻づらがやたら長い車もある——とはいえ、こんなに長い車があるだろうか?

ぼくは呟く。

「なんで轢かれたのかな」

日坂くんが歩道を普通に歩いていたなら、あの位置で止まった車に轢かれたとは思えないのだ。ということは……どういうことだろう?

停止した車の位置を意識しつつ、ぼくは少しずつ、歩道の中を車道側に近づいていき、そして立ち止まる。ブレーキ痕から想像する限り、日坂くんが事故の瞬間に歩いていたのは、歩道のぎりぎり右端……車道すれすれの位置だ。

堤防道路では、自動車はスピードを出す。いかに歩道が設けられていても、猛スピードで走っている車はやっぱりおそろしい。誰だって車道から離れて歩きたいはずだ。それなのに日坂くんは、車道側を歩いていた。車が怖くなかったのだろうか？

それ以上、ブレーキ痕からは何もわかりそうにない。ぼくは顔を上げ、近辺を探りはじめる。実を言えば、現場に来さえすれば、ヘッドライトの破片でも見つかるのではと思っていた。けれど路上は掃き清められたようにきれいで、手掛かりになりそうなものは何もない。たぶん、警察は実際に、ホウキとチリ取りで証拠品を集めたのだろう。ぼくは、何か見つかるという期待をなくしかけた。けれどブレーキ痕から二十メートルも離れていないあたりで、ぼくは何かを見た。

小段に何かが落ちている。

街側の斜面は芝が美しく生えそろっているけれど、小段の芝はところどころ剝がれて、土が露出している。そうした芝のない場所に、小さくて赤いものがある。

堤防には、百メートルおきぐらいに、堤防を上り下りする階段が造られている。ぼくは手近な階段から小段に下り、赤い何かに近づいた。リングで綴じられた単語帳だった。紙の質や色合いから見て、ここに落とされたのはごく最近らしい。

赤い厚紙の表紙をめくると、水性ボールペンで書かれた文字がひどく滲《にじ》んでいたけれど、書かれた単語は読み取れる。"certainly"だ。意味は「たしかに」で、これは中学三年で習う。なにしろぼく自身が、ついこの間の授業で習ったばかりなのだから間違いない。

誰かがここに単語帳を落としていった。その誰かは、中学三年生なのだろうか。日坂くんはもちろん中学三年生だ。これは日坂くんの落とし物なのか？

なんとなく、そうは思えない。単語帳をさらに繰る。"quickly"、"focus"、"wrong"、どれもやはり、中三の単語だ。そんな中で、なぜか"FIGHT"だけは大文字で書かれている。どの字もどことなく丸みを帯びて、愛らしい感じがした。誰がどんな字を書こうが自由とはいえ、この筆跡は日坂くんのイメージに合わない。

単語カードの文字はすべて、まんべんなく滲んでいる。単に、持ち主がこの単語帳をうっかり濡らしてしまい、けれどそのまま持ち歩いていたのだろうか。どうもそうは思えない。落としたあとで雨に打たれて字が滲んだと考える方が自然だろう。

あるいは……。

ぼくは、単語帳が落ちていた、芝が剝がれている場所を見る。土は乾いているけれど、よく見れば、周囲に比べて少し窪んでいるようだ。雨が降れば、水たまりができるかもしれない。水たまりに落とせば、単語帳の全てのページの文字は滲むだろう。最後に雨が降ったのはいつだっただろうか。

一昨日から昨日にかけてだ。二日間降り続いた豪雨が、昨日の明け方からようやく弱まって、昼過ぎに止んだ。

この単語帳があの土砂降りに打たれたのなら、文字はもっと滲んでいるはずだ。つまりこの単語帳が落ちたのは、昨日、雨が上がってから水たまりが干上がるまでの時間ということになる。その時間帯に、堤防の上で日坂くんが轢かれた。

冷静に考えれば、この単語帳と日坂くんの轢き逃げが関連していると考える理由は何もない。けれどぼくは、自分が何かを発見したという満足感と昂奮に浸って、単語帳をハンカチで包み、鞄にしまい込んだ。

時刻は午後五時をすこしまわったところで、ぼくは再び歩道に上がり、暮れていく街を眺めていた。

事件は午後五時十分ごろだったというから、ちょうどいまぐらいだ。目の前を、下校中の生徒がちらほらと通り過ぎていく。歩道はやがて行き止まりになるので、堤防道路に上がってきた歩行者たちは、おのおの点在する街側の階段を下りて目的地に向かっていく。どうせ下りるなら、わざわざ上の歩道を進むよりは下を歩いた方がよさそうなものだけれど、堤防道路に沿って進む直線の道が下にはないので、上の道を歩いた方がショートカットになるのだ。車の交通量は思ったよりも少なく、どちらの車線も、数十秒に一台、思い出したように走っているだけだ。もう少し経てば帰宅ラッシュで、もっと車も増えるのだろう。

ぼくは少し迷った。まだここに留まるか、それとも移動するか。ここにいたら、もしかしたら犯人の車が通りかかるかもしれない。

ただ、考えてみればぼくは、日坂くんの血のりでもついていない限りは犯人の車を見分けられない。それがトラックなのかスポーツカーなのかさえ、ぼくは知らず、ただ青い車だという記事を読んだだけなのだから。だったら、ここでできることはもうなさそうだ。

日坂くんが入院している木良市民病院は、ここからそれほど遠くない。遅かれ早かれ、日坂くんには事件発生時の話を聞かなければならない。それだったら早いに越したことはない。ぼくは堤防を下りて街へ向かう。

お見舞いの品をどうしようか、考えた。こんなことになるとは思っていなかったので、小遣いの持ち合わせがない。野辺の花を摘んでいこうかと思ったけれど、かえって失礼に当たる気がしたので、そのまま手ぶらで行くことにする。

木良市民病院は、事件現場から徒歩で十分ほどの位置にある。救急車ならあっという間に着いただろう……と言いたいけれど、実際には、かなり時間がかかったと思われる。徒歩なら階段で堤防から下りられるけれど、車ではそうもいかない。救急車は、どこか下りられる場所まで迂回したはずだ。

病院は五階建てだった。二十台ぐらいは停められそうな駐車場があって、玄関前には車まわしがある。自動ドアの横に木良市民病院と書かれたプレートがあり、その下には内科・消化器内科・外科・整形外科・脳神経外科・循環器科・放射線科・リハビリテーション科、と続いている。つまり、木良市民病院は大きな病院だ。

受付の人は、看護師っぽい制服ではなく、白いシャツに薄緑のベストを着ていた。受診ではなくクラスメートの見舞いに来たのだと話し、日坂祥太郎の病室はどこなのか尋ねる。ベテランと思しき受付の人は、至って事務的に教えてくれた。

「四〇三号室です。六時から七時は夕食時間で面会できません。面会時間は八時までです」

時計を見ると、五時半を過ぎている。つまり時間はほとんどないということだ。

受付近くのエレベーターに乗り、四階に上がる。髪の長い、眼鏡をかけた女性とすれ違った。どこかが悪いようには見えなかったから、ぼくと同じように誰かの見舞いに来たのだろう。目当ての四〇三号室はすぐに見つかった。ドアの脇にネームプレートがあり、そこには「日坂祥太郎」とだけ書かれている。日坂くんの病室は個室のようで、いろいろ話を聞きたいぼくにとってありがたいことだ。ドアをノックする。

返事は、小さかった。

「はい」

引き戸のドアを開ける。ドアは静かに開き、中に入ると、ぼくの背後で音もなく勝手に閉まる。部屋はカーテンが引かれていて薄暗い。

日坂くんは、両手に包帯を巻かれていた。入院着らしい薄水色の服の胸元はわずかにはだけ、クリーム色の布が胸に巻かれている。日坂くんはぼくを見て、怪訝そうに眉を寄せた。

「……小鳩？」

ぼくの名前が、とっさに出てこなかったのだろう。ほとんど話したこともないのだから、無理もない。ぼくはあいさつ代わりに、軽く手を上げた。

「見舞いに来たよ」

「ああ、そうか……さっき先生たちが来たぞ」

「そう？　じゃあ、一緒に来ればよかったかな」

日坂くんはぼくの言い分を疑わなかった。歓迎している様子もなかったけれど、出て行けとも言わない。

「まあ、座れよ。椅子があるだろ」

見れば、丸椅子が一脚だけある。日坂くんは、皮肉っぽく笑った。

「椅子を出してやりたいけどな、手がこれだ」

両手に巻かれた包帯は、いかにも痛々しい。ぼくは日坂くんについて、市内では敵なしだということをクラスメートたちの会話から知った。けれど、具体的にどの競技で強いのかを知らない。手の怪我をあんまり気の毒がって、実は日坂くんがサッカー部のストライカーだったりしたら、気まずいことになる。ぼくはただ、

「早く治るといいね」

とだけ言った。

いったん話し始めてしまえば、日坂くんは、なぜ親しくもないぼくが来たのかは気にならないようだった。もしかしたら、退屈していたのかもしれない。話しぶりは、意外と快活だった。

「見た目はこんなだが、手はそんなに重傷じゃないんだ。倒れた時の受身が下手で、捻挫した。先生は、治るって言ってくれたよ」

ここで言う先生とは学校の教師ではなく、日坂くんを担当した医師のことだろう。ぼくは、やっぱり少し安堵する。

「それはよかった。夏の大会は……」

「そりゃ、さすがに無理だな。ラケットが持てない」

つまり日坂くんがやっているのは、テニスかバドミントンだ。卓球ではないだろう。体育の授業で卓球をやった時、卓球部員がレベルの違いを見せつける一方、日坂くんはぼくと大差ない腕前だった。

ぼくはクラスで聞いた噂を思い出す。

「足も怪我したって聞いたけど」

「足？」

不満そうな声だった。

「そりゃあ、足も捻《ひね》ったけどな。誰から聞いた」

「牛尾くんだけど、牛尾くんも他の誰かから聞いたみたいだった」

「変な噂が流れているんだな。まあ、どうでもいいけど」

日坂くんは自分の胸に手を当てた。

「どっちかっていうと、こっちが大きいな。肋骨」

「車に当たったところ？」

「いや。どんな噂になってるのか知らんけど、車がいきなり斜め前から突っ込んできて、でも急ブレーキ踏んで、俺の目の前に来た時にはだいたい止まってたんだ。その最後の勢いでぶつかってきたから、俺はこう」

日坂くんはゆっくりと、ボクシングのガードのようなポーズを取る。

「体を守った。でもやっぱ、車はすげえな。受けとめきれなくて後ろに倒れて、その勢いで肋骨が折れた」

「それで、腕は捻挫で済んだの？」

「俺も不思議なんだけど、腕は内出血ぐらいだってよ。まあ、痛いことは痛い」

「そっか、まあ」

命が無事でよかったと言おうとしたところで、日坂くんが続けた。

「あと、頭を打った。頭蓋骨にヒビが入ってる」

「……それ、あんまり無事じゃないね」

日坂くんは笑った。

「本人に向かって言うなよ。頭蓋骨が折れたって聞くと派手に聞こえるけど、本当にヒビだけで、特に治療も必要ないって言われた。まあ、ヘディングは禁止だとさ」

「ヘディングは、しないね。テニスだとボールが当たることもありそうだけど」

「テニスなら、そうだな」

その言い分から推《お》すに、日坂くんが「市内で敵なし」のスポーツは、テニスではない。二者択一の片方が消えて、答えがわかった。日坂くんはバドミントン部のエースだ。

それはさておき、頭を打ったと聞けば、さすがのぼくも少しは人間らしい気持ちが湧いてくる。

「骨はいいけど、その……中身は大丈夫だったの？」

そう訊くと、日坂くんは陰のある笑い方をした。

「心配ありがとう。先生も、そいつが問題だって言ってた。MRIを撮ってもらって、いちおう脳内出血とかはないけど、一日経過を見るって言われてる。腫れてきたら手術だってよ」

「そうでないといいな」

「ああ、本当にな」

日坂くんの怪我の程度は、これでおおよそわかった。同時に、事件の様子もだいぶわかった。

現場で見た通り、犯人は急ブレーキを踏んで車を止めたものの、日坂くんとの衝突を避けることはできなかった。日坂くんは自分の腕で体を守り、衝突の勢いで後ろに倒れた。倒れる時にも手で体をかばったけれど、間に合わなくて胴体と頭がアスファルトに叩きつけられ、手首を捻挫した。何本かはわからないけれど肋骨が折れ、頭蓋骨にはヒビが入った。足も捻った。いまのところ、脳には異状がないらしい。

腑に落ちない点が、一つある。さっきの日坂くんのように、ぼくはボクシングのガードの姿勢を取る。日坂くんが訊いてきた。

「何してるんだよ」

「いや……なんていうか、車にぶつかる時、こんなふうに胸の前を守る形になるかなって思って」

車の前にはたいていボンネットがあり、その中にはエンジンが入っていたりする。車によって高さはそれぞれだけれど、身長百八十センチの日坂くんの胸にぶつかるほどボンネットが高い車は想像がつかない。車にぶつかるのは、まず足か腰のはずではないか。

日坂くんは、別に不審がるふうもなく教えてくれた。

「ああ。俺を轢いたのは、ワゴン車なんだ」

それなら納得がいく。ワゴン車は運転席の前にボンネットが伸びておらず、一般的に言って前面は平たい。そういう車が急激に迫って来たのなら、とっさに胸を守る姿勢を取ることもあるだろう。

犯人の車のタイプは、大きな手掛かりになる。さて、日坂くんは他にどんな手掛かりを持っているだろう。

「犯人は見た？」

日坂くんは悔しさを滲ませた。

「警察にも話したんだけど、見てないんだ。なにしろ、いきなりで」

「車はワゴンだって言うけど、ナンバーは？」

「そいつも見てない。ただ、車の色は青かった。青っていうか、空色だったな」

「会社の名前とか書いてなかったかな」

「さっきも言っただろ。いきなりで、見る暇なんかなかったよ」

「日坂くんは、ふだんからあの道を通って下校してるの？」

答えかけて、日坂くんは口を閉じた。目に疑いの色が浮かぶ。

「……あのさ。小鳩、おまえさっきからなんなんだよ。俺が轢かれたのがそんなに興味深いのか」

少し、性急だったかもしれない。がっつけば引かれるのは当たり前だ。ぼくは、そんなつもりはなかったのだという気持ちを込めて手を振る。

「まさか。クラスメートがこんな目に遭ったんだ。クラスじゃ何人も怒ってる」

「怒ってる？　誰にだよ」

「決まってるじゃないか。犯人にだよ」

日坂くんは、毒気を抜かれたようにうつむいた。

「犯人、か。そりゃそうか」

「そのうち、ぼくたちで犯人を捕まえようって話になってさ。もちろん、警察みたいなことはできないけど、ぼくたちの方がやりやすいこともあるんじゃないかって。とにかくじっとしていられない、何かわかったら警察に連絡しようって話になったんだ」

ぼくは嘘をついていない。少なくとも今日の昼休みの時点で、そういう気勢があったのは事実だ。

日坂くんは、さっき垣間見せた怒気を引っ込め、作り笑いのようなものを浮かべた。

「無茶な話だな。誰が言い出したんだ」

「牛尾くん」

「あいつか……調子のいいやつだ。それで、なんで小鳩が来るんだ」

「他のみんなは、何かそれぞれ用事があるみたいでね」

今度こそ本当に、日坂くんは笑った。

「小鳩、おまえ、便利に使われてないか。言い出したやつが来いって話だよな」

「まあね。でも、きっと手掛かりは見つかるよ」

それを聞いて、日坂くんはふと真顔になった。

「じゃあ、悪いが牛尾たちに伝言してくれ。俺のために怒ってくれるのは嬉しいけど、もう警察が捜査してる。余計なこととして犯人を追い詰めたら、逃げられたり、おまえらが危ない目に遭ったりするかもしれない。気持ちだけで充分だ。何もしないでくれ」

轢き逃げに遭った時、ひとはこんなふうに考えるのだろうか。ぼくには経験がないから、日坂くんの心理は想像もつかない。

「もちろん、安全には気をつけるように言うよ」

「そういうことじゃない。やめてくれって言ってほしいんだ」

ぼくと日坂くんは、薄暗い個室で、束の間お互いに次の言葉を探した。けれど、どちらも口を開くことはなかった。ノックなしに、出し抜けにドアが開かれたからだ。

「日坂さん、夕食です。あらあ、こんなに暗くしちゃって。電気つけますね」

声の明るい看護師さんだ。食事を載せたトレイが何枚も積まれた台車を押している。看護師さんはちらりとぼくを見た。面会時間は終わりだとほのめかしているのだろう。

ぼくは椅子を立った。

「じゃあね、日坂。お大事に」

「ああ、ありがとう。気をつけて帰れよ」

そして日坂は、自分の思いつきにちょっと笑ってしまったように、付け足した。

「……車に気をつけろよ」


日が暮れていく。夕食の時間になる。ぼくはノートを閉じ、ペンを置く。

ベリーショートの看護師さんがトレイを持ってきてくれる。ぼくは入院以来おそらくは初めて、自分が何を食べているのかを意識しながら食事をした。白ご飯に、鶏肉の照り焼き、ほうれん草のおひたし、ごぼうとごまのマヨネーズ和え、豆腐の味噌汁だ。塩分は控えめだけれど、味気ないとは思わなかった。ぼくはゆっくりと食べた。急ぐと肋骨が痛むのだ。最後にコップ一杯の水を飲み、看護師さんの介助を受けて歯を磨いた。

それにしても、怪我人とはこれほどよく眠るものなのだろうか。ぼくは、いつ寝ついたともわからず気を失うように眠り、そして暗がりの中で目を覚ました。

未明だった。部屋は暗いけれど、遮光ではないカーテンの向こうは、夜が白みかけている。

ぼくは、たぶんまだ眠れるだろうと思った。寝返りを打てない体が悲鳴を上げている。寝てやり過ごすよりほかに、何もできない。

けれどぼくは、日坂くんのことを考えてしまった。

日坂祥太郎くん。少し憂鬱そうに笑う、バドミントン部のエース。自殺しただなんてあり得ない。そう言いたいけれど、ぼくは彼のことを、結局ほとんど知らないままだ——。

外を見たくなって、わずかに身をよじる。カーテンに手を伸ばし、わずかに開くと、街明かりと月明かりが射しこんでくる。

室内に目を戻すと、テーブルの上に犬がいた。

灰色の、犬のぬいぐるみだ。小さくて、毛は短い。犬だと思ったけれど、もしかしたら狼なのかもしれない。なにしろ、あんまり目つきがよろしくない。

狼は、金色のリボンをかけたチョコレート色の箱の上に座っている。いったんぬいぐるみをどけると、リボンにはクリーム色の小さな封筒が挟まっていた。封を開けると、昨日と同じく、小さなメッセージカードが入っていた。

メリークリスマス
子山羊《こやぎ》を食べた　悪いおおかみです
子供っぽいって思わないでね
わたしが一番　そう思っているから

小佐内

追伸　ボンボンショコラは一日ひとつまでです

そうか。今日はクリスマスだった。この狼は、小佐内さんからのプレゼントか。悪い考えばかりが渦巻きかけているところに、思いがけないものをもらった。ぼくは暗がりの中で笑い、日坂くんのことはきっと何かの間違いだと考えた。健吾が人づてに聞いた話を信じ込むには気が早い。きっと……きっと何かの間違いだ。

リボンを解いて箱を開ける。甘い香りが立ち上った。

小さなボンボンショコラが二列、四個ずつ並んでいる。どれもサイコロのように四角い。チョコレートの大きさに比して、箱はずいぶんと高さがある。箱には二つ折りの紙が入っていて、開くと、小さな文字と誇らしげな文章でフレーバーの説明が並んでいた。小佐内さんらしいお見舞いだ。

ぼくは改めて、狼のぬいぐるみを見つめる。

こんなクリスマスを迎えることになるなんて、思ってもいなかった。小佐内さんはなぜ、ぼくにぬいぐるみを贈ったのだろう?

メッセージカードには、続きがあった。カードの裏に文面が続いている。

黄色　小さな車（軽？）　ナンバー不明
三年前とは少し違う

一行目は、ぼくを轢いた車の情報だろう。小佐内さんはぼくが轢かれる前に堤防道路から落ちたはずなのに、さすが、よく見ている。

そしてもちろん小佐内さんも、ぼくの轢き逃げと三年前の轢き逃げがよく似ていることに気づいている。ぼくにとってそうであるように、あの事件は小佐内さんにとっても、決して忘れられない出来事であるはずだ。

目をつむる前に、狼のぬいぐるみを掲げてみる。

子山羊を食べたのだとしたら、たしかに、悪い狼だ。

第三章　わたしたち本当に出会うべきだったのかな

開けたままだったカーテンから差し込む光が目に痛い。ドアが開いて、ベリーショートの看護師さんが入ってくる。

「おはようございます。昨夜はよく眠れましたか？」

途中で一度目が覚めたけれど、それを除けば半日ほども眠りっぱなしだった。

「はい、とても」

看護師さんは、どこか業務的な笑顔になった。

「それはよかったです。じゃあ、検温です」

そう言って体温計を渡すと、看護師さんは点滴の交換を始める。

体温計はわきの下で測るタイプのもので、どういう仕組みになっているのか、ぼくが自宅で使うものよりもずいぶん早く結果が出た。点滴の交換が終わるのと同時に、電子音が検温の完了を知らせてくる。体温計を看護師さんに渡す。

「少し高めですね。つらいところはありませんか?」

それは、いくらでもある。

「足が痛くて、熱を持っていて、なんだか膨らんでいる感じがします」

「わかりました」

「少し頭が痛いです」

「はい」

「姿勢を変えられないのが、本当につらいです」

「我慢してくださいね」

言われた通りつらいところを伝えたのに、何も得るところがない。看護師さんは体温計を拭いてポケットに戻すと、ぼくの枕元に目を向けてちょっと微笑《ほほえ》んだ。

「かわいいぬいぐるみですね」

狼のぬいぐるみは、ちょこなんとテーブルに座している。ぼくはいちおう訊いた。

「持ち込み禁止ですか」

「問題ありませんよ。ただ、昨日はなかったですよね」

「夜のあいだに、見舞いに置いていったようです」

「そうですか。お話はできましたか?」

ぼくは苦笑した。

「ずっと寝ていたので、わかりません。起きたら、置いてありました」

看護師さんはにっこり笑って、話を変える。

「今日からはリハビリが始まります。がんばってくださいね」

ちょっと驚いた。一昨日手術したばかりなのに、もうリハビリが始まるのか。

「朝ごはんは昨日と同じ、八時です」

と言って、看護師さんは足早に病室を出て行った。入院してから、看護師はあのベリーショートの看護師さん以外は見ていない。たぶんあの人がぼくの担当ということになるのだろう。それからほどなくして朝食が届けられたけれど、食膳の上げ下げも、同じ看護師さんが対応してくれた。

朝食を済ませてしばらくして、宮室先生が診察に訪れる。何となくわかってきたけれど、宮室先生は整形外科医なのだろう。ぼくの足の様子を見て、

「腫れていて、熱もあるね。痛むかい？」

と訊いてきた。痛みの有無は看護師さんに伝えたけれど、情報は必ずしも迅速に共有されるわけではないらしい。痛みますと伝えると、宮室先生は頷いた。

「今日からは痛み止めの点滴をやめるので、飲み薬を出します。痛みが強いようなら飲んで下さい。後で、傷口を包帯で巻いてもらいます。何か不安なことは？」

よくわかっていなかったのだけれど、後で巻くということは、いまは包帯を巻いていないということなのだろうか。その点だけが不安だったけど、「そうです」と答えられても怖い気がしたので、あえて尋ねなかった。先生は、

「早く退院できるよう、がんばっていきましょう」

と言った。

リハビリは午前中に行われた。

理学療法士はレスラーのように体の大きな男性で、名札には馬渕《まぶち》とあった。顔もいかつく、声も野太くて迫力があるけれど、馬渕さんはとても親切だった。

「小鳩さんは若いから筋肉の落ち方も緩やかだけど、ずっと寝ていると想像以上に筋力は落ちるからね。頭の方の経過観察で一日遅いスタートですが、股関節の可動域もいまのうちから広げておかないと、骨が治っても思うように歩けなかったりするから、がんばっていきましょう」

すると、ふつうは手術翌日からリハビリするものらしい。

リハビリというと痛くてつらいものだと思っていたけれど、馬渕さんのリハビリは、どちらかというとストレッチだった。怪我をしていない左足をぐるぐるまわしたりする程度で、運動量としては極めて軽微だった。たぶんぼくの右足が、痛くてつらい運動をできるような状態ではないからなのだろう。

ぼくはベッドから動けないので、リハビリもベッド上で行った。この状態が何日続くのだろう。そう訊いたら、馬渕さんは天気の話をするような調子で答えた。

「それは整形外科の先生の判断によるね」

一般的にはどれぐらいなのか食い下がって訊いてみたけれど、

「十代の子が太腿やっちゃうケースは多くないし、個人差も大きいから、いい加減なことは言えないな」

と返されただけだった。もどかしいけれど、客観的に考えれば、誠意ある受け答えだ。

リハビリが終わると、昼食まで、すべきことは何もない。ただ退屈な時間が続き、ぼくは小佐内さんからもらったボンボンショコラを一粒つまみ上げた。

一日一粒というお達しだということを忘れて、何も考えずに選んでしまった。箱に入っているときはサイコロ状に見えたけれど、こうしてつまんでみると立方体ではなく、やや薄い。チョコレートの表面にはライン状の盛り上がりがあり、説明書きによると、このラインの入り方でフレーバーがわかるようだ。ぼくが手にしているのは「ヴァニラ」らしい。バニラをヴァニラと書くのを見たのは、初めてかもしれない。口に入れるとふんわり香り、チョコレートはたちまち溶けていく。甘みと苦みが舌に残り、やがてほどけて消えていった。

あとの七粒を名残惜しく見つめる。やがて足の痛みが戻り始めたけれど、ベリーショートの看護師さんからもらっていた薬を飲むと楽になる。窓の外に冬の街を眺めていると、ぼくの意識は三年前へと引き戻されていく。指に残ったチョコレートをティッシュで拭いて、ノートを手にする。


日坂くんが轢き逃げされたと聞いた翌日には、噂は煙のように消えた。

だれも日坂くんの名前を口にしなかった。噂をためらう理由があるのではなく、噂をする理由がないという感じだった——つまりみんな、たったの一日で、日坂くんの轢き逃げを過去の出来事として消化してしまったらしい。前日、轢き逃げ犯を自分たちで捕まえようと意気込んでいた牛尾くんたちに捜査の進捗を訊いたら、何のことだと訊き返されたかもしれない。日坂くんの名前が出たのは、病院に見舞いに行ったメンバーの一人が、千羽鶴を作ろうと言い出した時ぐらいだ。その提案に対して、クラスの反応は実に微妙だった。たしかにポーズとしてそれぐらいのことをした方がいいのかもしれないけれど、やりたいかというと全然やりたくはない……という内心が、さ迷う視線と無言になって表れていたようだ。そのうち誰かが「やりたいけど、もらった方が困るんじゃないかな」と言い出すと、露骨にほっとした雰囲気が流れた。千羽鶴の提案はそのまま雲散霧消し、ぼくの見る限り、提案したクラスメートさえ却下に安堵している様子だった。

ぼくはもちろん、調査を続ける。

まずは、事件の目撃者だという二年生、藤寺真を探す。名前からだと男子か女子かもわからないけれど、まあ、会えばわかるだろう。牛尾くんからは藤寺真のクラスを聞けなかったけれど、この学校のクラスは一学年あたり六つなので、総当たりでもそんなに手間はかからない。一時間目の授業が終わった後、ぼくは二年一組の教室を訪ねていき、手近な二年生に「このクラスに藤寺って子いる?」と訊いた。はかばかしい返事がなかったので二組の教室に行き、同じことをすると、今度は「藤寺って、藤寺真ですか? あいつなら、たしか五組です」という返答を得られた。時計を見ると休み時間は残り二分だったので、五組訪問は次の休み時間にまわして、自分の教室へ戻っていく。

三年生の教室は、すべて校舎の二階にある。その二階の廊下でぼくは、体操着姿の一団に行き当たった。どこかのクラスが体育の授業を受けるようだ。別に体育が楽しみなわけでもないだろうけれど、体操着の一団はみな、明るい顔をしている。

その中でも女子が四人ほど、廊下の横幅いっぱいに並んで近づいてくるので、ぼくは窓際に体を寄せてやり過ごす。教室に急ごうと足を踏み出したところで、あとから来た小柄な女子とぶつかりかけて、とっさに、

「あ、ごめん」

と謝った。

二時間目の授業は英語で、ぼくはその時"quickly"という単語を習った。授業が終わるとさっそく二年五組に向かったけれど、どうやら次の授業は移動教室らしく、生徒たちは次々と教室を出て行ってしまう。仮に藤寺真をつかまえたとしても話は聞けそうにないので、ここは見送る。その次の授業はぼくのクラスが移動教室で身動きが取れず、結局目的を果たせたのは、昼休みのことだった。

二年五組の教室の入口で、手近な生徒に藤寺はどこかと訊く。その二年生は別に不審がることもなく、教室の中に向かって、

「フジ！　先輩が来てるぞ！」

と呼ばわった。

藤寺真の性別は、まだわかっていなかった。どちらだろうと思っていたけれど、やがて来た

藤寺真は、男子だった。小柄でおとなしそうな顔立ちをしている藤寺くんは、ぼくを見て露骨に不審そうな顔をした。

「えっと……先輩ですか」

誰ですかと訊きたかったのだろうけれど、襟元の徽章《きしょう》でぼくが三年生だと気づいて、いちおう穏当な言い方をしたようだ。ぼくは、迂遠な訊き方はしなかった。

「日坂のクラスメートなんだけど、あいつが轢き逃げされたところを見たっていうのは、君？」

藤寺くんはいっそう警戒をあらわにし、わずかに後ずさりさえした。

「ええと……」

「別に、迷惑はかけない。二年の藤寺くんが現場を見たって聞いたから、確認してるだけだよ」

「その……はい、見ました」

いったい藤寺くんは、何をそんなに怯えているのだろう。いきなり先輩に押し掛けられたことが、それほどプレッシャーなのだろうか。まあ、ともあれ、目撃者には辿りついた。さっそく訊く。

「日坂が轢かれたのって、何時ぐらいだった？」

「夕方の、五時六分ぐらいでした」

即座に、正確な数字が返ってきた。不審なぐらいに正確だ。

「……よく憶えてるね」

ぼくがそう言うと、藤寺くんは少し目を逸らした。

「警察に訊かれたんです。何度も話したことなんで、そりゃあ、憶えてます」

「なるほど、それはたいへんだったね」

「そんなでもなかったです。それだけですか？」

もちろん、それだけではない。

「日坂を轢いた車を見たよね。ナンバーの数字は？」

「憶えていません。四桁だったと思います」

「車種は」

「僕が見てわかる車なんて、デロリアンぐらいです」

ぼくは少し黙った。自分だったら、どんな車種を見分けられるだろうと思ったからだ。プリウスとジープはわかる……いや、ジープって車種だっけ？　ともかく、日坂くんを轢いた車は、どうやらデロリアンではなかったようだ。

「じゃあ、どんな車だった？」

「小さかったです。軽自動車でした」

軽自動車と普通自動車は、その大きさではなく排気量で区別される。念のために訊いておく。

「小さい普通自動車ってことは、なかったかな」

藤寺くんの答えは明快だった。

「いえ。軽自動車でした。ナンバーが黄色かったので」

なら間違いない。

「でもさっき、ナンバーは憶えていないと言ってたけど」

「訊かれたのはナンバーの数字だったんで」

まあ、たしかにそう訊いたかもしれない。気弱そうに見えてこの藤寺くん、なかなかの曲者《くせもの》じゃないか。

ぼくは昨日現場を見て、タイヤの幅から、轢き逃げした車は軽自動車ではないかと予想した。そしていま、藤寺くんからその車は軽自動車だったと聞いた。ぼくは観察して推測し、その推測は証言によって裏付けられたのだ。日坂くんを轢いたのが軽自動車だということは、もう間違いない。

藤寺くんは、訊かれたこと以外には答えないつもりかもしれない。それならもっと訊いておこう。

「日坂を轢いたのは軽自動車だった。車種はわからないと言ったけど、それ以外は？ トラックだったとか、特徴的なシールが貼られていたとか、ナンバーが黒地に黄色の数字だったとか、そういったことはなかった？」

同じ黄色のナンバーでも、黄色地に黒文字の場合と黒地に黄文字の場合があり、黒地のナンバーはその車が運送業の事業用車両であることを意味する。藤寺くんは、ここでも迷わなかった。

「そういうことはなかったです。ふつうに、黄色地に黒い数字が書かれてました。あとは、ええと、ワゴン車でした」

「色は」

「薄い水色だったと思います」

「夕焼けだったので、色は少し違って見えたかもしれません。警察にもそう話しました」

「思う？」

ぼくは頷く。犯人の車の色は、新聞記事には「青」と書かれていて、日坂くんは「空色」と表現した。薄い水色というのは、どの情報とも食い違っていない。

そろそろ本題に入るべきだろう。

「で、日坂が轢かれた時のことなんだけど」

と言ったところで、出し抜けに声をかけられた。

「すいません」

二年生の徽章をつけた女子だ。ぼくと藤寺くんが教室のドアを挟んで話していたから、出入りできなかったようだ。

「あ、ごめん」

と言って、ぼくは廊下に下がる。藤寺くんはこの機会に話を打ち切りたい様子で、教室の中へ戻ろうとする。事件のことは思い出したくないのかもしれないけれど、だからって逃がすわけにはいかない。

「ちょっと待って。もう少し」

藤寺くんは、顔をしかめて振り返った。

「日坂先輩のクラスメートだっていうけど、事件のことなんて聞いてどうするんですか」

「そりゃあ、犯人を捜すんだよ」

単刀直入な答えを突きつけられ、藤寺くんは二の句が継げないようだ。ぼくはさらに続ける。

「捕まえることなんてできないけど、何かわかったら警察に連絡できるだろ。クラスメートをあんな目に遭わされて、黙ってられない。轢き逃げを見たのは藤寺くんだけなんだから、見たことは話してほしい」

今度も、嘘は言っていない。

藤寺くんはうつむき、何か迷っている様子だ。もう一押し、何か説得の材料はないかと考えているうちに、心が決まったのか、藤寺くんは話し始める。

「わかりました。でも、そんなに話すことはありません。僕は部活が終わって、家に帰るところでした。少し前を日坂先輩が歩いていることには、気づいていました。別に何も変わったところはなかったです。いつも通り、堤防道路を車が走ってて……。その中の一台がいきなりすごいブレーキ音を立てて、僕は足元を見て歩いていたんで顔を上げると、もう、日坂先輩が轢かれるところでした。車はいったん停まって、すぐに逃げていきました」

藤寺くんは口を閉じた。やはり、自分からあれこれ話したいわけではないらしい。なら、答えを引き出すまでだ。

「運転手の顔は見た？」

驚いたことに、藤寺くんは頷いた。

「見ました」

「ど……どんな人だった？」

ぼくが動揺する一方、藤寺くんは歯切れが悪い。

「オレンジの、色の薄いサングラスをかけてました。印象に残ってるのはそれだけで、あとは何にも。とっさに男の人だって思ったから、髪は短かったんだと思います」

「揚げ足を取るつもりはないけど、髪の短い女の人だったって可能性は？」

「もちろん、あります」

位置関係を考える。藤寺くんの前を歩いていた日坂くんが正面から轢かれたのなら、藤寺くんから運転席が見えたのは何の不思議もない。サングラスというわかりやすい特徴にばかり目が行って、ほかの印象がぼやけてしまったというのも、無理のないことだ。しかしそれにしても、惜しい。彼からもっと何か引き出せないだろうか。

「助手席とか後部座席にほかの人は乗っていなかった？」

「憶えていません」

「身長とか、体の幅とかはどうかな。太ってたとか、瘦《や》せてたとか」

藤寺くんは、もどかしそうに手を振った。

「だから、憶えてないんですってば。ぱっと見て男の人だって思ったんだから、小柄ではなかったと思います。警察にも訊かれまくって、それしか思い出せなかったんだから……もう勘弁してください」

藤寺くんは本当に嫌そうな顔をしていた。犯人について、これ以上は引き出せそうもない。質問の矛先を変える。

「日坂くんは下流に向かって歩いてたって聞いた。で、君もそうだった。間違いない？」

「そうです」

「君は、学校帰りには毎日あの道を通るの？」

「いえ、たまたまです。ばあちゃん……祖母の家で夕食を食べることになって、僕、あの道を通る行き方しか知らないんです」

祖母の家で夕食を食べることになった理由までは、訊かなくてもいいだろう。

「二人の距離は、どれぐらい離れてたのかな」

これもまた警察に訊かれた話だったらしく、藤寺くんは考えるそぶりも見せなかった。

「三十メートルから四十メートルぐらいです」

「けっこう離れていたんだね」

「そうですね」

だからどうしたと言外に言われたようで、ちょっとばつが悪い。質問を変える。

「車が逃げていった方向は？」

「僕たちが向かっていたのと反対側だから、川の上流、北です」

日坂くんは下流に向かって歩いていて正面から轢かれたのだから、たしかに車は上流に向かって走り去ったことになる。

「念のためだけど、通報したのは誰？」

「日坂先輩です。自分で救急車を呼んでいました。それから、警察に。僕が通報しようとしたんですけど、先輩が自分でしちゃったので。僕はもしかしたら先輩を轢いた車が戻ってくるんじゃないかと思って、道路を見てました」

新聞では、日坂くんは救急車を呼んだだけのように書かれていた。実際には救急車、警察の順に、日坂くん自身が通報したらしい。

「それで、救急車が来たんだね」

「はい。救急車の人が先輩を担架に乗せているあいだにパトカーが何台も来て、警察の人はちょっと搬送を待ってもらえないかとか言ってて、救急の人は現場でUターンしていいかとか言っててなんか揉めてましたけど、結局どっちも無理ってことで、先輩はそのまま運ばれていきました」

ということは、現場に残ったのは藤寺くんだけだったということになる。

「だいぶ、話とか訊かれたんじゃない」

その時のことを思い出したのか、藤寺くんはちょっと苦い顔をした。

「まあ……訊かれました。いろいろ」

「いいな」

事情聴取だなんて、ちょっと素敵だ。

「よくないですよ、ちっとも。なんか怖いし」

まあ、本人がそう思うのは無理もない。これはぼくが無神経だった。

「それで、しばらくその場にいた。十分ぐらいかな?」

「もっとですね。最初のパトカーの後になんか作業服みたいなのを着た人たちが来て、道路に這いつくばって調べ始めて、そのあいだちょっとほっとかれたりして……結局、三十分ぐらいは残ってました」

「……道路に這いつくばったって、轢かれないのかな、その人たち」

あきれ顔を向けられた。

「もちろん、車は止めてました。片側交互通行にして」

「え、じゃあ、立入禁止のテープとか張ってたの?」

「まあ、そうですね」

見たかったなと言えばまた無神経だろうから、ぼくは言葉を呑みこんだ。

事故の状況は、これでおおむねわかったと思う。ただ一つを除いて。

「いろいろありがとう。もう一つだけ、念のために訊いておきたいんだけど」

「何ですか」

藤寺くんはどこか落ち着きがなく、視線を微妙にさ迷わせている。昼休みが終わるのを気にしているのかもしれない。

「そんなに身構えなくても、簡単なことだから。日坂はひとりだったんだよね」

藤寺くんは、どこか引きつった笑みを浮かべた。

「関係ないかもしれないけど、っていうか関係ないと思うけど、日坂先輩と僕のあいだに割り込む形で、階段から堤防に上がってきた女子はいました。うちの制服を着ていました」

「女子だって！」

ぼくの脳裏に、現場で見つけた単語帳が甦る。ぼくは直感した。あの単語帳の持ち主だ。

「間違いなく、うちの制服だったんだな。その子はどうした？」

ぼくの勢いにたじろいだのか、藤寺くんは口ごもる。

「その……逃げ出した水色の車を避けようとして、堤防道路から落ちていきました」

「落ちた？」

水色の車は日坂くんを轢き、謎の女子を堤防道路から転落させ、藤寺くんのそばを通って上流方向へ逃げていった。……その女子は、轢き逃げ事件の被害者じゃないか！

なんてことだ。ぼくは、知られざる被害者の遺留品を見つけてしまったのか。さすがにそこまでの大成果は予想していなかった。

「その子のこと、もちろん警察に話したんだよね？」

藤寺くんは小さく頷く。それで、一つ納得がいった。昨日、日坂くんの事故について話す時、担任の先生は目撃者は名乗り出るようにと言った。つまり藤寺くんのほかにあの事故に関係する生徒がこの学校にいることを警察は知っていて、その生徒を捜すべく、学校に協力を求めたのだろう。

「それで、それから？　その子は怪我しなかったの？」

藤寺くんは一瞬、頭を抱えた。思えば藤寺くんの態度は、最初から少しおかしかった。事件のことを思い出したくないというだけでなく、何か、話したくないという気配があったのだ。いま、藤寺くんは、苦しげに言う。

「わかりません。いなくなったんです。轢かれた日坂先輩に駆け寄って、救急車とか呼ぼうとして、でも先輩がぜんぶ自分でやって。それから僕、やっと、もうひとり女子が堤防から落ちたのを思い出して見に行ったんだけど、もう誰もいませんでした。本当なら……もっと早く見に行くべきだったのに」

ぼくは思った——藤寺くんは、その女子を助けに行かなかったことに、罪の意識をおぼえているのではないか。それが、藤寺くんの屈託ある態度の理由ではないか。

「その子について憶えていることは？」

藤寺くんは首を横に振る。

「階段を上がってくると僕の方に向かって歩いてきたので、顔は見たんですが、見覚えはなかったです。同学年ならわかったと思うから、たぶん一年生です」

続けて藤寺くんは、力なく言う。

「もういいですか。昼休みも終わるんで。僕も、準備があるんで」

「……ああ、もういいよ。ありがとう。悪かったね、手間を取らせて」

小さく頭を下げ、藤寺くんは教室の中へ戻っていく。教室の壁に掛けられた時計を見ると、昼休みは残り一分だ。

ぼくは制限時間内に、訊きたかったことをすべて訊いた。まことに実りある昼休みだったと言えるだろう。

放課後、帰り支度をしながらぼくは考えた。

ぼくは現場を調べ、被害者に会い、目撃者に会った。次は何をするべきだろう。日坂くんを轢いた、たった一台の車を――というのは、日坂くんを轢いた車は二台以上だと藤寺くんが言わなかったからだが――この街から見つけだし、サングラスをかけた誰かを警察に突き出すには？　途方もない話だけれど、ぼくは既にいくつか手掛かりを見つけているし、この先もきっと何かを見つけられるはずだ。そのために、次はどんな手を打つべきか。

まず思いつくのは何と言っても、単語帳を落としていった女子を見つけることだ。

位置関係を考えてみる。事故が起きる前、あの歩道では藤寺くんが日坂くんの後ろを歩いていた。そこに、ふたりの間に割って入る形で謎の女子が堤防に上がってきて、彼らとは反対側に向かって歩き始めた。

謎の女子は事故の直後、逃げ出そうとした車に轢かれかけたと思われる。だとすればその女子は、問題の車を間近で見ているかもしれない。

藤寺くんによれば、その女子はうちの学校の制服を着ていたそうだ。

また、藤寺くんはその女子が一年生ではないかと言っていたけれど、現場からは、中学三年生が習う単語を記した単語帳が見つかっている。ここは物証を重んじるべきだろう。彼女を捜し出すことはできるだろうか？　そこまで考えて、ぼくはふと、教科書を鞄につめる手を止めた。

日坂くんの轢き逃げ事件は、もうほとんど噂にならなくなっている。だけどそれは今日の話で、昨日はかなり話題になっていた。その話でクラス中が、学校中が持ちきりだったと言っていい。そんな中、日坂くんだけではなくその女子も轢かれかけたという話が飛び交わなかったのは何故だろう。

仮説は二つ思いつく。

そういう話はたしかに飛び交っていたけれど、ぼくの耳には届かなかった。女子と男子で共有する情報の範囲に違いがあるという現実は、認めなくてはならない。轢かれかけた女子の話は女子の間で広まるに留まったので、男子であるぼくは、それを知ることができなかったのではないか。

ありそうなことだ。そしてもう一つ、別の考え方もできる。

話は、まったく出まわらなかったのではないか。どうしてそんなことが起きたのか？　もっとも単純な答えは、藤寺くんが嘘をついているというものだ。轢かれかけた女子なんか存在していないとすれば、話が出てこないのも当然だ。けれど、もしそうだとすると、単語帳が堤防道路の下に落ちていたのはただの偶然になるし、学校側が事故の目撃者を捜していたことにも深い理由はないということになる。

あるいは、謎の女子は、自分も轢かれかけたことを一切誰にも話していないのではないか？

轢き逃げの現場にいたのは日坂くん、藤寺くん、謎の女子、それから轢き逃げ犯の四人だけだ――犯人の車に乗っていたのが一人とは限らないけれど、そこはまあとりあえず、一人だったと仮定しておく。謎の女子が轢かれかけたのは日坂くんが轢かれた後なのだから、日坂くんが女子のことを知らないとしても不思議はない。藤寺くんは、ぼくの予想が正しければ女子を助けなかったことを申し訳なく思っているので、彼女のことを他言しないのはむしろ自然だろう。犯人は言わずもがな。つまり謎の女子自身が「わたしも轢かれかけて堤防道路から落ちた！」と騒がない限り、余人がその事実を知ることはできない。

もしこの考えが当たっているとするなら、謎の女子はなぜ、口をつぐんだのだろう。単に、目立ちたくなかったのだろうか。学校の中で非常に立場が悪く、声高にものを言える状態になかったのだろうか。それとも……まったく別の理由があるのだろうか？

持ち帰るべきものは鞄に入れた。教室を出ようとするぼくに、牛尾くんたちのグループが冷ややかな視線を注いでいる。彼らは何か言ってくるわけではないので、ぼくからも、何も言うことはない。

学校を出る前に、図書室に寄ろうと思いついた。ひとつ知りたいことがある。

放課後の図書室は、それなりに席が埋まっている。期末試験はまだ先だけれど、ノートを広げて勉強している生徒が多い。ぼくは受付カウンターに向かい、暇そうにしている図書委員に訊いた。

「車の本って、どこにあるかな」

徽章から二年生だとわかる図書委員は、ひどく面倒くさそうに答えた。

「車の本ですか？　そんなん、ないんじゃないっすか」

ないこともないだろうと思うので、自分で探す。

本棚の側面に、分類法について書いた紙が張られている。それによれば、500番台が割り振られているのが「技術・工学」に関する本で、600番台が「産業」だという。産業の棚には自動車産業についての本がありそうだけれど、いま探しているのはトヨタの生産方式とかの本ではないので、500番台の本が並ぶ棚に足を向ける。

ぼくはそれほど図書室をよく利用する方ではない。ここで本を探すのは、初めてだったかもしれない。図書室は静かで、本棚と本棚のあいだは狭く、暗い。500番台の本は、それほど多くなかった。技術・工学についての本を必要とする中学生は少ないだろうから、仕方がない。そんな中、『どこまでもわかりやすいエンジン入門』という本があった。背表紙に貼られたラベルには533と数字が書かれている。その近くには『自転車お手入れAからZ』という本もあった。なんだか近づいている感じがする。

「この辺にありそうだけどなあ」

と呟きつつ、本棚の低いところを見ようとしゃがみ込んで、見つけた。『ドラマティックまるわかり総天然色完璧解説　自動車《クルマ》のしくみ《メカニズム》』という、とても印象的な題名の本があった。とりあえず棚から引き抜き、立ち上がる。

題名に違《たが》わず、フルカラーの本だ。写真や図版も多く、自動車に興味を持っている中学生にはとても参考になるに違いない。ぼくは目次から「ブレーキ」の項を見る。

自動車のブレーキには、ディスクブレーキとドラムブレーキの、二つの方式がある。ただし、ドラムブレーキはその構造上熱が溜まりやすく、過熱すると急激に性能が落ちる（フェード現象）ことがあるため、現在ではディスクブレーキが一般的である。

ディスクブレーキとドラムブレーキ、それぞれがどういう仕組みで車を停止させるのか、簡単な図もついている。本文を読んでいくと、ディスクブレーキはもともと航空機で用いられていた機構だということもわかった。自動車の分野ではまずレーシングカーに採用され、それから徐々に、乗用車に使われるようになっていったらしい。面白い話だとは思うけれど、ぼくが知りたいことはなかなか出てこない。さらに読む。

これらのブレーキシステムは、足の力で作動させる。そのため、こうしたブレーキをフットブレーキという。小さな力で大きな制動力を得るため、現在の車のほとんどでは倍力装置が採用されている。倍力機構は真空式が多いが、そのほかに油圧式、圧縮空気式などがある。ブレーキは四つのタイヤすべてに取りつけられている。

「これだ」

ますます小声で、ぼくは呟く。

現場には四本のブレーキ痕が残っていた。ぼくは最初それを当然だと思い、後で疑問に思うようになった。ABSを積んでいない四輪自動車が急ブレーキをかけた場合、四本のブレーキ痕が残るのが当たり前なのか、ぼくにはわからなかったのだ。

ただ車を停めるだけなら、前輪か後輪どちらかにブレーキをかければ事足りる。そして、もしブレーキが効くのが前後どちらか一方であった場合、地面に残るブレーキ痕は二本のはずだ。ブレーキ痕を四本残す——つまり四つのタイヤすべてにブレーキが装着されている車が少数派だとしたら、犯人の車を絞り込む、とても大きな手掛かりになった。

けれどこの『ドラマティックまるわかり総天然色完璧解説　自動車《クルマ》のしくみ《メカニズム》』によれば、ブレーキ機構は四つのタイヤすべてに取りつけられるものだという。ブレーキ痕の本数から車種を絞り込めるのではというぼくの考えは、どうやら的外れだった。まあ、こんなこともある。出来ることからやっていけば、たまには外れもあるだろうし、そのうち当たりも引けるだろう。

薄暗がりの中、本を閉じる。

——視界の端に、何か違和感があった。

何かがある……いや、誰かがいる。

ぼくは両手で本を挟んだまま、首を巡らす。

本棚と本棚のあいだの狭い空間で、ぼくの真後ろに人がいた。黒に近い濃紺が基調になった冬服を着た、ぼくよりも頭半分ほど背の低い、前髪を切り揃えた女子だ。

見たことがある。三年生だ。なぜ、ぼくの後ろに？

ここは図書室だ。本を探しに来たのだろうか。５００番台、技術・工学の本を。もちろん、そういうことがあってもおかしくはない。誰がどんな本を読もうと自由だろう。ただ、何かが引っかかる。この女子はどうして冬服なのだろう。もう六月で、男女ともに、白を基調とした夏服に衣替えしている。個人の趣味で冬服を着続けられるという決まりにはなっていない。誰に咎《とが》められてもなお着続けるほど、この女子は冬服を愛しているのだろうか。

あるいは、ぼくの発想が根本から間違っているのかもしれない。

彼女はあえて冬服を着ているのではなく、今日は冬服しか着られなかったのかもしれない。

なぜか。

夏服が汚れてしまったから。手持ちの夏服はいま、すべて洗濯中ないしクリーニング中だから、学校とも相談の上、彼女はやむなく冬服を着ている。そうではないか。

ではなぜ、夏服が汚れたのか。……たとえば、雨上がりの堤防道路から転がり落ちて、水たまりに倒れてしまったとか？

この結論に辿りつくのに、ぼくは三秒くらいを要した。その間、彼女は上目遣いにぼくを見つつ、黙っていた。ぼくの言葉を待っていたのか、あるいはもしかしたら、ぼくがいきなり振り返ったからびっくりしていたのかもしれない。

いずれにしても、先に言葉を発したのはぼくだった。

「車に轢かれかけた女子？」

その子は少し、むっとしたようだった。

「そんな名前じゃない」

「と言われても、名前を知らない」

ぼくたちは、あまりにお互いの近くに立っていた。その女子は少し後ずさり、ふたりの間に適切な距離を空《あ》ける。

「わたし、小佐内ゆき。三年四組」

名乗られてしまった。遅まきながら、名乗る。

「ぼくは小鳩常悟朗。三年一組」

小佐内と名乗った女子は小さく頷いた。名前は了解したという意味だろうか、それとも、名前は知っていたという意味だろうか。

わずかな沈黙の後、ぼくが訊く。

「それで、ぼくに何か用？」

彼女は首を横に振り、ぼくが手にしている本を指さす。

「用があるのは、その本」

「これ？　この、『ドラマティックまるわかり総天然色完璧解説　自動車《クルマ》のしくみ《メカニズム》』？」

「そう」

　この時ぼくは、何かを直感した。

「何のために、この本がいるの？」

　彼女は、それはあなたには関係ないと言わなかった。むしろ、そう問われることを予期していたかのように答えた。

「わたしを轢きかけた車が四本のブレーキ痕を残していったから、それってふつうなのかを知るために」

　ぼくは思った。それだったら、答えを教えてあげられる。


　暗がりの中で目を覚ました。

　自分がいつ眠ってしまったのか、思い出そうとする。夕食は食べたおぼえがある。メインは豚肉の生姜《しょうが》焼きだった。夕食を食べて、指示通り水を飲んで、看護師さんに手伝ってもらいながら歯を磨いて……そして、いつ寝入ったのだろう。夕食は夕方の六時ぐらいに始まって、いま外はわずかに白んでいる。してみると、眠っていた時間は十時間できかないだろう。寝すぎたせいか、少しぼんやりしている。動かすことを禁じられた体が不満を訴え、きしんでいる。ぼくは医師の指示を少しだけ破り、体をもぞもぞと動かした。

　そうだ。夕食まで、ぼくは三年前のことを思い返していた。日坂くんのこと……そして、小佐内さんと出会った日のことを。放課後の図書室でぼくたちは出会い、そして、お互いの目的を知った。

ぼくたちは、本当に出会うべきだったのだろうか。

二人でいたから、出来たこともあった。ぼくたちはお互いを利用し、時には離れ、時には元に戻って高校生活を送ってきた。けれど、もしあの放課後、図書室で小佐内さんと出会っていなかったら……ぼくはきっと、自分の失敗に打ちのめされたままでいられただろう。その方がよかったということはないだろうか？

ぼくはふと、爽やかな柑橘《かんきつ》の香りを感じる。

枕元に何かある。ぼくは暗がりの中で、手探りで香りの主を探す。

手は程なく、丸い果物を見つけだす。丸いけれど、ヘタの部分がぽっこりと膨らんでいる。デコポンだろうか。

その柑橘の下に、小さな封筒が敷かれていた。ぼくはその封筒を開け、これも小さなメッセージカードを取り出す。外からの微《かす》かな明かりを頼りに、暗闇に慣れた目が書かれた文字を読み取る。

おみまいです
おいしいよ

小佐内

非常にシンプルだ。この柑橘はおいしいらしい。夜が明けたら食べてみよう……ぼくの肋骨が、柑橘の皮を剝《む》く作業に耐えられるといいけれど。ぼくはカードを裏返す。もう一言、付け加えられている。

カメラにあたっています

その言葉が何を意味してるか、ぼくは知っている。三年前もぼくたちはカメラに、正確に言えば防犯カメラにあたった。あの映像データは、そうだ、小佐内さんが手に入れたのだ。回想に浸るには、いまのぼくは眠すぎる。この爽やかな柑橘の香りがいい眠りと夢をもたらしてくれることを、ぼくは願う。

第四章　小鳩くんと小佐内さん

焼き鮭が出た朝食のデザート代わりに、ぼくはデコポンを食べた。ベリーショートの看護師さんは「栄養を計算しているので、果物は控えめにして下さい」と渋い顔をしていたけれど、そんな制止で止められるほど小佐内さんのお見舞いは甘くなかった。というか、甘かった。皮は懸念していたよりもずっと剝きやすく、肋骨への負担はほとんどなかった。デコポンは……とろけるような味わいで、もうひと房、もうひと房と口に運ぶ手をぼくは止めることができなかった。小佐内さんは甘いものが好きだけれど、果物がただ甘いだけなのはそれほど歓迎しないイメージがある。柑橘なら、少しは柑橘らしい酸味がある方が小佐内さんの好みだと思っていた。けれど、このデコポンはどこまでも甘い。いまのぼくには、ただひたすらに甘い果物の方がいいと思ってくれたのだろうか。だとしたら、その考えは大当たりだ。昨日のボンボンショコラといい、このデコポンといい、このままでは口が奢《おご》ってしまう。

小佐内さんにお礼を言いたかったけれど、ぼくの携帯電話は壊れたままで新品を手に入れる当てはない。新しい携帯を買うには、販売代理店に本人が行かないといけないようなのだ。このベッドに公道を走る機能があるならいくらでも馳せ参じるのだけれど、どうもそうではなさそうなので、連絡手段はまだしばらく皆無のままだろう。

午前中の早い時間に、宮室先生が様子を見に来てくれた。手術後の経過は、どうやら良くも悪くもないらしい。足の痛みは絶え間ないけれど、すこしぼんやりとした痛みになっている。

「右足に大きな負担をかけることは、まだ避けてね。でも、少し体を動かすぐらいなら問題ないです」

天にも昇る心地だった！　入院してからこっち、何がつらいって、体を動かせないことぐらいつらいことはなかったのだ。ぼくは思わず、

「ありがとうございます！」

と声を張り上げていた。声が響いて肋骨がしくりと痛むのにも構わず、ぼくは続けて訊いた。

「車椅子は、使えますか」

返事は簡潔かつ無情だった。

「まだだねー」

宮室先生の許可が出たので、馬渕さんのリハビリのメニューに右足が加わった。といってもまずは、右膝を曲げ伸ばしするストレッチからだ。そんな弱い運動でいいのかと思ったけれど、これが意外にハードだった。ぼくがショックを受けていることに気づいたのか、馬渕さんは優しく言ってくれた。

「若いからね。ちゃんとリハビリしておけば、きちんと体が応えてくれるよ」

ぼくはその言葉を信じた。信じるしかなかった。

脳には問題がなかったようで、ぼくの認知能力を確認した和倉先生はその後、姿を見せていない。これは朗報と言える。

……やがて病室からは誰もいなくなり、一度清掃が入ったきり、空虚な時間が訪れる。意識は次第に、三年前へと戻っていく。

ぼくはそれほど、他人とすぐに親しくなれるタイプではない。

むしろ、誰に対しても自然と壁を作ってしまうところがある。その後に知ったことだけれど、それは小佐内さんも同じだ。小佐内さんも、ある程度は誰とでも付き合える代わり、本当に心を開くことは稀《まれ》だ。

それなのに三年前、あの放課後の図書室で、ぼくたちは後から考えれば不思議なほどに目的を打ち明けあった。なぜだったのか、いまもわからないでいる。

デコポンに続いて、今日のボンボンショコラを口にする。今日のはカリブ産のカカオを使っているそうだ。ビターな味わいが、デコポンで甘くなった口の中に心地よい。ぼくはペンのキャップを外す。

小佐内さんは、あの車の運転手が許せないのだと言った。

事件のあった日、犯人の車はフルブレーキをかけ、それでも間に合わなくて日坂くんを轢いた。小佐内さんは数メートル離れた場所から振り返り、たいへんな事故が起きたと思い、日坂くんに駆け寄ろうとした。その時、車が動き始めたのだという。

「事故はね」

と、小佐内さんは言った。

「仕方がないとは言わないけれど、起きてしまう。でも、あの車の運転手は自分が轢いた相手を見て、それから道の先を見て、アクセルを踏んだの。そこにわたしがいることに気づいていたはず。だってわたし、サングラス越しに、運転手と目が合ったもの」

それなのに、日坂くんを轢いた運転手は、アクセルを緩めなかった。ハンドルを切って小佐内さんを避けようとさえしなかった。

「わたしが無事だったのは自分で飛び降りたからで、そうしなかったら轢かれてた。あの瞬間、運転手は自分を守るため、わたしを殺しても構わないと考えてた。わたし……怖かった。わたし、あの運転手が誰なのか知りたい。知って、そして」

少し間を置いて、小佐内さんは続けた。

「償《つぐな》ってもらわないと」

小佐内さんは、犯罪は摘発されるべきだとか、新たな被害者が出る前に犯人を止めるべきだとか、日坂くんの無念は晴らされるべきだとか、そういうことは一切言わなかった。自分に害意を向け、恐怖を与えた運転手が受けるべき報い、支払うべき代償の話だけをした。

ぼくもまた、自らを偽らなかった。正直に話しても小佐内さんがぼくを軽蔑しないと思ったのだろうか。……いや、むしろ、それで軽蔑されるなら別に構わないと思ったのだろう。

「ぼくは、クラスメートの日坂くんを轢いた犯人を突き止めたい」

黙って頷き、小佐内さんは先を促《うなが》す。

「たぶんだけど、ぼくはそれができると思う。もしかしたら、警察よりも早く突き止められるかもしれない。本当にそうなのか試してみたいし、自分にはどこまでできるのか知りたいんだ」

小佐内さんはまじまじとぼくを見て、少し口許を緩めた。

「クラスメートの敵討《かたきう》ちじゃないの？」

「結果的には、そうなるかもしれないけど」

「ここでわたしが、それは虚栄と虚名のためねって言ったら、どう思う？」

「ぼくの話を正確に理解してくれたんだなって思う」

くちびるに指を当て、小佐内さんは少し考え込んだ。

「……わたし、ひとりでやるつもりだった。でも、ひとりでやる限界も感じていた。あなた……小鳩くんは、どう？」

「ひとりでやらなきゃ意味がない、とは思ってない」

「つまり、最後にわたしを出し抜けばいいって思ってるのね」

ぼくは平気な顔をしていたかもしれないけれど、内心では、ちょっと面白がっていた。小佐内さんと自分に共通項を感じたのだ。ぼくたちは、互いに近親憎悪をかき立てるほど似てはいない。けれど、同好の士という感覚を持つぐらいには……いや、どちらかというと、同病相憐《あいあわ》れむぐらいには、似ているところがある。

実際問題、日坂くんの轢き逃げ事件を捜査するといっても、次の一手は決まっていなかった。何かできることがありそうだと思っているだけだ。だったらここで、目的を同じくする風変わりな同級生と協力し合うのも悪くはなさそうだ。

「助け合おう」

と提案すると、小佐内さんは首を傾げた。

「小鳩くん、わたしを助けるの？　わたし、小鳩くんを助けるかな？」

たしかに、あんまり助け合うという感じはしない。じゃあ、どう言えばいいのだろう。

「情報を共有しよう、かな？」

「もうちょっと踏み込む感じがする。お互いにメリットを受け取り合う的な……」

「それなら、たとえば……互恵関係を結ぼう、とか」

小佐内さんは微笑んだ。

「変な語彙《ごい》ね」

「気に入らないかな」

「ううん、その逆。とても気に入った。じゃあ小鳩くん、改めて言うね。わたしと、互恵関係を結んでくれない？」

「喜んで」

握手を交わせばよかったのかもしれない。けれどぼくたちが交わしたのは、お互いをどこまで信用するか推し量《はか》るような視線だけだった。手の中の本を棚に戻し、提案する。

「じゃあ、お互いに知っていることを話そうか」

「場所を変えた方がいいと思う」

たしかに、図書室は立ち話に向いた場所とは言えない。

「空き教室でも探そうか」

ぼくがそう言うと、小佐内さんは首を傾げた。

「小鳩くん。いくらもってる？」

「……かつあげ？」

「揚げもののお店には行かない。静かに話せそうなお店があるの」

ぼくは、生徒だけで飲食の店に入るという経験をしたことがなかった。せいぜい、コンビニで飲み物を買ったことがある程度だ。だから正直なところ、小佐内さんの提案には驚いたけれど、それを態度には出さなかった。

「わかった。じゃあ、行こう」

「うん。校門の外で待ってる」

人目に付くところで二人並んで行動すれば、わずらわしい憶測を招きかねない。小佐内さんの提案は、至極妥当だった。

まず小佐内さんが図書室を出ていき、一分ほど間をおいて、ぼくも後に続く。昇降口でスニーカーに履き替え、校門へと向かう。今日もよく晴れていた。季節を少し先取りしたような入道雲が、濃い空色に立ち上っている。

この中学の校門は煉瓦造りの門柱を備えていて、校門前は二車線の道に面している。道に沿って街路樹が青々とした葉を茂らせていて、夏服の生徒がぽつり、ぽつりと門を出て下校していく。ぼくは左右を見て、思わず呟いた。

「あれ？」

ついさっき別れた、小佐内さんが見当たらない。小佐内さんは鞄を持っていたから、帰り支度は済ませていると思っていたけれど。

見落としたかなと思って、いったん学校の敷地内に戻る。グラウンドでは陸上部や野球部が気勢を上げていて、体育館からは剣道部の竹刀が打ちあう音が聞こえてくる。小佐内さんはいま、この学校で冬服を着ているただひとりの生徒のはずで、そんな目立つ姿を見逃すとは思えない。連絡先を交換しておけばよかったと思いながら、再度校門を出る。

街路樹の陰から、なぜ気づかないのかと言わんばかりの恨みがましい目をして、小佐内さんがこっちを見ていた。

いや、いなかったよ、絶対さっきはいなかった。そう主張したいぼくをよそに、小佐内さんは踵《きびす》を返して歩き出す。ちょっと離れてついてこい、ということだろう。

小佐内さんはそのまま、すたすた早足で歩く。ぼくの方が歩幅が広いので、ぼくは意図的にゆっくり歩く。交差点を幾度か曲がり、小佐内さんはやがて、ぼくが立ち入ったことのないエリアに入っていく。見知らぬ美容院、見知らぬ歯科医院に何となく気後れをおぼえながら、黒に近い濃紺のセーラー服についていく。

やがて小佐内さんは、ただの民家にしか見えない家の引き戸を開けた。静かに話せそうな店とは、小佐内さんの自宅のことだったのだろうか。そう思って小佐内さんが閉めたドアに近づくと、壁にひどく控えめに、〈オモテダナ〉と書かれた看板がかかっている。言葉の意味はよくわからないけれど、どうやら裏はないらしい。

引き戸を開けると、がらがらという音が鳴った。中はテーブルが三脚あるきりの小さな空間で、小佐内さんは店のいちばん奥で四人掛けのテーブルについている。ぼくはその向かいに座った。テーブルもまた、小さかった。

エプロンと丸い眼鏡をつけ、頭の両サイドを刈り上げた男の人が水を持ってきてくれた。

「いらっしゃいませ」

客が中学校の制服を着ていることを気にも留めないふうで、「ご注文が決まったら、どうぞ」とだけ言って厨房に下がっていく。ぼくは声を潜め、小佐内さんに訊いた。

「通報されないかな」

「されない」

明快な返事だ。それなら、まあ、気にしないことにしよう。

さっそく話を始めようとしたのだけれど、その先手を打って、小佐内さんがメニューをぼくに差し出してきた。なるほど、先に注文するのが作法というものかもしれない。

メニューを見て少し驚いた。どの飲み物も、ぼくが想像していたより二、三割安い。とはいえ、ふつうに登下校するのに現金をたっぷり持っているわけもなく、注文できるものは限られる。

「コーヒーかな」

と言ったら、小佐内さんがそっと言った。

「ミルクコーヒーがおすすめ」

ブラックにはまだ早いと言われた気になった。そして、ぼくがそう思ったことを、どうやら小佐内さんは察した。

「小鳩くんがブラックが好きだとしても、ここはミルクコーヒーがおすすめ」

何か理由がある。そう思ってあたりを見ると、メニューの端に「当店の牛乳は実家の牧場直送です」と書いてあった。単に、本当におすすめらしい。

「そうなんだ。じゃあ」

実を言えば飲み物は何でもよかったので、素直に助言を聞き入れる。小佐内さんはミルクソフトクリームを頼んだ。

ほどなく、テーブルに注文の品が揃う。小佐内さんのソフトクリームは、小さく丸い器にこんもりと盛られている。ほかに付け合わせは何もない。あまりにもシンプルだ。

「じゃあ、そろそろ……」

情報共有を始めようかと言おうとしたけれど、小佐内さんはぼくに構わず、ソフトクリームにスプーンを差す。まあ、話をしているうちに溶けてしまってはもったいないかもしれない。こんなことしてる場合なのかなと逸《はや》る気持ちをこらえて、ぼくはミルクコーヒーを飲む。

たしかにおいしいような気がしたけれど、ものすごく違うという感じはしなかった。だいたいぼくはそれまで、コーヒーに砂糖を入れずに飲んだことがないので、良し悪しがわからないのだ。そして小佐内さんはソフトクリームを口に運び……。

なんだか一瞬だけ、ものすごく油断した表情を見せたような。気のせいだったろうか。小佐内さんはそれが厳粛な儀式であるかのように生真面目に、そして遅延はすべてを台無しにしてしまうと言いたげなほど速やかに、ソフトクリームを食していく。いちおう訊く。

「おいしい?」

返事はなかった。感想を共有するほど親しくはない、ということだろうか。

ほどなく小佐内さんはソフトクリームの器を空にして、ほうと息をついた。結露してテーブルにしたたった水気を自分のハンカチで拭き、そこに鞄から出したノートを広げる。

「さあ、始めましょう」

ぼくはまだミルクコーヒーを三分の一ほどしか飲んでいない。けど、これはゆっくり飲んでも味が落ちるわけじゃないだろう。頷き、始める。

「どっちからにする?」

「どちらでも」

じゃあ、ぼくから話そう。

「まず、うちの学校の女子が事故現場にいたことは藤寺くんが警察に話したから、警察は小佐内さんを捜していると思う。クラスで先生が何か言わなかった？」

小佐内さんは、それは別に重要じゃないと言いたげに、つまらなそうな顔をした。

「目撃者は名乗り出なさいって言われた」

「名乗り出たの？」

「わたし、目撃はしていないもの」

たしかに話を聞く限り、小佐内さんは日坂くんが轢かれる瞬間は見ていない。

たぶん小佐内さんは、警察の方から接触してこないなら、自ら名乗って出ることはしないだろう。犯人を自分で突き止めたいと考えているのだから、無理もないことだ。

小佐内さんは白紙のノートの上に、意味のない試し書きをする。

「……それで、ほかには？」

「もちろん、いろいろある」

それからぼくは、事件発生当日から自分が知り得たこと、調べ上げたことを一つ一つ話していった。教室で噂が広まったこと、事件を調べようというクラスメートがいたこと、ぼくがそれに賛同したこと。事件現場を見に行ったこと、ぼく以外のメンバーは来なかったり、すぐ帰ったりしたこと、現場でブレーキ痕を見たこと。そして、誰かが堤防道路から転落した痕跡らしきものを見つけたこと。

濡れて文字の滲んだ単語帳を鞄から出す。

「これ、小佐内さんの？」

小佐内さんは小さく頷き、何も言わずにそれを受け取った。話を続ける。

「その後は、日坂くんのお見舞いに行ったんだ。そこで、犯人の車の特徴がわかった。空色のワゴン車だ。今日、日坂くんの後ろを歩いていて事故を目撃した二年生にも会って、その車が軽自動車だとも聞いた。この目撃者が、日坂くんと彼の間にいた女子生徒のことを憶えていたんだ」

ぼくは手を広げる。

「後は知っての通り」

小佐内さんはテーブルの上で、両手の指を組み合わせていた。

「……タイヤの幅から軽自動車だってわかること、わたし、気づいてなかった。わたしの単語帳を見つけだしたのも、驚き。だって、それが事件関係者のものだって気づいたのは、小鳩くんだけのはずだから」

藤寺くんによれば、警察は現場を封鎖して証拠を集めていたようだから、単語帳を見つけていなかったとは思えない。単に、犯人の車に繋がる手掛かりとは判断されなかっただけだろう。けれどそれを踏まえても、自分の捜査の成果を人に話すのは楽しいことだった。小佐内さんが感心しながら聞いてくれたことで、率直に言って、ぼくの虚栄心は大いに満たされた。

次は小佐内さんの番だ。

小佐内さんはノートに、シャープペンで図を描き始める。いったい何の図だろうと思って見ているうちに、蛇行する伊奈波川を中心とした地図がノート上に現れる。

伊奈波川は北から市内に流れてきて、一度大きく西に流れを変え、再び南に曲がっていく。事件現場はこの、川が南へと曲がった先の左岸になる。小佐内さんはペンを変え、事件現場に赤くバツ印をつける。

「犯人の車は、ここから伊奈波川の上流方向に逃げていった。現場から百メートルほど上流側に向かうと、渡河大橋がある」

昨日、ぼくと牛尾くんは、その橋から堤防道路に下りて現場に向かった。

「犯人の車は、橋を渡って逃げることはできなかった。堤防道路は渡河大橋の下をくぐって、つまりアンダーパスで続いているから」

ああいう道路のありかたを、アンダーパスというのか。憶えておいて、どこかで使おう。

「堤防道路にはUターンに使えるようなスペースがないから、事件現場に引き返すこともできなかった。そもそも現場では日坂くんが倒れていて、すぐに救急車とパトカーも来てる。犯人の車が何かの方法で引き返してきたなら藤寺くんが見つけているはずだし、出動してきた警察の人たちだって見てるはず」

「そうだね」

実際、藤寺くんは犯人が戻ってくるかもしれないと考えて道路を見張っていたし、その後は警察が現場を封鎖して片側交互通行にしていた。轢き逃げの捜査に来た警察が、目撃者の証言に合致していて事故の痕跡もあっただろう車を見逃すとは考えにくく、犯人がUターンしてきた可能性はゼロと言っていい。

「何かの方法で川の方に下りて、河川敷を走って逃げることもできなかった。あの日、伊奈波川は増水していて、堤防ぎりぎりまで水が来ていたから」

小佐内さんのシャープペンが道を辿っていく。

「つまり犯人は、この堤防道路をどこまでも走って行くしかなかった。どれだけ道が長くて曲がりくねっていても、道なりに進むしかないのなら、概念としては一本の直線道路とみなせるでしょう。で、この道がどうなるかというと……」

ペンはどんどん、地図に描かれた伊奈波川の上流へと向かう。

「事件現場では、堤防道路の高さは七メートルぐらい。上流に行くほど堤防は低くなっていって、その分だけ堤防道路も低くなっていって……」

渡河大橋の先にはさらに二本の橋が架かっているけれど、どちらもアンダーパスのようだ。

事件現場の遙か先で、堤防道路に一本の道路が直角に突き当たり、片仮名のトの形をしたT字交差点を成している。小佐内さんはその交差点を描くとシャープペンを置き、赤いボールペンに持ち替えて、そこにマルを印した。

「ここで別の道と直角に交わる。道はさらにまっすぐ続いていくけど、堤防道路はここで終わるの」

「……つまり犯人の車は、そこまでひたすら直進するしかないわけか」

小佐内さんは頷いた。

地図で見ると、赤で印された二点の間はかなり離れているように思える。

「これ、どれぐらい離れているんだろう」

「だいたい九キロぐらい」

それは長い。

「九キロって、かなりの距離だよね。本当にその間、車の逃げ場はないの？」

「ないの」

あまりにも即答されたので、ぼくはつい、念を押したくなった。

「本当に？　地図上では脇道がなくても、実際には一般道に抜けられるルートがあったりしないかな」

「しない。伊奈波川の河川敷に下りていくスロープはあるけど、あの日は増水していたから立入禁止のチェーンが張られていて、通れなかった」

「……言い切るね」

小佐内さんは、ぼくの目をまともに見た。

「わたし、あの車にはねられそうになった後、堤防沿いを歩いたの。どこかに犯人の車が停まってないか見て歩いた。歩道は渡河大橋のところで終わりだから、その後は堤防の小段に下りて歩いて行った。だから、言い切れる。事件を起こした車は、このマル印の地点まで道なりに走っていくか、堤防道路から落ちて大事故を起こすか、どちらか一つしかなかった。そしてね、事故はなかったのよ」

語気は静かで、穏やかだ。けれどぼくは小佐内さんの言葉の最後に、「それでもわたしの観察を信じられないなら、協力はここまで」と付け加えられているのがわかった。ぼくは、率直に言った。

「まいった。ごめん、疑ったわけじゃない。昨日の今日で、この九キロを歩いて確認しているとは思わなかっただけなんだ。見て調べたのなら、間違いないんだろう。犯人の車は、このマル印を通過している」

藤寺くんは転落する小佐内さんを見た後、日坂くんの様子を確かめてから小段を覗いた時には、もう誰もいなかったと話した。たぶん小佐内さんは堤防道路から飛び降り、夏服を水たまりで汚した直後に、もう犯人の車を追いはじめていたのだろう。人の足で車に追いつけるはずがないという常識を気にも留めず、小段を歩いてはいけないという学校の禁止も破って、自分の命を脅《おびや》かした車を二本の足でどこまでも追っていったのだ。

人間の徒歩速度は、おおよそ時速四キロだ。つまり九キロ先のT字交差点まで約二時間、彼女は歩き続けた。薄々わかってはいたけれど、小佐内さんはだいぶ……その、なんというか、ふつうではない。

わかればいいとばかりに無表情で頷くと、小佐内さんは赤ペンを立てた。

「それでね。この交差点には、コンビニがあるの。セブンイレブン……ファミリーマートだったかも……ローソン……とにかく、〈七《なな》ツ《つ》屋《や》町《まち》店〉が」

地図に、「コンビニ！」と書き込まれる。

ようやく話が見えてきた気がするけれど、自分の理解が正しいのか自信が持てない。そんなことが可能なのだろうかと疑いつつ、ぼくは言う。

「ということは、犯人の車はそのコンビニの前を必ず通った」

「うん」

「そして……こんなことがぼくたちに関係あるのかわからないけど……コンビニには、防犯カメラが設置されていることが多いよね」

小佐内さんが、こくりと頷いた。

「その録画データに、犯人の車が映ってるかもしれない。そこまではわかっているの。でもわたし、捜すべき車の特徴がわからなかった。迂闊だって思わないでね。事故の音を聞いて振り返ったら、いきなり轢かれそうになったんだから。青い車だっていうことしか、わからなかった。……だけど小鳩くんが、わたしが捜している車は軽ワゴンだって教えてくれた」

小佐内さんは、幸せそうに笑う。

「ありがとう。わたし、うれしい」

それはよかった。

ただ、コンビニの防犯カメラが犯人を捉えていると予想できたとしても、それだけでは喜ぶ理由にならない。ちょっとふつうではないかもしれないけれど客観的には一介の中学生でしかないぼくと小佐内さんは、防犯カメラのデータにアクセスできないからだ。あいにくぼくは、暗い部屋で「よーし、いい子だ」と言いながらキーボードを叩くだけで世界中のデータを取ってこられるスーパーハッカーではない。とすると実は、小佐内さんがスーパーハッカーなのだろうか。

「それで、データはどうやって手に入れるの？」

単刀直入に訊くと、そっけない答えが返ってきた。

「わたし、そのコンビニをやっているおうちの子と、ちょっと知り合いなの。データを見せてくれるように頼んでみる」

思ったよりも原始的な方法だった。それだけにかえって、成功への道筋は見えやすい。小佐内さんが言葉を継ぐ。

「今日の八時に、その子とお話をするつもり。小鳩くんには、その場に立ち会ってほしい」

「八時って……夜の八時？」

「朝の八時は、もう過ぎてる」

ごもっともだ。どうやら、この一件にかける覚悟というか本気の度合いは、ぼくよりも小佐内さんの方が大きいようだ。ぼくは、手掛かりをつかむために夜の八時に自宅を抜け出そうと考えるほどには、本気ではなかった。甘かった。恥じるべきだ。

どこか気づかわしげに、小佐内さんが訊いてくる。

「八時、大丈夫？」

覚悟を決めるのは、いまだ。即答する。

「もちろん。場所は？」

「学校の前でいいと思う」

間違えようもないほど、二人ともよく知っている場所だ。話は決まった。

「いちど帰ってお夕飯にして、集合は八時十五分前。自転車は持ってる?」

ぼくが頷くと小佐内さんは頷き返し、厨房に声をかけて店主を呼ぶと、会計を頼んだ。なるほどたしかに、行動が早い。

ぼくは自宅で夕食を済ませると、約束通りに家を抜け出した。夜に出かけること自体は、別に初めてではない。両親はぼくの外出に気づかなかったか、気づいても何も言わないことを選んだようだ。

自転車で夜の街を走る。ふだん三十分近くかけて徒歩で通う中学校まで、ものの十分程度で辿りつく。小佐内さんは、今度は物陰にはいなかった。黒いバッグを前かごに入れた自転車を停めて、閉まっている校門の前に立っていた。セーラーカラーつきのシャツに、ネイビーのパンツを穿いている。ぼくは軽く手を上げて、小佐内さんに挨拶する。

「こんばんは」

小佐内さんは眉一つ動かさず、応じた。

「おわあ、こんばんは」

「え? いまのなに?」

「行きましょう。道はわかる?」

ぼくが無言で首を横に振ると、小佐内さんもまた何も言わず自転車にまたがり、ペダルを漕《こ》ぎ始める。

ついてくる際、少し離れろと小佐内さんは言わなかった。誰に見られているかわからなかったさっきの下校時とは状況が違う。けれどやはり、ぼくは小佐内さんに並ばなかった。自転車を横に二台並べられるほど広い道ばかりではないし、ただ互恵関係にあるだけなのに夜にふたり並んで自転車を走らせるのは、少々馴れ馴れしいと考えたからだ。

小佐内さんは迷いなく進む。交差点を右折し、次を直進し、次を左折する。

……と思ったらブレーキをかけ、自転車を降りると、くるりと百八十度転回する。

「どうしたの？」

「道、間違えた」

そういうこともあるらしい。

やがて、道は片側三車線の市内環状道路にさしかかる。ここの歩道は自転車の通行が可能だ。小佐内さんは、まっすぐに自転車を走らせていく。

夏至《げし》が近いとはいえ、この時刻になればもう夜だ。歩道は遙か先まで見通しても小佐内さんの自転車しか見当たらないのに対し、車道は、この時刻でも幾多の車が行き交っている。白い乗用車、赤いSUV、青い軽トラック、黒いタクシー、黄色の軽自動車、派手な装飾が施されたトレーラー、何の装飾もないトラック、「危」と書かれたプレートを取りつけたタンクローリー、「毒」と書かれたプレートを取りつけた軽トラック、車、車、車……。

ぼくはただペダルを漕ぐ退屈を紛らすため、試みに計算を始める。

この街の人口はおよそ四十万人だ。いま仮に、人口のすべてが四人家族だとする。この街の公共交通機関は、車がなくても生活できるというほどには発達しておらず、一家に一台は必ず車が必要だ。二台持っている家も少なくないと思われるので、押しなべて一世帯当たり一・五台の自動車を所有していると仮定する。この街の車の数は十五万台という計算になり、日坂くんを轢いたのは、その中の一台だけだ。

ぼくは、もしかしたら初めて、これは無理かもしれないと思った。

別のことを考えよう。その空色の軽ワゴンは、破損しているだろうか？

もし仮に、日坂くんを轢いた衝撃でウインカーやヘッドライトが壊れたとしたら、その車に乗り続けることはできない。修理が必要だ。その空色の車は整備工場に持ち込まれたのではないだろうか。

「ちょっと、期待できないな」

思わず、そう呟いてしまう。距離は充分に離れていて、風を切る音で何も聞こえたはずがないのに、小佐内さんが振り返った。

「何？」

ぼくは黙ったまま、首を横に振る。小佐内さんは別に食い下がることもなく、また前を向く。

空色の軽自動車が整備工場に持ち込まれたとすれば、警察が見つけていないはずがない。事故直後に市内の整備工場すべてに犯人の車の特徴を手配することは、さほど難しくないだろう。

それなのにまだ犯人が逮捕されていないのは、車が工場に持ち込まれなかった何よりの証拠ではないか。

もちろんそれでも、確認する価値はある。ぼくが整備工場に電話して、「すみません。ぼくは一介の中学生ですが、最近、空色の軽自動車を修理しましたか?」と問い合わせて、答えが得られるならばだけれど。

中学生、か。

小佐内さんには覚悟と行動力がある。ぼくには、たぶんだけれど、観察力とひらめきがある。だけどぼくたちは中学生だ。結局はその点が、ぼくたちの推理と捜査にとって致命的なハンデとなるんじゃないか?

「……何をいまさら」

今度は、小佐内さんも振り返らない。

いまさら、だ。ぼく以外のクラスメートは、そんなことにはとっくに気づいて、引き返していった。ぼくは、たとえぼくが何者であろうとも真実を突き止める、いやむしろ真実を突き止めることによってぼくが何者であるかを証《あか》し立てられると考えたからこそ、いまこうして自転車を走らせている。中学生だからできないことがあるのはたしかだとして、高校生には高校生だから、大学生には大学生だから、大人には大人だからできないことがあるに決まっている。だったら、できるだけのことをするにはどうしたらいいか、考えればいいじゃないか。

ペダルを踏む足に力を込める。ぼくが加速したことをどうやって察知したのか、前を進む小佐内さんもスピードを上げる。

目当てのコンビニ〈七ツ屋町店〉には、八時二分前に到着した。

堤防道路を片仮名のトの縦棒、そこに突き当たる一般道を横棒と見立てるなら、コンビニがあるのは横棒の下だ。

〈七ツ屋町店〉は四階建てマンションの一階に入っていて、マンションの周囲には駐車場が広がっていた。広い駐車場の真ん中に建つマンションは、さながら海に浮かぶ小島のようだ。見まわせば、この駐車場の敷地は方形で、そのうちの二辺が道路に接している。一般道に面した辺にはブロック塀が造られていて、駐車場には堤防道路からしか入ってこられない。いま、駐車場には数台の車が停まっている。ぼくたちはコンビニの前に自転車を停めた。

小佐内さんは自転車の前かごから黒いバッグを取り出すと、携帯を操作して、やがて小声で話し始めた。

「着いた。どこに行けばいい。……わかった」

通話を切って、小佐内さんはぼくに指示を出す。

「向こうから来てくれるって。小鳩くんはわたしの後ろで黙っていてね」

黙っておくのか。どちらかというと不得手なんだけど。

駐車場にたたずみ、コンビニの明かりと川の暗さとを見比べているうち、コンビニをまわり込んで女子がやって来た。部屋着かと思うような赤茶色のジャージを着て、髪は明るい栗色に

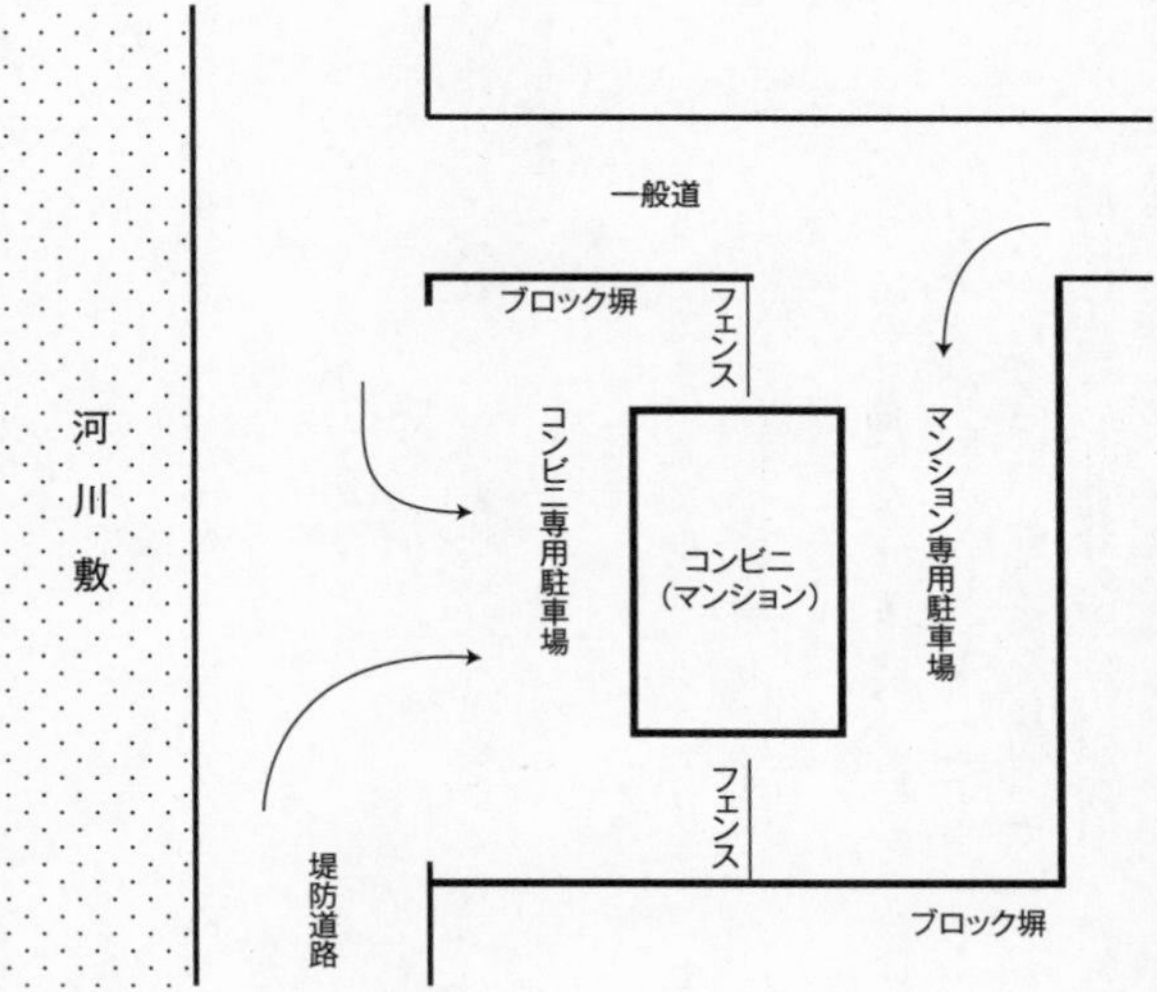

コンビニ〈七ツ屋町店〉周辺略図

染めている。どうやらこの会見は不本意らしく、冴えない表情をしている。小佐内さんの方から声をかけた。

「こんばんは、麻生野《あそや》さん」

麻生野と呼ばれた女子は、挨拶を返さなかった。小佐内さんをじろじろ見て、舌打ちしそうに顔をゆがめる。

「おまえ、マジかよ。本当にデータが欲しいのか？」

「うん。電話で話した通り」

「ばれたら、あたしが親父に叱られるんだ。責任取れんのかよ」

「そのときは、わたしも謝る」

「あんたが謝ったって、しょうがねえけどさ」

じゃあ、どうやって責任を取ってほしいんだろう……。そうつっこみたいのはやまやまだけれど、黙っていろと言われたので、当座は様子を見守る。麻生野さんは、いかにも不承不承といった様子であごをしゃくった。

「こんなとこで立ち話してたら、店の邪魔になる。まあ、とにかく来なよ」

店の中に入るのかと思ったけれど、麻生野さんはコンビニの横に向かった。店舗の側面には堤防道路と平行に金網のフェンスが設置され、駐車場を仕切っている。このフェンスは何だろう。フェンスとマンションの間には人ひとり通れるだけの隙間が空いていて、ぼくたちはその隙間を順々に通り抜ける。店舗の真裏には、マンションのエントランスがあった。

それでぼくは、いま通ってきたフェンスの意味を理解する。コンビニ側の駐車場は客用で、エントランス側の駐車場は居住者用なのだ。

二つの駐車場が自由に行き来できたらコンビニ客の車が居住者用の駐車場に進入してきてしまうし、なにより、駐車場そのものが信号を避けて一般道へ向かう抜け道に使われてしまう。そこで、二つの駐車場をフェンスで分けているのだろう。

麻生野さんは観音開きのガラス戸を押してマンションに入った。ぼくたちもそれに続く。廊下に並んだ何の変哲もないドアの一つを麻生野さんが開けると、その先は事務室になっていた。微かに店内BGMが聞こえてくるので、ここはコンビニのバックヤードだと思われる。

麻生野さんが少し声を殺す。

「この時間は親父がレジに立ってるから、ここには来ないはずなんだ。でも、あんまり大きな声は出すなよ。店員じゃないやつがここに入ること自体、本当はダメなんだからな。あたしを含めて」

小佐内さんは無言で頷く。

部屋の真ん中に、小さな机と椅子が二脚置かれている。それから、壁に沿って、背の高い書類棚が並んでいる。窓のある壁際には仕事用と思しきデスクが置かれていて、その上に小さなモニタとノートパソコンがあった。モニタには、あまり解像度の高くない映像で店内の様子が映っている。

ぼくたちが欲しいのは、店の外を映している映像だ。小佐内さんが言う。

「カメラは、これだけじゃないでしょう」

麻生野さんは無言でノートパソコンを起動し、操作する。モニタには店内の、別の角度からの映像が表示されて、レジで働く男性が映し出された。もちろん小佐内さんは満足しない。

「ほかには？」

次のカメラは、コンビニの入口前を映している。ぼくたちが停めた自転車が映し出される。小佐内さんは何も言わず、麻生野さんがまた画面を変える。

コンビニ前の駐車場が映り、小佐内さんが指示する。

「ストップ」

ぼくもまた、映像をよく見る。

モニタの半分ほどは、駐車場を映している。駐車場を監視するカメラなのだろうから、これは当然だ。しかし残りの半分に、ぼくたちにとって幸運なことに、堤防道路と一般道が交わるT字交差点が映り込んでいた。このモニタでは小さすぎて読み取れないけれど、堤防道路を通る車のナンバーもばっちり映っている。

「これね」

と、小佐内さんが言う。

「データの保存期間は？」

麻生野さんは、ふて腐れたように答える。

「二週間」

「充分。七日の夕方五時から……そうね、念を入れて、一時間半分ちょうだい」

「無理。データは一時間単位で保存されてる」

「じゃあ、二時間」

「一時間で充分だろ。このカメラだけでいいんだな」

「ううん、二時間。駐車場が映っているものは、ぜんぶ」

麻生野さんは口許をゆがめた。

「やっぱさ、やばいよ。こういうの法律違反なんじゃねえの？　だいたい、なんであたしがあんたの言うこと聞かなきゃいけないんだよ」

小佐内さんが、わずかに麻生野さんに歩み寄る。体格的には有利なのに、麻生野さんは後ずさった。

「な、なんだよ」

「イサワさんが……」

言いかけた言葉を打ち消すように、麻生野さんが悲鳴じみた声を上げる。

「わかった！　もういい」

そして、いま自分が上げた大声を打ち消すように手を振り、店内に通じているらしいドアを見る。数秒後、誰も来なかったので、麻生野さんは溜め息をついてモニタに向かった。

「ほんと、卑怯だよ。あれだって、あたしのせいじゃないんだよ。男子まで連れて来てさ、何にも言わないしさ、怖いってんだよ。あたしが何したって言うんだよ。だいたい、何に使うんだよ、こんなの。最悪だよ。ほんと最悪だよ小佐内。……で、データは何に移せばいいの」

黒いバッグの中から、小佐内さんが何か小さなものを取り出す。ぼくからは見えなかったけれど、記憶媒体だったのだろう。麻生野さんはしばらくノートパソコンを操作し、ほどなく、その記憶媒体らしき何かを小佐内さんに渡した。

「はい。言わなくてもわかってるだろうけど、あたしが渡したってのは内緒だよ」

「もちろん。麻生野さんが何も言わなければね」

麻生野さんは、用が済んだらさっさと帰れと言いたげに手を振った。それでぼくたちは入ってきたドアから事務室を出たのだけれど、麻生野さんも事務室に長居できないのは同じなので、結局ぼくたち三人は揃って廊下に出ることになった。


マンションをまわり込んで、自転車を置いていたコンビニ前まで戻ってくる。小佐内さんは携帯の時刻表示を見た。

「八時半。あっさり済んだね」

ぼくは、いちおう、思いを言うことにした。

「小佐内さん」

「なあに」

「小佐内さんは、自分の後ろで黙って立っている男子が必要だったんだね。麻生野さんにプレッシャーをかけるために。別に、誰でもよかった」

携帯をバッグに入れて、小佐内さんは頷く。

「うん」

まったく否定しないんだね。続けて、小佐内さんが訊いてくる。

「不満だった？」

「ちっとも」

「わたし、とても嬉しかった。何も言わないでって言われて、本当に何も言わずにいられるひとって、もしかしたら初めて会ったかもしれない」

「狙いがわかったからね」

「それなら、なおのこと。何かがわかったら、言いたくなるものでしょう」

それは全く否定できない。というかぼく自身が、ふだんはそうした言いたがりだ。今夜に限って、賢《さか》しらなことを口走らないでいられたのは何故だろう。

……まあ結局は、事が済んだ後でこうして余計なことを言っているのだから、小佐内さんのお褒めにあずかるのは筋違いかもしれない。

小佐内さんは話題を引っ張らなかった。

「これからどうする？」

その質問には、いまからデータを確認しようという含みがあった。どうやって画像を見るのかという疑問はさておき――ぼくは小佐内さんが持つ、彼女に不釣り合いなほど大きなバッグの中身をようやく推測できた。あのバッグにはたぶんノートパソコンが入っている――、時刻が気になる。

「いまから全部見たら、十二時半になるよ」

「五分で見つかるかも」

小佐内さんとしては、これからすぐにデータを確認したいらしい。けれどさすがに、これ以上はリスキーだ。八時ぐらいなら塾帰りの中学生も街をうろついていておかしくないけれど、九時をまわればそろそろ補導が気になってくる。正直に言って、ぼく一人なら補導されてもどうということはないけれど、小佐内さんと二人で捕まると後が面倒そうだ。

幸い、明日は土曜日で休みだ。

「明日の午前中に落ち合って確認しよう。今日の喫茶店は、どうかな」

小佐内さんは首を横に振った。

「あのお店、モーニングは近所の人たちで賑わうの。ほかの場所に心当たりはある?」

「学校ぐらいかな。休みでも部活やってるから入れるだろうし」

「うん。いちおうもう少し考えておくから、連絡先教えて」

「わかった」

駐車場はこの時間でも車の出入りがそれなりに多く、ぼくたちはヘッドライトやテールライトで照らされていた。

最後に、小佐内さんは訊いてきた。

「一人で帰れる?」

ここまでは小佐内さんの先導で来たので、たしかに、帰り道がはっきりわかっているわけではない。けれどまあ、何とかなるだろう。頷くと、小佐内さんは大きなバッグをたすき掛けにした。

「じゃあわたし、チョコレート買って帰るから」

何かの隠語かと思ったけれど、たぶん小佐内さんは単純に、チョコレートが食べたくなったのだろう。ぼくは自転車にまたがり、ペダルを踏みこむ。コンビニを振り返りはしなかった。

病院食は、意外においしい。

夕食のメインは、肉じゃがだった。味噌汁の実は大根と油揚げだ。食事を済ませると、狙いすましたようなタイミングでベリーショートの看護師さんが病室に入ってくる。コップに三分の一ほど水が残っているのを見ると、看護師さんは、聞き分けの悪い子供に言い聞かせるような調子で言った。

「水は全部飲んで下さいね」

そして、水を飲むかどうかが治療の最重要ポイントであるかのように、ぼくが水を飲み切るのをじっと見ていた。

看護師さんの介助を受けながら歯を磨いているうちに、眠気が襲ってくる。入院以来、本当によく眠るようになった。怪我をした体が、それだけ眠りを欲しているのだろうか。こんなに早く寝る癖がついては退院してからが思いやられる、少しは起きていようと思ったのに、ふと気がつくとカーテンを透かして窓の外が赤く染まっていた。夕焼けかと思ったけれど、方角が違う。朝焼けだ。

ぼくはベッドの上に携帯を探したけれど、もちろん、見つけられなかった。味気ない天井を見上げて、長く息をつく。

三年前、ぼくたちは、日坂くんを轢いた車が必ず映っているはずの録画データを手に入れた。思えばぼくは、あまりにスムーズに物事が進むのを、少しだけ不満に思っていたような気がする。小佐内さんの行動力と人脈で調査が進んではぼくの出番がないじゃないか、と思っていたのではなかったか。

けれど、あの後、雲行きは変わった。

これ以上、自分自身の失敗について思い出す必要があるだろうか？　こんな記憶を辿ったところで、日坂くんの安否がわかるはずもない。自分で自分に切りつけるようなものだ。こんな記憶を掘り起こすのは、もう、やめた方がいいのではないか。

……足が痛む。鎮痛剤の効きが弱くなっているのかもしれない。ぼくはふと、香りを感じた。花の香りだ。首を巡らすと、サイドボードの上に花を生けた花瓶があった。昨日はなかったはずだ。

手術痕に負担をかけないように体をずらしていき、花瓶に触れる。軽く揺すってみると、水音がした。花はすべて、赤いバラだった。ぼくはその赤を情熱の象徴ではなく、怒りの象徴のように感じた。

花瓶を引き寄せ、手に取る。バラの香りを胸に吸い込む。
花の中に、メッセージカードが挟まれていた。朝焼けの明かりで読む。

あの車は映っていない
なにかが　ひどく間違ってる
小佐内

……ぼくは三年前に戻ったのだろうか。戻ったのなら、謝りたい人がいるんだ。
再び、意識が霞がかっていく。少し起きていただけで、また深く眠る。昨日のように。

第五章　秘密さがしにうってつけの日

どれだけ眠くても、病院の規則として朝食は決まった時間に供される。今日の朝食には、納豆と鯵《あじ》の開きがついた。箸を動かしながらずっと、ぼくは小佐内さんのメッセージカードについて考えていた。

小佐内さんは、なにかがひどく間違ってると書いた。たしかに、変なことが起きている。

ぼくは川の下流方向から走ってきた車にはねられ、その車はそのまま上流方向へ逃げた。道はずっと一本道で、交差点は一つもなく、Uターンもできない。およそ九キロ先で初めて堤防道路は一般道と接続し、ここでようやく、犯人は逃げ場のない一本道から逃れることができる。

この構造は、三年前から変わっていないはずだ。だから犯人の車は、ぼくと小佐内さんが夜に訪れた〈七ツ屋町店〉の、あの防犯カメラに必ず映るはずなのだ。

なのに小佐内さんは、映っていなかったという。小佐内さんがメッセージに書いた「カメラ」が、ぼくの思っているカメラとは違うものなのだろうか？　そんなことはありそうもない。

ぼくを轢いた車は、消えてしまった——。

この異常な事態に、しかしぼくは驚いてはいなかった。ぼくが面食らい、呆然とし、いまだに小佐内さんのメッセージを信じられないでいるのは、ぼくを轢いた車が防犯カメラに映っていなかったからではない。

また、映っていなかったからだ。

ベリーショートの看護師さんが、朝食のトレイを下げてくれる。ほどなくして病室のドアがノックされた。返事をする間もなくドアが開いて、野太い声が飛び込んでくる。

「おはようございます。体調はいかがですか」

馬渕さんは今日も絶好調だ。リハビリが始まる。

リハビリはつらいと聞いたことがある。地獄のようだ、と。けれどぼくのリハビリは股関節と膝関節を動かすことが中心で、楽だとは言わないけれど、痛みも疲労も耐えられるレベルだ。むしろ、一日中寝ているしかない入院生活の中で、唯一体を動かせて楽しみな時間でさえある。

馬渕さんは大きな体に比例して指も太いけれど、リハビリの指導と介助は至って繊細だ。指示に従って関節を動かしていると、大袈裟なぐらいに褒めてくれる。

「いいね。いいですよ。それだけ動けば、問題なく歩けます。治るのが楽しみですね」

そうは言っても宮室先生は、全治六ヶ月と言っていた。それまではずっと、こうしてリハビリしながら寝ている生活が続くのだろうか。

ぼくは、馬渕さんが右手の甲に絆創膏《ばんそうこう》を貼っていることに気づいた。正方形の、割と大きな絆創膏で、昨日は貼っていなかったはずだ。指示に従って足を動かしながら、深い意味もなく尋ねる。

「手、怪我したんですか」

馬渕さんは照れたように笑い、左手で絆創膏を隠した。

「ああ、まあね。猫に引っかかれたんだよ」

ぼくはふと、馬渕さんが訊かれる前に傷の原因を話したことと、猫が引っ掻いたにしては絆創膏が大きいことが気になった。それで、よせばいいのに余計なことを言った。

「もしかして、二本脚の猫ですか」

馬渕さんは、黙り込んだ。ぼくはベッドから下りることもできず、馬渕さんはレスラーのような巨軀《きょく》だ。沈黙は、心地よくはない。

けれど馬渕さんは、すぐにさっきまでと同じ快活さを取り戻す。

「猫だよ」

それからぼくたちは、黙々とリハビリに励む。やがて一日分の予定が終わり、馬渕さんは「お大事に」と言って病室を出ていった。

入れ替わりに、「失礼します」と一声かけて清掃員さんが入ってくる。毎日同じ初老の男性で、あまりに手際がいいものだから、モップをかける前かがみの姿勢しか見ていない気がする。と思ったら、ベッドの下にモップを差し入れていた男性が、ふと身を起こした。山里《やまさと》という名札が見えた。

山里さんは、手にデコポンの皮を持っていた。昨日の朝食後に食べた時、気づかず皮を落としていたらしい。無表情にぼくを見て、

「今日召し上がりましたか」

と訊いてくる。素直に答える。

「いえ、昨日の朝です」

すると山里さんは、顔をくしゃっと悔しそうにゆがめた。

「申し訳ありません」

何を謝られたのかと思った。要するに、昨日の朝に出たゴミを昨日のうちに掃除できなかったことを、詫びられたようだ。

「いえ、そんな」

不満なんて何もなく、ぼくはむしろ、デコポンの皮を落としたことを恥ずかしく思っていた。山里さんは特にそれ以上言葉を交わすことなく、元通りにてきぱきと清掃を進め、

「失礼しました」

と言って病室を出て行く。さっきの謝罪はたぶん、ぼくに謝るというより、ゴミを見落とした自分自身が許せなくて出た言葉だったのではと思った。

山里さんが去ると、今度はいつもの看護師さんが来てくれた。千客万来だ。看護師さんは何やら、大きなワゴンを押していた。ワゴンにはタオルやシーツや、いろいろなものが載っているけれど、青いポリバケツがひときわ存在感を放っている。何が始まるのだろうと思っていた

ら、看護師さんが言った。

「今日の清拭には、洗髪もあります」

洗髪！

ぼくはベッドから下りることもできないのに、髪を洗ってもらえるのか。どうやるんだろうという疑問の前に、ぼくは踊り出したいような気分になった。髪を洗ってもらえると聞いた途端、頭のかゆさをずっと我慢していたような気になったのは、我ながらおかしなことだ。

看護師さんは手際よく、ぼくの頭の下にタオルを敷いていった。ぼくも頭を傾けたり、指示通りゆっくり寝返りを打ったりして、作業に協力する。タオルは何だかごわごわしているので、何か、防水性のものを挟んでいるのかもしれない。

次に看護師さんがワゴンから取り出したのは、タライのお化けのような、変な道具だった。ゴム製で丸くて、浮き輪に似ているけれど、底はふさがれている。何に使うのかと思ったら、看護師さんはぼくの頭をその器具のふちに乗せた。なるほど、これはベッドの上でも使える洗面台のようなものらしい。

水が襟から入ることを防ぐためなのだろう、首にタオルが巻きつけられる。巻き方がきつくて、ぼくは一瞬、息が詰まった。苦しいですと抗議した方がいいかと思ったけれど、看護師さんはすぐにタオルを緩めてくれた。

「じゃあ、始めていきます」

お湯はバケツの中に入っていて、洗髪に使った湯はこれもゴム製の樋《とい》のようなものを使って、別のバケツに捨てるシステムのようだ。看護師さんの洗髪は、床屋のように上手ではなく、ごりごりと頭皮を押していくような洗い方は正直なところちょっと痛かったけれど、文句を言う気にはまったくなれない。横になったままで髪を洗ってもらえるなんて、夢にも思っていなかった。ぼくは自然と、

「ありがとうございます」

と口にしていた。

洗髪に続いていつもの清拭が行われ、湿った髪と濡れタオルで拭かれた皮膚が最初はほのかに温かく、やがて気化熱で冷えていく。看護師さんは重そうにワゴンを押して、病室を出て行った。

――部屋が静かになる。

人がいるあいだは、そしてほかに何かすることがある間は、過去のことは忘れていられる。ひとりになると、ぼくの意識は過去へと向いてしまう。かさぶたをかきむしるように、ぼくは三年前を思い出していく。映っているべきものが映っていなかった動画について。ぼくは今日の分のボンボンショコラ――ヴァニラ風味――を口に含み、ノートを開いてペンを構える。

麻生野さんから防犯カメラの録画データを受け取った翌日、ぼくたちは学校で落ち合った。結局のところ、二人で会える場所がそこしか思いつかなかったのだ。

土曜日の学校では、やはり部活動が行われていた。グラウンドではサッカー部が駆けまわっ

ていて、体育館からは、何かを擦りつけるような甲高い音が断続的に聞こえてくる。ゴム底のシューズを履いた連中がダッシュを繰り返しているか、さもなければ、誰かが何かを擦《こす》りつけて遊んでいるのだろう。

校舎の鍵も開いていた。たぶん誰も入ってこないだろうという甘い見通しに基づいて、ぼくたちは三年四組の教室を待ち合わせ場所にしていた。教室についたのはぼくが先で、一分もしないうちに小佐内さんも来た。小佐内さんは昨日と同じ大きく黒いバッグを肩からかけていて、バッグからノートパソコンとACアダプタを取り出し、コンセントに近い窓際の席を選んだ。

映像データが手に入ったのは小佐内さんの人脈と交渉のおかげだけれど、ここからはぼくの見せ場だ。あの映像には絶対に手掛かりが映っているはずで、それを見つけだすのは……まあ、難しいことだとは思えない。

小佐内さんは淡々と準備を進める。

「バッテリーは充分だから、たぶん電源はいらない」

「じゃあ、始めようか」

ノートパソコンの前には小佐内さんが座り、ぼくはその隣に立って、机に手をついてモニタに顔を近づける。

ノートパソコンが起動する。小佐内さんが「6・7・17：00」というファイルを再生すると、ほどなく映像が表示された。音はなく、ウインドウの下部に「17：00」と時刻が表示され、手前にコンビニの駐車場が、奥にはT字交差点とそこに続く道が映し出される。昨日〈七ツ屋町店〉の事務室で麻生野さんが見せてくれたものと、まったく同じアングルだ。

映像では、堤防道路側の信号が赤になっていた。信号待ちの車は、四台だ。それほど交通量は多くない。夕方のラッシュにはまだ早いのか、この日だけたまたまそうなのかは、まだわからない。

カメラは、堤防道路に入ってくる車は斜め前から捉えていて、ナンバープレートや運転手の顔の輪郭まで見て取れるいっぽう、肝心の堤防道路を出て行く車については車両の後部しか確認できない。最善のアングルとは言い難いけれど、車の判別をするには充分だ。ぼくは言った。

「六分まで飛ばしてもいいんじゃないかな。藤寺くんは、事件が起きたのは十七時六分だったと言ってた」

ぼくはそう言ったけれど、小佐内さんは賛成しなかった。

「わたしが堤防道路に飛び降りた後で時計を見たら、十七時八分だった。どっちの時間が正しいのかわからないのなら、飛ばさない方がいいと思う」

頷ける理由だけれど、さすがに、十七時ちょうどに犯人の車がここを通る可能性はゼロだ。小佐内さんは映像を倍速にした。道路を走る車が映っては一瞬で消えていくけれど、早過ぎて見落とすというほどには早くない。

そのまま数分が過ぎる。コンビニの駐車場に入ってくる車は、あまり多くないようだ。一般道からはこの駐車場に入れないのだから、このコンビニは立地に恵まれているとは言えない。ただ、自転車や徒歩で駐車場に入ってくる人は、それなりに多かった。

ウインドウ下部の数字が十七時六分を、やがて八分を表示する。藤寺くんの時計が正しければさっき、小佐内さんの時計が正しければたったいま、九キロ下流で日坂くんが轢かれた。空色の軽ワゴンはいったん停止したもののすぐに逃げ出し、その車に轢かれかけた小佐内さんは堤防道路から飛び降りて、水たまりに倒れて単語帳を落とした。

カメラに空色の軽ワゴンが映るまで、何分ぐらいかかるだろう？　ぼくは暗算を試みる。

「犯人が時速八十キロで逃げたとしたら、カメラに映るのはだいたい七分後だね」

現場から逃げた直後、あまり暴走してはかえって怪しまれると考えた犯人が時速六十キロまでスピードを落としたとすれば、九分後にアングルに入ってくる。ぼくと小佐内さんはモニタを見続ける。車は次々と映り、消えていく。

時刻を示す数字が「12」になり、「13」になる。画面の中では、空色でもワゴンでもない車が行き来している。「14」になり、「15」になる。十七時十五分。轢き逃げ発生が十七時八分なら、そろそろ来てもおかしくない。ちょっと緊張するぼくの前で分数表示は「16」になり、「17」になる。映るのは一般の乗用車ばかりだ。ワゴンも通るけれど、どれも色が違う。青い車も通るけれど、どれもワゴンではない。

数字が「19」になった時、ぼくは呟いた。

「……遅いね」

また数字が変わって、「20」が表示される。

ぼくはまた暗算する。時速四十五キロぐらいで走ったとすると、カメラの前を通るのは十七時二十分を過ぎる。スピードが出やすい堤防道路で、時速四十五キロで走る車は遅い方に入るだろう。犯人は日坂くんを轢いた後、心機一転して安全運転に努めたのだろうか？

数字が、また変わる。いくらなんでも遅すぎると思っているうちに、また変わる。とうとう分数表示は「28」になる。

轢き逃げ発生が十七時八分だったとしても、もう二十分経っている。九キロを走るのに二十分かけるためには、車の速度は時速二十七キロ程度に抑えなくてはならない。カメラに映る交通量はやっぱりそれほど多くないけれど、それでも車は絶え間なく走っている。この道を時速二十七キロなんかで走っていたら、後続車が長蛇の列になってしまう。

小佐内さんはずっと何も言わなかったけれど、ウインドウ中の分数表示が「38」になったところで、いちど再生を停止させた。

「……九キロ走るのに、三十分かかるはずない」

「同感だね」

そしてぼくは直感した。小佐内さんは、目当ての車が映っていないことを知っていたんじゃないか。

「昨夜、ひとりで見たんだね」

小佐内さんは、別に隠さなかった。

「うん」

「最後まで見たの？」

「最後まで見た。別の角度の映像も見た」

青い車は走っていた。ワゴン車も、走っていた。でも、

「そのどれにも青いワゴンは映っていなかった。そうだね？」

小佐内さんはそうだと言わず、ただ、呟いた。

「何かがひどく間違ってる」

「見落としたのかも」

「そんなはず……ないと思うけど」

さしもの小佐内さんも歯切れが悪い。

もちろん実際には、ぼくともあろう者がじっと目を凝らし、無駄口も叩かずにモニタに見入ったのに、捜していた車をまんまと見逃したなんてことは考えにくい。もし見逃したのだとしたら、可能性は一つしかない。

「だったら、犯人の車は空色じゃなかった」

小佐内さんが即座に応じる。

「青だった。見たもの」

車の色については小佐内さんだけでなく、日坂くんも、藤寺くんも青系統の色だったと証言した。正確には、日坂くんは「空色」と、藤寺くんは「薄い水色」と言っていた。日坂くんたちの証言が警察に伝わり、警察が新聞社に発表したのだろうから当然だけれど、新聞にも現場から走り去ったのは「青い車」だと書かれていた。

小佐内さんが言葉を続ける。

「ただ、わたしは、あの車がワゴンだったかどうかは自信がない」

ぼくは考える。犯人の車がワゴンだったという情報は、新聞には出ていなかった。日坂くんと藤寺くんが、それぞれあれはワゴンだったと教えてくれたのだ。彼らの勘違いということはあり得るだろうか。

「……いや。ワゴンで間違いない」

「どうして？」

「日坂くんは、ぶつかってきた車が前面の平たいワゴンだったから、こんなふうに」

ぼくはボクシングのガードのような姿勢を取る。

「胸から顔にかけて守る姿勢を取った。その結果、腕は車にぶつかって内出血を起こしたけど、足はそれほど大きな怪我をしなかった。もしワゴンじゃない車に轢かれていたなら車はまず足に当たったはずで、あんな怪我じゃ済まなかったと思う」

けれど、青い軽ワゴンは一台も通らなかった。軽自動車どころか、普通自動車の白ナンバーをつけた車の中にも、青いワゴンは見当たらなかった。

――映っているはずのものが映っていないのは、なぜか。

小佐内さんは、日坂くんを轢いた車は上流側に向かって走り続けるしかなく、そうなれば必ずコンビニ前のT字交差点を通過すると保証した。けれど事実はそれに反している。

「つまりやっぱり、映ってなかったってことになるね。そうなると……」

ぼくがそう切り出すと、小佐内さんは頷いた。

「言いたいことはわかる。わたしは堤防道路が脱出不可能な一本道だと知ってるけど、小鳩くんが疑うのは自然だもの。気にしてない。というか」

小佐内さんは改めてモニタを見ると、パソコンの中に仇敵を見つけたように、くちびるを引き結ぶ。

「こんな結果を突きつけられたら、わたしだって思う。わたしが間違っていたんだって」

ぼくはちょっと驚いた。

「間違いだなんて、思ってないよ」

こちらも意外だったのか、小佐内さんはまじまじとぼくを見た。

「じゃあ、どう思ってるの」

「小佐内さんの観察も、映像の結果も事実だと思ってる」

「矛盾してる」

「だから」

ぼくは笑った。

「どこかに隠れた抜け道があるんだ。車一台が通り抜けられる秘密の通路なんて、ちょっと面白い。捜しに行こう」

けれど小佐内さんは、悄然《しょうぜん》としたままだ。

「行ってらっしゃい」

「……行かないの？」

そう訊くと、小佐内さんは自分を指さした。

「えっ、わたしも？」

「一緒に行くと思ってたけど」

思いもしないことだったようだ。小佐内さんはぼくの提案を吟味するように、モニタを見ながら何度か頷き、最後に少し笑った。

「うん。行く」

「あ、パソコンはどうする？」

「後で取りに戻る。見つけられない隠し場所があるから」

そう言うと小佐内さんはノートパソコンのモニタを伏せ、ちょっと待ってと言い残して小走りに教室を出て行った。見つけられない場所なんて言われると見つけてやりたくなるけれど、いまは堤防道路の謎を解く方が先だ。

一本道から車が消えた……これはもう、密室そのものだ。九キロの巨大な密室には、けれど絶対に穴がある。

ひとり残った教室で、ぼくは笑みを抑えきれなかった。その穴を、これからぼくが見つけるのだ。

渡河大橋から折り返し階段を下りて、堤防道路に立つ。

校舎の中にいる時は意識しなかったけれど、あまり天気のよくない日だった。ただ、梅雨時とはいえ、すぐに降りそうな気配はない。直射日光が遮られるのだから、むしろ調査にはうってつけの日と言えそうだ。ぼくたちは出発地点として、まず、南進して日坂くんが轢かれた地点を目指す。

小佐内さんは、小さなトートバッグを持っていた。さっきまでは持っていなかったから、折りたたんでノートパソコン用のバッグにでも入れてあったのだろう。いま小佐内さんは歩道にしゃがみこんで、アスファルトを見ている。事件の日以来この街に雨が降っていないおかげか、ブレーキ痕はそのまま残っていた。ときどき、車がぼくたちのすぐそばを行き過ぎる。

ブレーキ痕から得るものはなかったらしく、小佐内さんは晴れない表情で立ち上がる。

ぼくたちは、少し上流側へと戻る。特に何も残っていない場所だけれど、小佐内さんは立ち止まって、街側の斜面を見下ろした。芝の生えた小段に、もう水は溜まっていない。

「あそこで、小佐内さんの単語帳を拾ったんだ」

「ありがとう」

「ところで、いままで訊かなかったんだけど、怪我はなかったの？」

小佐内さんは口許に手を当て、くすりと笑った。

「そういえば、そう。訊かれてなかったし、話してなかった。ひどいね」

ひどいのはぼくなのか、小佐内さんなのか。たぶん両方なのだろう。

「転がり落ちて痛かったけど、怪我らしい怪我はなかった」

「それはなにより」

ぼくたちは少しの間小佐内さんの落下現場を見ていたけれど、やはりここでも、特に目につくものはない。ぼくは目指すコンビニがある方と反対の、下流側に目を向ける。

「あっちに向かったら、どうなるのかな」

調べはついていたらしく、小佐内さんはすぐに答えた。

「一キロ足らずで、伊奈波大橋がある」

「アンダーパス？」

覚えたての言葉を使って訊く。

「ううん。信号のある交差点で、一般道と交わってる」

「っていうことは、下流側に向かっても一般道に出られるんだね。そっちには、防犯カメラはないのかな」

小佐内さんは小さく首を横に振った。

「伊奈波大橋の信号には目立つカメラがついてるけど、あのカメラには手を出せない……」

悔しそうだけれど、信号機に設置されているなら、それはたぶん警察のカメラだ。手が出せるはずがない。ともあれ、犯人がUターンした可能性は既に否定されているのだから、さしあたり意味のない情報ではある。

振り返って、ぼくたちは上流側を見る。堤防道路に一般道が突き当たるT字交差点まで、九キロの検証が始まる。来た道を戻り、さらにそこから先に進むのだ。

この歩道は渡河大橋の下で終わっている。路肩はほとんど皆無で、天端を歩いていくのは不可能だ。川側か街側、どちらかの小段に下りるしかない。小段を歩くことは学校から禁止されているけれど、今日のところは忘れることにしよう。クラスメートを轢いた犯人を捕まえられるのなら、これぐらいのルール違反をしてもおつりが来る。

「事件の日、小佐内さんは川側と街側、どっちの小段を歩いて行ったの？」

実を言えば「川側」「街側」という表現はぼくが勝手に使っているだけなのだけれど――たしか正確には「川表」「川裏」といったはず――、小佐内さんは戸惑わなかった。

「川側。街側に、一般道へ繋がる道があるかどうかは、地図を見ればわかるから」

一理あるけれど、意外な脱出口がないとも限らない。

堤防道路という密室からの抜け道がないか確実に検証するためには、堤防の両側の小段を隈《くま》なく確認する必要があり、いま、ぼくたちは二人いる。当然、手分けすべきだ。

「じゃあ、ぼくが川側の小段を行くから、小佐内さんは街側を歩くのはどうかな。何か見つかったら携帯で連絡を取り合うってことで」

異存はないらしく、小佐内さんは頷いた。

堤防の斜面に設けられた階段まで行き、小佐内さんはそこから街側の小段に下りた。ぼくは車に気をつけて堤防道路を横切り、川側の小段に下りる。さっそく、小佐内さんからメッセージが届く。

《準備？》

ぼくも小佐内さんを真似て、短く返す。

《行こう》

そうしてぼくたちは、別々に歩き出す。事件当日、日坂くんが歩いていた方向とは逆に進むことになる。

街側の斜面には芝が植えられているだけだったけれど、川側は、隙間なくコンクリートで護岸されていた。もし小佐内さんがこっち側に落ちていたら、芝の上に落ちたのとはわけが違う。かすり傷では済まなかったはずだ。

頭上で車が行き交っている。車道を挟んだ向こうでは、小佐内さんがぼくと同じく、コンビニ目指して歩いているはずだ。

斜面は急角度で、車で下りられるとは思えない。無理に下りようとすれば車がひっくり返って、大事故になるだろう。小佐内さんがそう言っていたはずだけれど、いま、それが実感としてわかる。

横を流れる伊奈波川に目を向ける。

川は増水している。濁った水がゆるゆると流れ、川幅はふだんよりもずっと広くて、河川敷の半ばまでが水に浸かっている。逆に言えば、これだけ水かさが増してもなお河川敷は充分に余裕があり、小段を歩いていても、水の危険は感じない。ただ、圧倒的な水の流れが目に入るので、少し怖いことは否定できなかった。

渡河大橋をくぐり（アンダーパスだ！）、さらに十分、二十分と歩き続ける。当然ながら川の上には建物がないので、見晴らしがいい。初夏の曇り空は広く、彼方に山並みも見えている。ひとつ、わかったことがある。堤防道路は、狭い。歩道がなくなると、なおのことそう感じる。これではUターンはおろか、路肩に車を停めることさえ容易ではない。もし犯人が路上に車を放置したなら、事故発生直後に駆けつけた警察が必ず見つけただろう。

携帯がふるえる。小佐内さんからの着信だ。

『もしもし』

「何かあった？」

『何もない。もし犯人の車がこっちの斜面を滑り落ちたのなら、芝が剝がれたはず。そういう痕は、ぜんぜんない』

「そっか。こっちも小佐内さんの言う通りだね。堤防の斜面を車で下りるのは、無理だ」

『でしょう？』

「疑っていたわけじゃないけど、疑ってごめんって言った方がいい？」

ちょっと間があった。

『……それを聞くために電話したんじゃない』

てっきり、変化がなくて暇だから電話してきたのかと思ったけれど、小佐内さんには用があったらしい。

『いちおう、お礼を言おうと思って』

心当たりがなかった。黙っていると、続いた小佐内さんの口ぶりは心なしか、これまでよりもさらにぶっきらぼうになった。

『犯人の車は必ず〈七ツ屋町店〉の前を通るはずって言ったわたしの観察を、小鳩くんは、信じてくれたでしょう』

「信じたことになるのかな。結局、こうして穴がなかったか検証に来てる」

『実際に映像に映っていなかったんだから、それは当然だと思う。だけど小鳩くんは、わたしの観察がでたらめだったと思わずに、観察は正しいけど見えない抜け道があるんだと考えてくれた』

何を当たり前のことを言い出したのだろう。

「だって、でたらめだと思う理由がないからね」

『理由はある。わたしが小さいから』

何を言われたのかわからなかった。携帯を持つ手を替える。

「……それって、関係ある?」

小佐内さんの声は、笑っているようだった。

『とっても、ある。わたしがまるで小学生みたいに小さいっていうのは、わたしが見たことも聞いたことも一切信じられないっていう、充分な理由になるの』

「没論理に聞こえるけど」

『うん』

よくわからない。やっぱり小佐内さんは、暇つぶしに電話をかけて来ただけなのだろうか。

行き先に、スロープが見えてきた。堤防道路から河川敷に下りるための道だ。

「スロープだ」

見えたものをそのまま言うと、小佐内さんは、

『そっちに行くね』

と言った。


スロープは堤防道路から小段を横切って、河川敷へと延びている。しっかり舗装されている。坂の傾斜は緩やかだ。河川敷には、名前も知らないつる草が生い茂っている。

「河川敷で遊ぶ人たちのための道なのかな」

ぼくがそう言うと、小佐内さんは心なしか冷たく返してくる。

「川を管理する人たちのための道だと思う」

言われてみれば、そっちだろうね。

スロープの入口には、鎖が張られていた。入口の両側にはそれぞれ鉄製のポールが設置されていて、鎖はこの一方のポールから伸び、もう一方のポールに留めてあって、外せないよう南京錠がかかっている。鎖は多少錆びているけれど充分に太くて、とても切れそうにない。この鎖を突破しない限り、車がこのスロープを通って河川敷に下りることは絶対に不可能だ。

ポールに何か書いてあるのに気づき、ぼくは顔を近づける。

「増水時閉鎖。伊奈波川河川管理事務所」

小佐内さんもぼくの隣にしゃがみこむ。

「わたしが見た時も、鎖が張られてた」

「南京錠もかかっていたんだね」

「うん。もしかしたら錠は見せかけかと思って引っ張ったけど、外れなかった」

ぼくはいま、鎖を引っ張ってみようとは思っていなかった。確認の精度で上をいかれた悔しさをごまかすように引っ張ると、鎖は硬い手応えだけを返してくる。

ポールに書かれた文言を読む限り、いかにも増水時には自動的に鎖が張られるように思えるけれど、実際には、どこにも自動装置は見当たらない。ぼくはポールに手を置いて立ち上がる。

「増水すると、誰かが鍵をかけに来るんだね」

しゃがんだままで小佐内さんは頷き、それから怪訝そうに小首を傾げた。

「その鍵があれば、このスロープから河川敷に下りてほとぼりを冷まし、Uターンして、あの防犯カメラに映らずに堤防道路を出られる。小鳩くんはそう考えてるの?」

「だめかな?」

「つまりわたしを……日坂くんを轢いたのは、河川管理事務所の、鍵を管理する係の人ってこと?」

「犯人がこのスロープを使ったことが間違いないのなら、スロープを使えた唯一の人が犯人になる」

小佐内さんは納得がいかないといった顔をしている。ぼくは指を立て、さらに続ける。

「仮に、河川事務所の鍵の管理者が轢き逃げ犯だと考えてみよう。伊奈波川が増水して、河川敷への道は封鎖されていた——あるいは、その犯人が封鎖しに来た。その人は鍵を持って、堤防道路を空色の軽ワゴンで走っていた。そして事故を起こし、救護義務を放棄して逃走した上、業務上たまたま所持していた鍵を使ってスロープに進入した。あの日、河川敷は堤防ぎりぎりまで水に浸かっていたんだよね？」

小佐内さんは頷いた。

「じゃあ、河川敷は走れなかった。だから犯人はこのスロープを使って車をUターンさせ、ふたたび鍵をかけてから、警察が道路を片側交互通行にして現場検証をしている事故現場へ戻っていった。けれど犯人は運よく警察に見とがめられることなくその場を通過して、まんまと街中へと逃げうせた」

「それが、本当に起きたことだと思う？」

ぼくは肩をすくめる。

「このロジックのいちばんの難点は、なぜそうまでして犯人が直進を嫌ったのかってことだよ。堤防道路をまっすぐに進むと、コンビニ〈七ツ屋町店〉の防犯カメラに映ってしまう。河川管理事務所の人はそれをあらかじめ知っていて、警察が集まっている事故現場に戻るリスクよりも、コンビニの防犯カメラに映るリスクの方が大きいと考えたんだろうか。……ちょっと、ありそうもない。ほかの可能性が全部消えたら、そんな可能性も残ってるっていうぐらいかな」

小佐内さんは口をつぐんで、うつむいた。ちょっと怒ったのかもしれない。いちおう、言い訳する。

「論理で遊んでるつもりはないんだ。あくまで、可能性があるか検討しただけで」

「楽しそうに、ね」

「やだなあ。慎重を期しただけだよ」

小佐内さんはもう何も言わず、自分が担当する小段へと戻っていく。ぼくもまた川側の小段に戻った。

伊奈波川は蛇行し、堤防もまたカーブを繰り返す。もっとも、小佐内さんの言葉を借りれば、「概念としては一本の直線」だ。

出発から一時間後、川側の小段が消えた。

正確に言えば小段そのものは続いているけれど、つる草が斜面を埋め尽くしていて、草刈り機でもなければ一メートルだって進めそうもない。なぜいきなり草が茂り始めたのかは、すぐにわかった。ここから先はコンクリートで護岸されていないので、伸び放題なのだ。

事件があった日、小佐内さんはここを歩いていたのだから、途中で小段が進めなくなることを知っていたはずだ。携帯を取り出し、メッセージを打つ。

《草が生えていて進めない。合流する》

天端に上がり、車が途切れるのを待って道路を横断する。川側の小段は草に埋もれたけれど、街側の小段は、驚くべきことに舗装されていた。明らかに、人が通れるように整備されている。小佐内さんはどこにいるだろうと見まわすと、ぼくよりも百メートルほど先でぽつねんと立つ姿が見えた。少し意外だったのだけれど、ぼくが小走りで追いつくまで、小佐内さんはその場で待っていてくれた。

曇っているとはいえ初夏の日向を歩き続けて、小佐内さんは少し汗ばんでいる。ぼくもまたポケットのハンカチで汗を拭う。小佐内さんはトートバッグから、水の入ったペットボトルを出した。

「はい」

「ぼくに?」

間の抜けたことを言ってしまった。ここにはぼくと小佐内さんしかいない。

ペットボトルはすでに封が切られていて、中身も少し減っている。もらっていいのかなと思っていたら、トートバッグから今度は紙コップが出てきた。ありがたく受け取りつつ、まじまじと見てしまう。

「……用意周到だね」

小佐内さんは、ちょっとうつむいて微笑んだ。照れたらしい。

ありがたく水を一杯飲んで、さっそく訊く。

「こっちの小段は整備されているんだね。どれぐらい前から?」

「一キロぐらい」

「車は通れるのかな」

小佐内さんは、首を横に振った。

「街からスロープが緩やかに上がってきて、この小段に合流してる。でも車止めがあるから、車は入れないの」

つまり、小段を舗装したこの道は市街地と繋がっているけれど、堤防道路とは繋がっていないのだ。犯人の車の逃走経路としては、やはり、使えそうもない。

ぼくは市街地を眺める。このあたりは古い町のようで、立ち並ぶ民家は築二十年や三十年には見えない。「ノボリ・ハタ・ノレン」と書かれた看板を掲げているのは、店だろうか、小さな工場《こうば》だろうか。瓦屋根の家、トタン屋根の家、心なしか煤《すす》けたH形の煙突を見ながら、ぼくたちは小段を歩いていく。

前の方から、大人の男の人が乗った自転車が近づいてくる。ぼくが小佐内さんの前に出て一列になり、自転車をやり過ごす。また横に並ぶと、小佐内さんが訊いてきた。

「日坂くんって、どんな人なの?」

ぼくは少し考えた。

「日坂祥太郎。背が高くて、そんなに筋肉質には見えなくて、バドミントン部のエース」

小佐内さんは前を向いたままこくりと頷き、しばらくしてぼくを見た。

「それだけ?」

「それだけってことはないけど……体育祭とか文化祭とかで、何か目立ってたおぼえはない。

もちろん部活のエースだから運動はできるんだろうけど、あんまり自分からアピールする感じじゃなかった」

「控えめなんだ。そして?」

「それぐらい」

小佐内さんはちょっと目を見開いた。気を取り直すように前を向き、小佐内さんは質問の矛先を変えてきた。

「日坂くんのお見舞いに行ったんでしょう。その時のこと、詳しく教えて」

「詳しくって、どれぐらい?」

「どこで息継ぎしたかわかるぐらいに詳しく」

さすがにそれは無理というものだけれど、ぼくは記憶を辿り、できるだけ詳細にお見舞いの様子を話していく。

クラスから何人かがお見舞いに行き、ぼくはそこに参加していなかったこと。

後から日坂くんに会おうと思い立ったけれど、見舞いの品がなくて、花を摘もうかなと迷ったこと。

日坂くんの病室は四〇三号室だったこと。

話題からその順番まで、全部話すあいだ、小佐内さんは何も言わずに聞いていた。

知る限りのことを話し終えると、小佐内さんは続けて訊いてくる。

「小鳩くんと二年生の藤寺くんは、どういう関係なの?」

「何の関係もない。クラスメートの牛尾くんから、二年生の藤寺真が轢き逃げを見たって話を聞いただけ。男子なのか女子なのかも知らなかった」

「じゃあ、藤寺くんとはどんな話をしたのか教えて」

そう訊いた後で小佐内さんはぼくを見て、付け加えた。

「詳しく、ね」

眼下に街並みを見ながらただ歩き続けるのは少し退屈で、たしかに、話していた方が気がまぎれる。ぼくは記憶を辿り、頭の後ろで両手を組んで、ご要望通りに詳しく話した。二年生の教室を一つ一つ訪ねて藤寺真がいないか確認したこと。藤寺くんを見つけ、昼休みに話を聞いたこと。

藤寺くんは積極的には話してくれなかったけれど、ぼくが日坂くんのクラスメートだと名乗り、クラスメートを傷つけた犯人を許しがたく思っていることを伝えると、いろいろ話してくれるようになったこと。

そして、犯人の車に轢かれかけた謎の女子生徒がいたということ。小佐内さんは、自分が話題に出てきても眉一つ動かさなかった。

「昼休みが終わりかけたから、藤寺くんとの話もそこで終わったんだ」

話を結ぶと、小佐内さんはしばらくそのまま歩いていたけれど、不意に少し首を傾げた。何か不審な点があっただろうか。

「どうしたの？」

そう訊くけれど、小佐内さんはちょっと難しい顔をして、こう言っただけだった。

「わからない」

「何が?」

「それが」

何がわからないのか、わからないらしい。

大きな橋が頭上に来た。橋は堤防の上に架けられていて、ぼくたちはその下をくぐっていく。見上げれば巨大な鉄骨が組み上げられていて、耳には橋を行き交う車の音と振動が伝わってくる。くぐり終えて再び空の下に出ると、行く先に、例のコンビニ〈七ツ屋町店〉が見えてきた。

事件現場から九キロを歩き通した結果、犯人はあのコンビニ前のT字交差点を通るほかに堤防道路を出る方法がないことが、確かめられた。

つまりぼくたちはただ、既知の情報を裏づけしたに過ぎない。この二時間は無駄だったのだろうか?

そんなことはない。堤防道路からは出られないことが確かめられた以上、犯人の車をカメラに映さない方法は一つしかないのだ。

ぼくが思うに、後はたった数分の観察で片がつく。

駐車場の片隅で、ぼくはぶらぶらと足を振った。

ふだんならこのぐらいの距離を歩くのは何でもないけれど、川側の小段がコンクリート敷きだったせいか、歩いた衝撃が足の裏に響いていた。足を振ると、少し楽になる。小佐内さんは靴に小石でも入ったらしく、しゃがんで靴ひもを解くと、駐車場を囲む塀に手をついて片足立ちになり、靴を逆さにして振っていた。ぼくは高揚感を隠しつつ言う。

「この駐車場なんだけど……」

と言いかけたところで、小佐内さんが片足を上げたままで制してきた。

「ごめんね。先に少し、休ませて」

もどかしいけど、その方がよさそうだ。曇りの日だったのは幸いだけれど、それでもぼくたちは、ずいぶん水分を失った。

店内に入って、ぼくたちは二人ともミネラルウォーターを手にした。小佐内さんは昨日チョコレートを買ったはずだけれど、今日は特に甘いものは買わないようだ。レジ係は二十代前半ぐらいの男の人で、ぼくたちを見ると、ぶっきらぼうに言った。

「会計はご一緒っすか」

「別々でお願いします」

舌打ちしそうな顔で、レジ係はミネラルウォーターのバーコードを読み取った。

店を出て、ひとしきり水を飲む。小佐内さんはトートバッグに残っていた残りの水を飲み切って、新しいペットボトルは開封しないようだ。コンビニの入口脇にゴミ箱を見つけたので、ぼくは小佐内さんからもらった紙コップを捨てようとしたけれど、「ゴミの持ち込み禁止」と書かれていたので手を引っ込めた。

ぼくたちは、改めて駐車場を見る。

昨日ここに来たのは夜だった。昼に見ると、ずいぶんと印象が違う。昨夜は防犯カメラがどこにあるのかわからなかったけれど、いまは、駐車場に立つポールの先にカメラがあるのがはっきり見える。

青い軽ワゴンは、どこに消えたのか。ポールに取りつけられたカメラを見上げる。

やはりそうだ。カメラは、駐車場を隈なく捉えていたわけではない。ぼくは、わざとそっけなく言った。

「あのさ。すっごく単純な話なんだけど」

そう声をかけると、小佐内さんも隣に来て、ぼくと同じように上を向いた。

「もし、小鳩くんが言いたいのがカメラの真下は死角だっていうことなら、別の角度のカメラには、このポールの真下も映ってた」

「……そう」

「どのカメラからも死角になる位置は、なかったの」

とっさには次の言葉が出てこなくて、ぼくは何とか、普段の調子を保とうとする。

「そのカメラにも青いワゴンは映っていなかったんだね」

小佐内さんは返事をしない。当然だ、ということだろう。

ぼくは何食わぬ顔をして、周囲を見まわしながら駐車場を歩く。けれど実を言えば……平静ではなかった。

堤防道路に脇道が見つからなかった時点で、ぼくは、コンビニの防犯カメラに死角があると思っていた。故意か偶然か、犯人はそこに入ってしまったのだ、と。犯人の車は死角に停まり、三十分か一時間か、警察が現場を立ち去るぐらいの充分な時間を置いてから、来た道を戻っていった。これしかないと思っていた。

昼間にこの駐車場を確かめれば、数分の観察で軽ワゴンが消えた謎を解明できると確信していた。そして思った通り、カメラの真下は死角になっているのを見つけ、真相はこんなことだったか、解けてみればつまらなかったと内心でうそぶいてさえいたのだ。

ところが小佐内さんは、たった一言でぼくの推測を否定した。あんなにも簡単に。

ぼくは、ちらりと小佐内さんを見る。何を見ればいいのか戸惑うように、ぼんやりと空を見上げている小佐内さんを。

……小佐内さんは、信用できるのだろうか？

ぼくは、小佐内さんが言う「別の角度のカメラ」の映像を見ていない。駐車場に死角がなかったというのは、小佐内さんが言っているだけだ。もしかしたら、嘘かもしれない。

小佐内さんに、嘘をつく動機があるだろうか？

もしかしたら、小佐内さんは最初から何一つ本当のことを言っていないのかもしれない。日坂くんを轢いた車に続けて轢かれかけたなんて、嘘なのかもしれない。小佐内さんは何かの理由で犯人をかばおうとしていて、それで、別の角度のカメラの映像を見たなんて嘘を言っているのかもしれない……。

ぼくは汗を拭い、頭を振る。

暑さのせいだ、馬鹿みたいなことを考えてしまったのは。小佐内さんを信用する理由は何一つないけれど、仮に小佐内さんが犯人側に立っているのだと考えた場合、ぼくといっしょに行動していることに説明がつかない。ぼくならば確実に轢き逃げ犯を捜し出してしまうと考えて、要注意人物としてぼくをマークしているとでもいうのだろうか？　だとしたら光栄なことだけれど、いまのところ、ぼくがそれほど小佐内さんに評価される理由も何一つない。

別の角度のカメラが存在していることは、コンビニの事務室で、ぼくも見ている。だったら、そのカメラは別のカメラの死角をカバーしていたという小佐内さんの言い分を疑う理由は、残念なことに見当たらない。

それに何より……何が嘘だったとしても、轢き逃げ犯について「償ってもらわないと」と言った小佐内さんの言葉だけは本当だったと、ぼくは信じている。

それなら、防犯カメラに死角はなかったことも、信じるべきなのだろう――少なくとも、疑う理由ができるまでは。

そんなことを考えながら歩いていたら、ぼくはいつの間にか、コンビニの横に設置されたフェンスの前に立っていた。いちおう、フェンスをつかんで揺すってみる。フェンスは古く、ところどころ塗装が剝がれて錆が浮いていたけれど、固定はしっかりしていて動かした形跡もない。

小佐内さんがフェンスとマンションの隙間を通り抜ける。この先は居住者用駐車場で、轢き逃げ犯の逃走経路とは関係ない。車はここを通れないからだ。どうしたんだろうと思っていたら、いましがた駐車場に停まった白いバンから、Tシャツにデニムの短パン姿の麻生野さんが降りてきた。満面の笑みで後部座席から飛び降りたかと思うと、車内に向けて高い声をかける。

「もー、パパさいてー！　どうかと思うよ、ほんっとに、そういうの外で言わないでよー！」

どうやら小佐内さんは、いま駐車場に入ってきた車に麻生野さんが乗っていることに気づいて、話しかけようとしたらしい。まあ、あんなに楽しそうな顔をされていては、水を差せないのも無理はない。麻生野さんに近づきかけたところで急停止して、小佐内さんはちょっと、つんのめった。

残念ながら、小佐内さんの配慮は無に帰した。麻生野さんの方が、フェンスの近くに立つぼくたちに気づいてしまったのだ。麻生野さんは一瞬凍りついたように動きを止め、不愛想な顔を作ろうとしたがうまくいかず、結局赤い顔をしてそっぽを向く。バンの中からはこれも上機嫌な、男性の声が聞こえてくる。

「おおい瞳《ひとみ》、リュック忘れてるぞ」

麻生野さんは、瞳という名前らしい。顔を赤くしたまま麻生野さんはバンに乗り込んで、そのまま出て来なくなった。

小佐内さんは言った。

「そっとしておいた方がいいかも」

同感だ。

……しかし、そうなると、ここでほかに何ができるだろう。ぼくは二時間以上かけて初夏の曇り空の下を歩き、確信があった推理をたった一言で覆《くつがえ》され、コンビニでミネラルウォーターを買った以外、何一つ収穫は得られなかった。事件を解き明かそうとするなら空振りも覚悟するべきだとわかってはいるけれど、それにしてもあまりに無意味な時間だった。

ぼくだけでなく、小佐内さんも今日の検証にはそれなりに期するところがあったようで、落胆の色を隠せていない。かけるべき言葉もなくて、ぼくはただこう言った。

「学校に戻らないと。ノートパソコンを置きっぱなしなんだよね」

「……うん」

「歩いて帰るのはたいへんだから、このへんにバス停があるか、知ってる?」

「知ってる」

じゃあ、先導してもらおう。

ぼくたちは駐車場を後にして、一般道に向かった。週末の午後、あまり交通量が多い時間帯とも思えないのに、道はさまざまな車でいっぱいだ。

バス停が近づいてくる。バス路線を把握しているわけではないけれど、何となく駅の方に行くバスに乗って、学校の近くで下りればいいだろう。大型のトラックが、ぼくたちのすぐ横を走り抜けていく。ぼくは小佐内さんの後ろを歩いていたけれど、何の気なしに、ぼくが車道側を歩く形で小佐内さんの横に並んだ。

「あ」

無意識に、ぼくは声を上げていた。

「どうしたの？」

と、小佐内さんが訊いてくる。ぼくはその肩をつかんで揺さぶりたい衝動にかられた。

「なんで……なんで、こんな簡単なことに気づかなかったんだろう！」

「犯人の車がどこに行ったか、わかったの？」

遺憾《いかん》ながら、そうではない。だけど、

「もっと重要かもしれない」

小佐内さんがちょっと目を見開く。往来の車がうるさくて、ぼくの声は自然と大きくなる。

「どうして日坂くんが、あんなところを……歩道の、車道ぎりぎりのところを歩いていたのか」

ずっと引っかかっていた。今日、事故現場に行った時も、違和感はあったのだ。それなのにたったいままで、どうして日坂くんがそんな位置を歩いていたのか、まともな考えは浮かんでいなかった。せいぜい、携帯でも見ていたんじゃないかというぐらいしか思いつかなかった。

ぼくはこれまで、歩道を小佐内さんと並んで歩く機会はなかった。〈オモテダナ〉への往復は一定間隔をあけて小佐内さんの後ろをついていったし、〈七ツ屋町店〉に行った時は自転車だった。さっきは並んで歩いたけれど、歩いたのは堤防道路の小段であって、歩道ではなかった。いま、小佐内さんと歩道を並んで歩いて、わかった。

「日坂くんは二人で歩いていたんだ。そして、日坂くんが車道側を歩いた。だからあんなに歩道の端を歩くことになった。つまり日坂くんには、〈同行者〉がいたんだ！」

これまで、ぼくの頭の中で、事件の図は単純だった。歩道には藤寺くん、小佐内さん、日坂くんがいて、日坂くんが車に轢かれた。いま、その図は塗り替えられた。轢かれた瞬間日坂くんは車道に寄っていて、その隣には、ほかの誰かがいる。

小佐内さんは「ああ」と溜め息をつき、束の間、悔しそうにくちびるを噛んだ。

「うん」

そして、何度考えてもそうなることを渋々認めるように、付け加える。

「間違いない。なんでわたし、いままで気づかなかったんだろう」

「小佐内さんは、一瞬だけど事故現場を見てるよね。日坂くんの近くに誰かいた？」

しばらく黙考し、小佐内さんは首を横に振った。

「わからない。倒れた日坂くんは見たと思う。だけどその後は、近づいてくる車を避けるのに精いっぱいだった」

「たぶん、車に隠れて見えなかったんだ。日坂くんしか見てないから、無意識に一人だと思い込んだんだよ」

小佐内さんはちょっと考え込み、慎重に答える。

「そうかも。……ただ、あの歩道は、二人で歩くだけで白線をはみ出しそうになるほどには、狭くなかった」

たしかに、牛尾くんと現場検証に行った時、歩道には二人並んでも無理なく歩けるだけの幅があった。

バスが来て、バス停に誰も待っていないからか、そのまま走り去っていく。小佐内さんは首を傾げる。

「三人だったのかな」

可能性はある。けれど、謎の同行者が二人もいたというのは、なんとなく腑に落ちない。暗い隘路《あいろ》を抜けて、ぼくの思考と想像は一気に広がった。同行者が一人で、それでも日坂くんが車道側に大きく押しやられていたとしたら、それはどんな状況だろう。二人で歩いているのに、その両者の間が大きく空いているとしたら？

そんなのは、考えるまでもない！

「〈同行者〉は、自転車を押していたんだ。だからその分、日坂くんは車道側に押し出された」

小佐内さんはちょっと目を丸くして、こくりと頷いた。

あの事故の瞬間、歩道の上に四人目がいたとするなら、いちばんの問題は明白だ。

「なんで、誰もそれを言わなかったんだ」

日坂くんは誰かと連れ立って歩いていたという、ただそれだけのことを、なぜぼくはいままで知り得なかったのだろう。推論と思考で何が起きたかを突き止めることが、ぼくは決して嫌いではないし、苦手でもない。けれど日坂くんか藤寺くんが「あの時、もう一人いたんだ」と言ってくれていたら、まわり道はしないで済んだのだ。なぜぼくは推論によってしか事実に辿りつけなかったのか、そこに大きな謎がある。

上目遣いに、小佐内さんが言う。

「あの……言いづらいけど、それは不思議じゃないと思う」

ぼくは、まじまじと小佐内さんを見た。小佐内さんはその視線を避けるように、あらぬ方を向く。行き交う車の音が、一瞬、止んだ気がした。ぼくは尋ねた。

「どうして?」

「さっき小段で、日坂くんや藤寺くんから何を聞いたのか、教えてもらったでしょう。その時、変って思ったの」

無言で先を促す。

遠慮があるのか、小佐内さんの声は小さい。

「小鳩くん、話を逸らされていた」

「えっ」

「日坂くんには、ふだんからあの道を通って下校してるのかと訊いたら、俺が轢かれたのがそんなに興味深いのかって言われてる。つまり、質問には答えてもらってない」

記憶を辿る。木良市民病院の四〇三号室で、ぼくと日坂くんは何を話したか。

そしてぼくは、こう思わざるを得なかった。……本当だ。たしかに、答えてもらっていない。

「藤寺くんの場合はもっと露骨で、日坂くんはひとりだったんだよねと念を押したら、日坂くんと藤寺くんの間に女子がいたって話をされてる。小鳩くんは、日坂くんがどうしてそこにいて、誰と何をしていたか、はぐらかされてる」

めまいさえ感じた。

ばかな。そんな……そんなこと、あるはずがない。ぼくが……轢き逃げ事件を解き明かすはずのこのぼくが、被害者と目撃者にごまかされていて、しかもそれに気づかなかったなんて！

かろうじて、言葉を続ける。

「そんなの、おかしい。だってそれだと、日坂くんと藤寺くんが口裏を合わせていたことになる。日坂くんと藤寺くんは、ただ同じ道を歩いていただけの関係だ」

「えっと、確認した？」

……していない。

小佐内さんは言いづらそうに、けれどはっきりと言う。

「した方がよかったと思う。小鳩くんのお話だと、藤寺くんは自然に、日坂先輩って言っていた」

上級生について言及するのだから、先輩と付けるのはおかしくない。けれど言われてみれば藤寺くんの様子は、見知らぬ三年生について話している感じが薄かった。

「それに藤寺くんは、自分の前を歩いているのが日坂くんだってわかっていた」

後ろ姿を見ただけで誰だかわかるのは、知り合いである……。

否定しようもなかった。あまりにも当然だ。

「日坂くんと藤寺くんは、同じ道を前後して歩いてた。それは、学校を出るタイミングが同じだったから……かも。もっと言うと、同じ時間に、部活が終わった」

小佐内さんの言いたいことは、わかった。あの日、日坂くんは部活の練習帰りに事故に遭ったのではないか。

「藤寺くんは日坂くんの、部活の後輩だって可能性がある」

そして日坂くんはその先輩後輩の関係を使って、自分が誰かと一緒に歩いていたことを、口止めした。そういうことなのだろうか。

「でも、どうして口止めなんか」

小佐内さんはかぶりを振る。

「わからない。わたし、日坂くんのことはぜんぜん知らない。たぶん、小鳩くんも、日坂くんのことは知らない」

ぼくは、そんなことはないと言おうとした。ぼくは日坂くんとはクラスメートだし、それに、それに……。

クラスメートでしか、ないのか。

さっき堤防道路の小段で日坂くんについて話した時、もしかしたら小佐内さんは、少しあきれていたのかもしれない。ぼくが日坂くんについて話せたことは、あまりに少なかったから。そうだ、ぼくは、日坂祥太郎を知らない。

日坂くんは、誰と歩いていたのか。なぜ、それを隠そうとしたのか。

そしてなにより大事なのは、その〈同行者〉は小佐内さんよりも藤寺くんよりも、もしかしたら車に轢かれて倒れこんだ日坂くんよりも、間近で犯人の車を見ているということだ。犯人の顔さえ、見ている可能性が高い。

ぼくは言った。

「轢き逃げ犯を捜すなら、日坂くんのことを知る必要があるね」

ぼくは、たぶん笑っていた。

今回の事件は、手掛かりはあっても、犯人を追い詰めることは困難だった。この街の四十万人から日坂くんを轢いたたった一人を見つけだすのにどんな方法があるか、はっきりとした道筋は見えていなかった。けれどいま、事件は様相を変えた。

ただの被害者だと思われていた日坂くん、ただの目撃者だと思われていた藤寺くんには、繋がりがあった。そして彼らは結託し、共謀して、何か事実を隠している。隠すということは、隠したい何かがあるということだ。解くべき謎は、いま、具体的に形を与えられた。

なんてすばらしいんだろう！

あとは解くだけじゃないか！


未明に目が覚める。病室は静かだ。

ぼくは自分が何を思い出したのかを思い出し、大きく息を吸い込んで、たちまち折れた肋骨の痛みにうめいた。吸ってしまった空気を少しずつ吐き出し、痛みがナースコールを押すほどではないことを確かめて、少し笑う。いつになったら、この傷ついた体に慣れるのだろう。

かつて堂島健吾はぼくに向かって、おまえは小市民ではないのだと言った。小佐内さんは、ぼくがそれを目指しているということさえ、嘘なのだと言った。その喝破《かっぱ》は、きっと当たっている。ぼくは、余計な知恵働きと差し出口を止められないし、たぶん本当は、心からそれらを止めたいと思ってさえいない。夢が語った「報い」の言葉は、この唾棄《だき》すべき性格への報いを意味しているのだろうか。

さらに言うならば、ぼくは、ぼく自身が自負するほどの賢明さを備えてもいない。少なくとも過去のぼくは、そうだった。ベッドの傍《かたわ》らには、ぼく自身で自分の愚かさを書き込んだノートがある。そのノートさえ見ていられない気がして、ぼくはあらぬ方を見る。

日坂くんや藤寺くんに話を逸らされていたと聞かされた時、ぼくは、自分がごまかされたことに気づかないなんてあり得ないと思った。けれどこの点について、いまは、そんなこともあるだろうと自然に思える。当事者のぼくが気づかなかったことに第三者たる小佐内さんが気づいたのは、別に不思議なことではない。

——もっと愚かだった点は、別にある。

日坂くんが知られたくないと思っていることを知れば、何もかもわかると考えたことだ。ぼくの（ぼくは自分の責任が重いと考えているけれど、公平に言うならば、ぼくと小佐内さんの）調査は、ぼくが予感した通り、あの日を境に別の局面を迎えることになった。

日坂くんはいま、どこでどうしているのだろう。

もういないなんて、ぜんぜん、ぴんと来ない。ぼくたちはもう二度と会うこともなく、でもそれぞれ、ずっと生きていくと思っていたのに。

いや、きっとそのはずだ。ぼくは……ぼくは、日坂くんに悪いことをした。けれど、それは日坂くんの生きる望みを絶つほどには、ひどいことではなかった。そのはずだ。

そのはずだ。

カーテンの下から曙光が差している。ぼくはこのベッドの上から出ることもできず、ヒビの入った肋骨と骨の折れた太腿が痛くて、叫ぶこともできない。

意識をほかに向ける。小佐内さんはどうしているのだろう。どうやら防犯カメラは調べたらしいけれど、ぼくとしてはそんなことよりも受験に備えてほしい。そして、一度でいいから、面と向かって話せれば申し分ない。メッセージは受け取っているけれど、ぼくはまだ小佐内さんに会っていないのだ。いつもぼくが眠ってしまっている。

単にタイミングが合わないのか、それとも小佐内さんがぼくにかばわれたことを引け目に思って、毎日ぼくが寝入った隙をうかがってお見舞いを置いていくのかはわからないけれど、やっぱりできれば顔を見たい。ぼくが突き飛ばしたせいで怪我をしなかったか、本人の口から聞きたいのだ。

……今日は、お見舞いの品は置かれていない。テーブルの上では、狼のぬいぐるみが相変わらず棘のある目つきをしている。健吾が持ってきてくれたかご盛りは、ぼく一人ではとても食べきれないので、下着を持ってきてくれた両親に渡した。

今夜小佐内さんは来なかったのだろう。年も押し迫って、毎日のように見舞いの品を置いていくのはたいへんだ。そう思いながらも、クリスマスの朝に信じてもいないサンタクロースの贈り物を探す子供のように、ぼくは枕の下をさぐる。

指が、硬いものに触れる。ぼくは、信じられなかった。今日もメッセージカードが忍ばせてある。いったい小佐内さんはどれぐらい、ぼくの隙をうかがっていたのだろう。

メッセージは短かった。

どうしてわたしたち　会えないのかな?

離れて恋をしているような文面だ。

だけどもちろん、ぼくたちは恋と関係がない。薄暗がりの病室で、ぼくは小佐内さんの問いを、繰り返し自分に向ける。

第二部　狼は忘れない

第六章　痛くもない腹

ベリーショートの看護師さんが朝食を運んできてくれる。鰊《にしん》の南蛮漬けとポテトサラダだ。毎日見ていると、配膳とはスピード勝負なのだということがつくづくわかる。看護師さんは丁寧に、迅速に食膳を並べていく。

ぼくは看護師さんの顔が赤いことに気づいた。特に、鼻の頭と目の下が赤みを帯びている。

「スキーに……」

「なんですか？」

看護師さんが手を止め、明らかに仕事用の笑顔をぼくに向ける。

「いえ、何でもないです」

たしかに看護師さんの顔の赤みは日焼けによるものと見て間違いなく、この季節に日焼けした理由としてスキーやスノーボードを考えるのは、それほど的外れではないだろう。けれど、昨日余計なことを言って馬渕さんとの間に緊張が走ったことを思えば、わざわざ言わなくてもいいことだ。

配膳を終え、看護師さんは病室を出て行こうとする。今度はちゃんと用があって、ぼくは看護師さんを呼び止めた。

「あの」

返事はまったく同じだった。

「なんですか?」

ぼくのトレイには南蛮漬けとポテトサラダと、ご飯と味噌汁が置かれている。ぼくは看護師さんから目を逸らすため、そのトレイを見る。

「水をもらえませんか」

体を動かせないのは血行によくないので、水はきちんと飲むように言われている。看護師さんは失敗を悔いるように一瞬顔をしかめ、すぐに元通りの笑顔に戻った。

「少し待っていてください」

ほどなく、看護師さんはプラスティックのコップに水を汲んできてくれた。

水を汲むことも歯を磨くことも、体を拭くことも、トイレさえ、ぼくは生活のほとんどすべてをこの看護師さんに頼っている。

早く治りたい。

食事を始め、やがて食べ終える。水も、指示通りに飲み切る。数分後にいつもの看護師さんが戻ってきて、トレイを下げてくれる。ぼくは残り五粒になったボンボンショコラから、一粒を選んで口に含む。今日のボンボンは、味わいはプレーンなチョコレートだけれど、食感が変わっている。何か、さくさくと心地よい歯ざわりの薄いものがチョコに加えられている。説明書きを読むと、どうやらフィアンティーヌというものが足されているようだ。それはいかなるものか、小佐内さんなら説明してくれたかもしれないけれど、いまのぼくにはこの楽しい食感だけで充分だ。

けれどチョコレートの甘みは永遠ではなく、食感もまた同じだ。どちらもやがてはかなく消えていき、そしてまた、ぼくはひとりになる。

——ぼくは入院というものについて、ひとつの見識を得た。

入院初日は、命が助かればそれでいいと考える。二日目はあらゆる検査が行われて、その結果が悪くないことを祈る。三日目には、いつ退院できるのだろうと考え始める。

そして四日目あたりからは、この無為がいつまで続くのか、不安交じりの退屈が襲ってくる。その退屈にただ耐え続けることができなくて、ぼくは目を閉じ、また過去を思い出し始める。せめてノートとペンがあってよかった、と思いながら。

堤防道路九キロの検証を終え、事件当時の日坂くんの立ち位置について重大な疑惑に気づいた後、ぼくたちは手近なバス停から学校に向かった。学校に置きっぱなしになっている、小佐内さんのノートパソコンを回収するためだ。

乗り込んだバスの中で、ぼくたちは特に話をしなかった。ぼくは、事件の新たな展開にどう取り組むか、いくつかシミュレートを重ねていた。小佐内さんが何を考えていたのかはわからない。いずれにしても、公共交通機関の車内は、あまり会話に適した場所ではなかった。

バスは学校の近くを通ってはくれなかったので、ぼくたちは適当なバス停からさらに十五分ほど歩くことになった。途中、甘い匂いが漂ってきた気がして周囲を見ると、車道を挟んだ向かいに〈おぐら庵〉という店があった。看板には小さく鍛冶屋町店と書き添えてある。知らない道を歩くと知らない店があるんだなと思いつつ学校に急ごうとしたけれど、小佐内さんが動かない。

「どうしたの？」

と声をかけると、小佐内さんは鋭い目つきと低い声で答えた。

「いいお店の予感がする」

「……お腹空いたの？」

小佐内さんは何も言わない。

「止めないけど、先にパソコン回収した方がよくない？」

ぼくの意見をもっともだと思ったのか、小佐内さんは学校に足を向けたけれど、ぼくが気づいただけで二回、店を振り返っていた。

学校に着いたのは、午後二時ごろだった。堤防道路に向かう前はグラウンドでサッカー部が練習していたけれど、いまは誰もいない。

小佐内さんは、どこかに隠したノートパソコンを回収するために校舎に入っていく。ぼくはそれを見送って、体育館に近づく。午前中はシューズが鳴る音しか聞こえてこなかった体育館から、いまはその音に加えて乾いた破裂音と、断続的な重い音が聞こえてくる。

推理するまでもなく、重い音の方はドリブルだ。バスケット部が練習しているのだろう。そして乾いた音は、ラケットがシャトルを打つ音に聞こえた。バスケ部と体育館をシェアして、バドミントン部が練習しているのだろう。これは運が向いてきた。

ただ、ぼくはこの学校のバドミントン部が男女で分かれているのか、混合なのかを知らない。床の高さに換気口があって、そこから見れば中の様子はわかるけれど、覗き見はなんとなくためらわれる。どうしようかなと思っていたら、いきなり声をかけられた。

「なにしてるの?」

黒いバッグを肩にかけた小佐内さんが、思ったよりも間近に立っている。動揺を押し隠しながら無言で体育館を指さすと、小佐内さんはちらりとぼくが指す方を見て、すぐに意図を察してくれる。

「バドミントン部の音がする」

「日坂くんは入院してるけど、藤寺くんがいるかもしれない」

小佐内さんは、わずかに口許を緩めた。

「すぐに動くのね。積極的で、いいと思う」

それは光栄だけれど、ぼくは少し外堀を埋めたい。

「藤寺くんが口止めされているなら、まっすぐ行っても埒《らち》が明かない。三年だから引退してるかもしれないけど、ぼくのクラスの牛尾くんがいたら、そっちから話を聞くのはどうかな。場合によっては、藤寺くんの口を割らせるヒントが見つかるかもしれない」

慎重なアプローチは、もしかしたら小佐内さんのお気に召さなかったかもしれない。けれど小佐内さんは、別に異論は唱えなかった。

外からは体育館には入れない。いったん校舎に入り、何となくお互いに距離を取って無人の廊下を歩き、歯科の健康について啓発する保健室前のポスターを見ながら渡り廊下に入る。体育館の出入口には鉄扉があるけれど、その扉はいま、開いていた。

練習しているのは女子バスケット部と、男女で分かれていないらしいバドミントン部だった。音で聴いた通りだ。バドミントン部はどうやら、男女ダブルスの試合形式で練習をしているらしい。

体育館に上がるためにはスリッパを脱ぎ、体育館用のシューズを履くか、靴下ないし素足のまま上がらなくてはならない。ぼくたちはどちらも選ばず、戸口で中をうかがった。小佐内さんがぼくの肩越しに体育館を覗き込む。

「牛尾くんは？」

彼を探すのは簡単だった。コートでラケットを振っている四人のうちの一人が、牛尾くんだった。ぼくは黙ったまま、ちょっとだけ彼を指さした。

教室で見る牛尾くんは、別段目立つ生徒ではない。人気者グループの一員というわけではないし、運動でも勉強でも、文化祭などでも、格別の存在感を発揮したことはなかった。いま、コートの中の牛尾くんは、四人の中でいちばん落ち着いていた。他の三人がやる気を前面に出しているのに、牛尾くんだけはどっしりと構え、来たシャトルを淡々と返している。相手が力強いスマッシュを打っても、コートの奥深くを狙うロブを打っても当たり前のように返す一方で、素人目にもチャンスらしい浮いたシャトルが飛んできても、強打はしない。見ているうちに、これは下級生の練習に付き合っているのだと、少しずつわかってきた。

ぼくは、体育館の壁際に座ってコートの四人を見ている部員たちに目を走らせる。藤寺くんは、いなかった。彼もバドミントン部だという推測は間違っていたのだろうか。

いかにも一年生らしい男子がストップウオッチを手に、「ラストです!」と声を上げる。ちょうど浮いたシャトルにラケットを振り上げていた牛尾くんは、最後ぐらいはスマッシュするのかと思いきや、そのままふんわりとシャトルをラケットで受け止めて、

「よーし、交代」

と声を上げた。コート外に置かれたバッグにかけてあるタオルを手にして汗を拭き、交代の四人がコートに入ると、牛尾くんは手を上げて合図する。

「始め!」

試合形式の練習が再開して間もなく、牛尾くんはぼくたちに気づく。ぼくが軽く手を振ると、牛尾くんはさすがに驚いたようだけれど、別に嫌そうな顔もしないで近づいてきた。

「よお小鳩。体験入部か?」

ぼくたちは三年生で、いまから部活に入るのは遅い。つまり三年生ジョークだ。

「悪いね、部活中に。牛尾くんが練習を仕切ってるの?」

「キャプテンだからな」

そうだったのか。

「あれ、でも日坂くんは?」

「あいつがキャプテンなんて言ったことあったか? ああ、そうか、あいつはエースだよ」

キャプテンとエースの違いはわかる。それとは別に部長もいるのか、少しだけ気になった。

牛尾くんが言う。

「で、なんだ?」

どうやら牛尾くんは、ぼくたちの訪問を迷惑がってはいないけれど、長話をしたいわけでもなさそうだ。練習中にキャプテン自らクラスメートと長話はできないだろうから、無理もない。迂遠な話は避けようと、ぼくはまず小佐内さんを紹介しようとする。

「こっちは……」

ぼくが挙げた手の先には、誰もいなかった。

そんなばかな。さっきまで隣にいたのに。渡り廊下を振り返るけれど、やっぱりいない。どこに消えた?

牛尾くんが怪訝そうに眉を寄せる。

「なんだ?」

「いや、もう一人いたんだけど……」

ばつが悪くて、咳払いしたくなった。とはいえいないものは仕方がない。犯人への復讐を誓った同級生なんて、ぜんぶぼくが見たまぼろしだったのかもしれない。現実の話を進めよう。

「日坂くんの轢き逃げ事故、いろいろわかってきた」

牛尾くんは一瞬、苦い顔になる。まだやっていたのかと言い出しそうな気配があった。けれどその言葉が出てくることはなく、牛尾くんはただ頷く。ぼくは話を続ける。

「でも、わからないことも多い。ぼくは、二年生の時から同じクラスだけど、日坂くんのことはよく知らないんだ。牛尾くんなら部活も同じだし、いろいろ知ってるんじゃないか」

「俺だってそんなに詳しく知らないぞ」

「わかる範囲でいい。教えてほしい」

牛尾くんは何か言おうとして、コートで練習している四人をちらりと見て、溜め息をつく。

「いまはだめだ。練習が終わったら、話すよ」

「待つよ。何時に終わる？」

「四時かな。四時に顧問が来て、特に何もなければそれで終わる。そこから片づけと掃除をして、上がるのは四時半ぐらいだと思うぞ。悪いが、その辺で待っていてくれ」

「わかった」

いますぐにでも練習の監督に戻ろうとする牛尾くんに、ぼくは急いで、もう一つだけ訊く。

「藤寺くんは？」

もう背を向けていた牛尾くんは、肩越しに、あっさり答えてくれた。

「今日は休んでる。まあ、自主練なんだ、これ。休んで悪いこたぁないが、あいつ、出てこなかったのは初めてなんだよな」

そう言いながら牛尾くんは、あからさまに顔をしかめていた。

携帯で時刻を見る。二時半を少し過ぎたところだ。練習を再開した牛尾くんの声が飛ぶのを聞きながら、ぼくは呟く。

「二時間ある。どうしようかな」

とりあえず、ここでバドミントン部の練習を見ていても仕方がない。校舎に戻ろうと踵を返すと、すぐ後ろに小佐内さんがいた。

ぼくは踏み出しかけた足を、空中で急停止させる。変な声が出た。

「どなっ」

「どな？」

言いたいのは「どこにいたの」と「なんで」の二つだったのだけれど、くっついてしまった。どっちから訊こうか迷う隙に、小佐内さんから訊いてくる。

「牛尾くんは？」

「ああ……四時半には終わるから、それまで待ってってさ」

「時間、あまっちゃったね」

その時間をどう使おうかと思っていたのだけれど、いま思いついた。そういえばお腹が空いている。

「ぼくは一回帰って昼を食べてくるよ」

「そう」

ぼくは、小佐内さんはどうするのか訊かなかった。自由行動の詮索をする気はない。

「四時半少し前に、ここで会おう」

小佐内さんはこくんと頷く。ぼくたちは並んで渡り廊下を校舎へと戻っていく。ぼくはようやく、尋ねる余裕を取り戻した。

「……さっきは、どうしていなくなったの？」

小佐内さんは悪びれもせず、当然のように答える。

「知らない人は怖いもの」

初対面のぼくと四輪自動車が残すブレーキ痕について調査結果を分かち合ったひとの言葉とは思えない。何かの冗談なのか、それとも背後に複雑な論理体系がある本音なのか測りかねて、ぼくはあいまいな笑みをぼんやり浮かべるしかない。

ふと気づく。渡り廊下は校舎の廊下よりもわずかに狭いので、廊下の継ぎ目には物陰ができる。ぼくは小佐内さんがどこにいたのか訊くのをやめ、代わりにその物陰を指さした。隠れ場所を即座に見抜かれたのが不満なのか、小佐内さんはちょっと、むくれたように見えた。

約束通りの時間に約束の場所に戻ってくると、小佐内さんが先に来ていた。軽く手を上げて近づきつつ、訊く。

「バドミントン部は、終わりそう？」

小佐内さんは頷いた。

「片づけは終わったみたい。どこで話を聞くの？　ぼくたちの教室なんだし」

「三年一組の教室でいいんじゃないかな。ぼくたちの教室なんだし」

「部活が終わったから、たぶん学校は施錠される。ゆっくりしてると、閉じ込められちゃう」

たしかに、土曜の学校にいつまでも居残れるはずがない。

「じゃあ、どこがいいかな」

「〈オモテダナ〉なら、邪魔は入らないと思う」

小佐内さんが教えてくれた喫茶店だ。行き方は頭に入っている。ただ、少し狭い気がするし、ぼくと牛尾くんにはあまり似合わない。

「それもいいけど、バイパス沿いの〈メイルシュトロム〉にするよ」

〈メイルシュトロム〉は郷土料理も出すファミリーレストランで、ぼくにとっては個人経営の喫茶店より馴染みがある。提案を拒まれても、小佐内さんは別に気にしない様子だった。

「うん。じゃあ、また後で」

そう言い残して、行ってしまう。本当に知らない人が怖いのかもしれない。

最後に「っしたあ」としか聞こえない「ありがとうございました」の号令がかけられ、体育館からは三々五々、部員たちが出てくる。後片づけは二つの部活が合同でやったのか、バスケット部員とバドミントン部員が入り交じっているようだった。やがて、下級生らしき男子を伴って牛尾くんが出てくる。

「だから結局、視野なんだよ。お前シャトルしか見てないだろ。そりゃあシャトルをよく見るのは基本だけどよ、どこに打つのか見て考えなきゃ、どうにもならんだろ」

「はい、キャプテン！」

本当に、キャプテンらしいことをしている。別に疑っていたわけではないけれど、教室での牛尾くんの姿との乖離に、ぼくはやっぱり少し驚いてしまう。

そして牛尾くんもまた、驚いたようだ。ぼくを見て、一瞬、ぎょっとした顔をした。

「小鳩か。本当に待っていたのか」

「待ってはいないよ。一度帰って、また来ただけ」

「ご苦労なこった。いや……すまん、悪かった」

何が悪いのかぴんと来ないけれど、気にしてないよとは言わないでおく。牛尾くんがぼくに引け目を感じている分だけ、話を聞きやすい。

牛尾くんは下級生とわかれ、ぼくと昇降口に向かう。いちおう、教室で話そうかと提案してみたけれど、小佐内さんが危惧していた通り、施錠時刻があるからと拒まれた。

「じゃあ、〈メイルシュトロム〉でいいかな」

代金はお前が持てと言われたら拒みにくい状況だったけれど、牛尾くんはただ、

「わかった」

と言っただけだった。

学校から予定の店まで、ぼくたちは取り留めのない話をした。主に、バドミントン部の練習を見た感想を話す一方で、日坂くんのことには注意深く触れないようにした。牛尾くんはぼくの配慮を汲んでくれたのか、それとも彼自身が日坂くんのことを話したくなかったのか、話題はバドミントン競技におけるキャプテンの役割に集中した。正直に言って、これはこれで興味のある話だったけれど、話の途中でぼくたちは目当ての店に着いてしまう。

店内に入る。いつものように明るく、掃除が行き届き、そして少しだけ気安い感じがする。店員さんが、いつもと同じ声をかけてくる。

「いらっしゃいませ！　二名さまですか？　お好きな席へどうぞ！」

もしかしたら小佐内さんが先に来ているかと思って店内を見まわすけれど、特に女子の一人客は見当たらない。牛尾くんが言った。

「どこでもいいか？」

そうだねと言いかけて、ぼくは窓際のボックス席の一つを指さした。

「あっちにしよう。明るいし」

実を言えば明るさではなく、隣の席が空いていることがそこを選んだ理由だ。ぼくたちがソファーに座ってメニューを見ていると、思った通り、小佐内さんが入口に現れた。店員さんが笑顔で案内する。

「いらっしゃいませ！　おひとりさまですか？　お好きな席へどうぞ！」

小佐内さんはまっすぐ、ぼくたちの隣の席に向かった。座席は、ぼくと牛尾くんが向かい合って座り、牛尾くんの後ろに小佐内さんが座る形になった。

ぼくと牛尾くんはドリンクバーの利用に留める。小佐内さんの注文が聞こえてしまった。

「ブリリアントサンデーをください」

「ブリリアントサンデーですね。かしこまりました!」

なんだろう、その……ブリリアントな名前のメニューは。

牛尾くんと連れ立って、飲み物を取ってくる。ぼくは烏龍茶《ウーロン》を持ってきて、牛尾くんはカルピスを選んだ。練習を終えたばかりなのに、牛尾くんも特に喉は渇いていないようで、お互いお義理程度にコップに口をつけるだけだ。

出し抜けに、牛尾くんが目を伏せた。

「その……悪かったな」

さっきも謝られたけれど、いったい何を謝られているのかわからない。少し待っていると、牛尾くんが続けた。

「日坂が轢かれた事件、調べようと言い出したのは俺なのに、ぜんぶお前に任せてる。俺は、どうしていいのかわからなかったんだ。ほかの連中もそうだ。なのに小鳩は、ずっと調べていたんだな」

そのことか。

実を言えば、牛尾くんたちが早々に諦めてくれたのは、ありがたいことだった。人を気にせず、心行くまで現場を調べられたからだ。でも、自分からわざわざ言わなくてもいいだろう。

「それは、いいんだ。ただ、さっきも言ったけど、日坂くんのことを教えてほしい」

「もちろんと言いたいが、それが何の役に立つんだ。日坂を轢いたのがどこの誰だか突き止めるのに、日坂のことを知る必要があるのか」

当然の疑問だけれど、特に説明はしなくてもいいだろう。

「ある。必要なんだ」

牛尾くんは、やはり、なぜと重ねて訊いてくることはなかった。本当に知りたいと思っているわけではなく、ただ確認したいだけなのだろう。ただ牛尾くんは、少しだけ面倒そうに息をついた。

「そうか。まあ、お前が必要だっていうなら……で、何を知りたいんだ」

「できるだけ、ぜんぶ」

「そう言われてもな」

牛尾くんは少し考え、

「日坂がどこの小学校出身なのかは、知らない。聞いたことがない」

と切り出した。

「あいつと会ったのは一年の時、バド部の見学の時だったな。別に仲良く話したりはしなかった。俺もあいつもバドミントンをやるのは初めてで、俺は別に他の部活でもよかったし、たぶんあいつもそうだったんじゃねえかな。ただ、家にラケットがあって、もったいないから使いたかったと言ってた」

「部活に入ったら、新しいラケットを買うものだと思ってた」

「そうだよ。だからまあ、あいつの家にあったラケットは使わなかったんだよな。家で自主練には使ったかもしれんけど」

牛尾くんは少し笑ったけれど、その笑みはすぐに消える。

「入部して、一ヶ月ほど基礎練習やって、初めて練習試合した時は俺が勝った。お互い素人だったけど、あいつは体が大きいだけで鈍かったからな。後で聞いたんだけどよ、あいつ、スポーツをするのは初めてだったんだよ。俺は小学校のとき水泳クラブに入ってたから、出だしは俺が有利だった。まあ半年ぐらいかな、勝てたのは」

コップを見つめ、牛尾くんは続ける。

「日坂のことを知りたいんだったな。あいつは、なんて言ったっけ、ええと、ストイックだよ。この言い方で合ってるかな？　とにかく基礎練習も体力作りも、黙って、ずっと続けるんだ。つらいとか面倒だとか思うことがないみたいに。口下手だけど、黙って練習するだけで、みんなあいつを尊敬する」

そこまで言って、牛尾くんはふと考え込む。

「……いや、でも、ずっと口下手ってわけじゃなかったな。一年の頃は、いまよりもよく笑ってた気がする。べらべら喋る方じゃなかったけど、無口でもなかった」

中学一年生というと、ほとんど小学生みたいなものだといまは思う。三年生までの間に性格が変わったというのは、珍しくないだろう。それでもいちおう、尋ねる。

「変わるきっかけがあったのかな」

牛尾くんは首をひねった。

「きっかけというか……二年の秋の大会が終わったあたりから、少しぴりぴりしてたな。三年がいなくなって初めての大会だったし、これからは自分たちが下を引っ張っていくって痛感したんじゃないか。ていうか、俺がそうだったし。それからはあいつ、前よりも黙って練習してることが増えた気がする。そっからはもう、すごいよ。もともと市内でも有力選手だったのに、春の大会じゃ県のトップも見えた。夏の大会に向けて気合を入れてたよ。俺の最後の大会だって言ってな」

「ああ、そういう話はするんだ」

「あのなあ。練習の集中力がすごいって話と、いっつも黙ってるって話は別だろ？」

言われてみれば、そうだ。ぼくが見舞いに行ったときも、日坂くんは別に無口ではなかった。

ただ、揚げ足を取ることにならなければいいのだけれど、少し引っかかる点がある。

「『俺の最後の大会だ』って言ったのは、日坂くん？」

牛尾くんは、当然だとばかりに頷く。となると別のことが気になってくる。

「日坂くんは、中学だけでバドミントンは引退するつもりだったのかな」

思いもしないことだったのか、牛尾くんは絶句した。

「……そんなことないだろ。あいつなら、高校だって放っておかない」

「でも、本人がやめたいって思ってるなら……」

「それはねえよ」

なぜ牛尾くんが日坂くんの内心を知っているのか。

「あいつ、新しいシューズ買ったんだ。もう夏の大会しか残ってないのに。それにあいつ、バドで推薦狙ってた。まあ……あんな事故に遭ったら、それもなかった話になるんだろうけどさ」

一瞬、次の言葉が出なかった。

そうか。日坂くんは、バドミントンでスポーツ推薦を受けるつもりだったのか。だとしたら牛尾くんの言う通り、今回の事故は、その選択肢を消し去ってしまっただろう。それなのに病室で日坂くんは、あんなにいつも通りに笑っていたのか。

……ぼくは事件の謎を追おう。できるのはそれだけだ。日坂くんにバドミントンをやめるつもりがなかったのなら、どこかに錯誤がある。一つ息をつき、ぼくは訊いた。

「日坂くんは、正確にはどう言っていたのかな。『俺の最後の大会だ』が正しい言い方だったか、憶えてる？」

牛尾くんは腕組みをして考え込み、やがて、首を横に振る。

「いちいち憶えてねえ」

もっともだ。話を戻す。

「日坂くんは夏の大会に向けて気合を入れていた」

「ああ」

「誰か、ライバルみたいなのはいたのかな」

牛尾くんはぼくを睨んだ。

「もし、日坂に勝てないやつが轢いたと思ってるなら……」

「そんなこと、思ってもないよ。だいたい、日坂くんと対戦するなら中学生だろ？　車なんか運転できるはずがない」

牛尾くんはふっと息をつく。

「そうだな。悪い。ええと、日坂の相手になるのは、市内じゃ西中の三笠ぐらいだった」

「だった？」

「三笠は俺たちより一つ上で、もう卒業した。夏の大会、日坂は市大会なんか眼中になかったと思う。県大会ならいい勝負になるやつもいるんだろうが、名前はわかんねえな」

自分は県大会とは関係ないからと言いたげに、牛尾くんは少し笑う。

「日坂の目標は全国大会だった。本人から聞いたわけじゃないけどな。全国はすげえからな、小学生からバド専門みたいなのが山ほどいるから、いくら日坂でもそんなに勝てねえよ。でも俺たちは、あいつなら全国行けるって思ってた」

ストイックさを武器に、ずぶの素人から三年で市内に敵なしにまで成長した日坂くんの夏季大会への夢は、しかし、潰えた。空色の軽ワゴンによって。

牛尾くんは、冗談だと強調するようにおどける。

「ま、実力ならあいつがキャプテンだよ。もちろんな」

そうなのだろうか。バトミントン部の練習風景はちらりと見ただけだから偉そうなことは言えないけれど、牛尾くんがキャプテンで、下級生たちはよかったと思ってるんじゃないかな」

ちょっと、牛尾くんは目を逸らした。

「……そうかよ」

バドミントン部での日坂くんの人間関係については、おおよそわかった。もう少し、幅を広げて訊いてみる。

「それで、日坂くんの存在感について、何か知ってることはある？」

牛尾くんは首をひねった。

「いや、よく知らん」

「まったく？」

「大会とかで移動するときは、送ってもらっていたのは見たけどな」

何となく質問と答えが噛み合っていない。牛尾くんは、ぼくが日坂くんの「家族関係」を訊いたと勘違いしていそうだ。そうじゃなくてと制止しようとして、やっぱり聞けそうなことは聞いておく。

「送ってもらっていたって、具体的には誰に？」

「母親だと思うけどな。日坂の親父さんは見たことがない。いや、去年の夏の大会で、一回ぐらいは見たか？　憶えてない」

まあ、学校の知り合いの家族なんて、ふつう憶えていない。ぼくだってこの二日で小佐内さんといろいろなことを話したけれど、いつか小佐内さんの御家族に会う日が来るとは思えない。

話の方向を変えよう。

「友達は？」

「いっしょに入部したいまの三年の男子部員とは、友達ってことになるだろ。俺と、二組の佐野だ」

「三年生男子は三人しかいないのか……」

「バドミントンが部員たっぷりだと思うか？」

思わないとは、答えにくい。

「あとは、どうかな」

「同じ小学校のやつに、何人かいるんじゃないか？　知らねえけど。あとはうちのクラスで仲のいいやつぐらいは、小鳩も知ってるだろ」

まあたしかに、クラスメートの顔が何人か思い浮かぶ。そして、そうした友達といっしょに学校から帰っていたことを、日坂くんが隠すとも思えない。

「ほかには？」

重ねて追及していくと、牛尾くんはソファーに体を預け、困ったように溜め息をついた。

「……まあ、本人が隠していないんだから、別にいいか。日坂はな、もてるぞ。いまはバド部の岡橋《おかはし》と付き合ってる。岡橋真緒《まお》。三年四組」

彼女がいたのか。それか、と思ったけれど、

「隠していなかったんだよね？」

「言いふらしてもいなかったけどな」

ふうむ。

「隠してなかったのなら、隠さなかったはずなんだよね」

思わず呟いた一言に、牛尾くんが鋭く反応した。

「何の話だよ？」

「ああ、いや……」

「何となくわかってきたな。要するに、日坂が隠していそうな関係を知りたいのか」

ほぼずばり、言い当てられてしまった。こうなれば、黙っておく理由もない。

「そうなんだ。事故には目撃者がいたはずなんだけど、なぜか日坂くんが隠してる」

牛尾くんは顔をしかめる。

「あいつが隠すんなら、隠すなりのわけがあるんだろ」

「かもしれない」

ぼくは、まともに牛尾くんと目を合わせる。

「でも、このままじゃ日坂くんを轢いた犯人はわからない。そうなったら、日坂くんは……日坂くんの家族は、賠償金も取れない。治療費はぜんぶ家族に降りかかるし、日坂くんは大会に出られなかった悔しさも、推薦がだめになったことも、お金でさえ償ってもらえない」

これまで言葉にしたこともなかったような思いは、牛尾くんに、それなりに届いた。牛尾くんはなおも迷いながら、最後にはこう呟いた。

「結局、始めたのは俺なんだよな」

そして牛尾くんは、声を低くする。

「実は春の大会で、少しだけ、変だと思ったことがあるんだ」


トレイに何やら素敵なものを載せて、店員さんが小佐内さんのテーブルに近づいていく。ちらりと見えた範囲では、いちごやアメリカンチェリーがあしらわれ、生クリームのツノが立っていた。

「おまたせしました。ブリリアントサンデーです」

ぼくは見た。店員さんが離れるのを待って、小佐内さんがちいさく、ばんざいのポーズをしたのを。なまじ反応すると牛尾くんがぼくの視線を追って振り返り、小佐内さんに気づいてしまいそうなので、ぼくは強いて無表情を貫く。

どうやら牛尾くんは、ぼくの表情を真剣さの証《あかし》と捉えたらしい。

「まあ、大したことじゃないかもしれないけどな」

と前置きをした。

「日坂は、テニスバッグにお守りをつけていた」

「……いちおう訊くけど、バドミントンバッグじゃなくて？」

「テニスバッグって名前で売ってたし、部じゃ、みんなそう呼んでる」

そういうものなのか。

大きな大会を控えた有力選手が、持ち物にお守りをつけていた——それだけなら、何もおかしい点はない。話の先を待つ。

牛尾くんは言う。

「日坂はさ、縁起を担ぐ方じゃないんだよな。修学旅行で京都に行っただろ？　ほかの連中がみやげにお守りを買う中で、あいつは、そういうのは当てにしないって言ってた。その日坂がお守りなんて、らしくない」

「彼女だっていう岡橋さんにもらったんじゃ？」

「俺もそう思ってた。っていうか、岡橋のプレゼントだって思い込んでた」

とするとどうやら、ここからが本題のようだ。牛尾くんはテーブルに片腕を置き、わずかに身を乗り出す。

「だけどな。うちの部じゃ、テニスバッグは部室に置いておいても、家に持ち帰ってもいい。まあ、一年生は持ち帰ることになってるけど」

「どうして？」

「部室が狭くて置き場がないから」

実に納得がいく理由だ。

「日坂はバッグを部室に置きっぱなしにしていて、お守りは、そのバッグの持ち手にぶら下げていたんだ。……で、このあいだの春の大会に行くとき、あいつはそのお守りを外した」

牛尾くんはそこで言葉を切る。話の内容がぼくに浸透するのを待つように。

いちおう、確認する。

「バッグってふだんの部活でも使う？　部室は男女で分かれてるのかな。それと、バッグにお守りをつけるのはルール違反だったりしない？」

「いいえ、はい、いいえだな。バッグは合宿とか大会とか、遠征する時しか使わない。部室は男女別だし、バッグに何かをつけても怒られない。俺は自分で買ったお守りつけてるし、岡橋なんか、猿のマスコットをぶら下げてる」

そう聞けば、たしかに変な話だ。

お守りをくれたのが岡橋さんなら、その岡橋さんの前でこそ、お守りをつけているところを見せそうなものだ。なのに日坂くんは、ふだん岡橋さんが見られない男子部室の中でバッグにお守りをつけていて、大会でバッグを持ち出す直前に、お守りを外した。なんてことない話なのかもしれないけれど……やっぱりどこか、意味ありげに思える。

とりあえず、思いついたことを言う。

「日坂くんと岡橋さんが、大会前に喧嘩したとか？」

牛尾くんは、ちょっと気まずそうな顔をする。

「あんまり人のことをかぎまわりたくないんだよな。あ、お前は別だよ。俺が言い出したことをやってくれてるんだから、まあ、だから俺もそんなによく見てたわけじゃないんだけど……

日坂がお守りを外した日、日坂と岡橋は二人で帰ってたよ。もともとあの二人は、岡橋が熱くて、日坂はまあ、積極的に断る理由もないみたいな関係なんだよ。岡橋はいつも通りテンション高かったし、日坂も別にいつも通りだった。次の日の大会でも、ふつうにお互いを応援してたし」

少し考える。

「……岡橋さんは、選手としてはどれぐらいなのかな」

牛尾くんは、バドミントン部のキャプテンらしく真摯に答えてくれた。

「トップクラスじゃない。でも、平均よりは上。団体戦の先鋒を任されてる。春の大会は好調で、四勝二敗だった。日坂ほどじゃないけど、あいつも三年間で実力つけていったクチだな」

「大会には、気合入ってた?」

「もちろん」

ぼくは頷き、付け加えて訊く。

「岡橋さんは猿のマスコットのほかにお守りをつけてるか、知ってるかな」

牛尾くんは首を傾げる。

「そんなに気をつけて見てないけどな。会場まではバスで行ったんだよ。で、バッグの積み下ろしは俺も手伝った。……そうだな、なかった。岡橋はお守りをつけてなかったよ。でも、それがどうした? 日坂の話じゃなかったのか」

日坂くんのお守りは、ちょっと意外なことを示唆しているように思う。それを牛尾くんに伝えるべきだろうか？

振動音が聞こえてくる。ぼくの携帯だ。牛尾くんにちょっとごめんと謝って、ポケットの携帯を出す。小佐内さんから、メッセージが届いていた。

《どこのお守り？》

ぼくは一瞬、固まった。牛尾くんが訊いてくる。

「どうした？　なにかあったか」

「いや……身内のことだよ。それよりも」

さすがにこの質問に答えてはもらえないだろうと思いつつ、訊いてはみる。

「そのお守りってどこのものだったか、わかるかな」

「どこって……」

「ほら、神社とか、お寺とか」

カルピスに伸ばしかけていた手を止め、牛尾くんはぼくを見た。信じられないと言いたげに、目を見開いている。わからないなら別にいいんだ、わからないのが普通だよね……と言おうとしたところで、牛尾くんはこみ上げるものを堪《こら》えかねたように笑い出す。

「意外だな！　小鳩、お前そういうの気にするやつだったのか。知らなかった」

「ああ、いや、その」

「見せてもらったんだよ。伊勢神宮のお守りだった。あんまり上下をつける話じゃないけど、まあ、日本一」

「そっか。そうだったんだね」

唐突なハイテンションに、ぼくは押される。ぼくが乗ってこないことに気づいてか、牛尾くんの笑顔にさみしそうな影が差す。

「まあ、そういうことなんだ。……で、何かわかりそうか?」

いくつか、もしかしてと思うことがないわけでもない。けれど、いま、確実な話として牛尾くんに言えることは何もない。

「わかったら教えるよ」

「そうか。頼む」

牛尾くんは別にがっかりしたそぶりも見せず、カルピスを飲み干した。

ぼくの烏龍茶は、まだ半分ぐらい残っている。

「……実はもう一つ、頼みがあるんだ」

そう切り出すと、話が終わったと思っていたらしい牛尾くんは、少し面倒そうに眉を寄せる。

「なんだよ」

ぼくは両手でコップを包み込む。

「理由はわからないけど、日坂くんは事故の目撃者を隠してる」

「それは聞いた」

「で、その目撃者は、藤寺くんも見てるはずだ。だけど藤寺くんは何も言わなかった。たぶん日坂くんに口止めされてる。言うなと三年生に頼まれたら、二年生は断りづらい」

牛尾くんは腕を組み、ソファーに深くもたれかかる。

「言いたいことはわかるけどな……」

予防線を張られる前に先んじる。

「事故の日、ほかに誰か見てないか話してくれるよう、牛尾くんから口添えしてくれないか。同じ三年が話せと言ったら、藤寺くんは話してくれるかもしれない」

「まじか……」

牛尾くんは天井を見上げ、うめく。

「それ、後で俺が日坂に恨まれるやつじゃねえか」

「どうなるかはわからない。もしかしたら、かえって感謝されるかも」

「口止めしたことを突き止められて、感謝するやつなんかいねえだろ。でも、なあ……」

腕組みをしたまま牛尾くんは、今度はうつむいた。

「……でも、もし俺も一緒に調べてたら、やっぱり俺が藤寺から聞き出すことになったんだろうな」

「わからないけど、たぶん」

煩悶し、牛尾くんは席を立つ。

「飲み物取ってくる」

それが、考える時間を稼ぐためなのは明らかだ。ぼくは牛尾くんについていかなかった。絶えず揺さぶった方がよかったのかもしれないけれど、無理強いをするつもりはなかったからだ。

やっぱりカルピスを注いで戻ってきた牛尾くんは、テーブルにコップを置き、どしりと勢いをつけて座る。

「わかった。あいつには言っておく。話を聞くのは月曜でいいか？　俺も立ち会った方がいいなら、そうするけど」

「同席は、どっちでも大丈夫だから牛尾くんの都合で決めてくれていい。話を聞くのは月曜じゃなくて、明日がいいな。本当は今日がいいけど、もう夕方だしね。明日の午前中にどこかで会えないか手配してもらいたい。場所の心当たりがなければ、この店で会うよ」

牛尾くんは、重い溜め息をついた。

「本気なんだな」

「本気なんだ」

「わかった。やってみる。後で連絡するよ」

牛尾くんが店を出る。少し間を置いて、ぼくは店員さんを呼ぶ。

「すみません。席を移りたいんですが、いいですか」

「どちらにでしょうか」

「隣です」

と、小佐内さんがいる席を指さす。店員さんは委細承知と言った顔で笑った。

「もちろん、どうぞ」

許可を頂いたので、コップを持って小佐内さんと合流する。

小佐内さんのテーブルには、空になったサンデーのグラスが置かれている。いつの間にか食べ終えていたようだ。訊いてみる。

「おいしかった？」

小佐内さんは、真摯に答えた。

「侮《あなど》っていたつもりはないの。でも、侮りがたいなって」

つまりおいしかったらしい。それはよかった。

さて。

牛尾くんが引っかかっていたポイントは、たしかに気になる。ただ、日坂くんがなぜお守りを外したかの前に、問うべき点があると思う。

「お守りを渡したのは誰だと思う？」

小佐内さんは空のサンデーグラスを見つめながら、即座に答える。

「少なくとも、岡橋さんじゃない」

「まあ、そうだよね。岡橋さんも中学最後の学年には期するものがあったはず。日坂くんにはお守りを渡して、自分は猿のマスコットだけっていうのは変な感じがする」

こくりと頷き、小佐内さんは一つ付け加える。

「それに、お揃いにしたはずって思う」

「……そういうもの？」

「らしいの」

まあ、そういうものらしい。

もちろん、岡橋さんが贈った可能性はゼロではない。日坂くんがお守りを外したのはバッグを持ち運ぶ際にお守りを落としてしまうことを恐れたのであり、岡橋さんがバッグにお守りをつけていなかったのは、人から見えないように持っていただけかもしれない。ただ、そうではなかったのではと思わせる要素が、もう一つある。

「で、お守りは伊勢神宮のだってね」

これは小佐内さんの手柄だ。ぼくは、お守りがどこのものか訊いてみようなんて思いもしなかった。

「伊勢神宮までは、いったん名古屋に出て乗り換えなきゃいけない。どれぐらいかかるかな」

「二時間半」

詳しいね。

「どうしても行けないほどじゃないけど、日坂くんの必勝祈願にお守りを買いに行くだけにしては、ちょっと遠い」

見つめていてもサンデーが復活したりはしないという現実を受け入れたのか、小佐内さんはサンデーグラスを少しテーブルの端に寄せる。

ここまでの話をまとめると、日坂くんは交際相手の岡橋さんではない誰かからお守りをもらった可能性が高い。

そして、自分が車に轢かれたとき一緒に歩いていた人のことを、隠そうとしている……。考えられるパターンは、ざっと七つぐらいはある。そのうちのどれが事実なのか知るために今日できることは、もうなさそうだ。

初夏の日は長く、外はまだ夕暮れの気配さえもない。今日はいろいろあった。防犯カメラの映像を見て、堤防道路を歩き、学校まで戻ってきて牛尾くんの協力を取り付けた。

ぼくがいま思っているのと同じことを、小佐内さんが呟いた。

「あとは明日。今日は、おしまい」

病院食は味が薄いとよく聞くけれど、ぼくが思うに、そんなことはない。ぼくが食事制限のない患者だからかもしれないけれど。

夕食に鱈《たら》のみぞれ煮とキャロットラペと茸《きのこ》の味噌汁を食べ、指示通りに水分を補給する。ベリーショートの看護師さんに介助してもらって歯を磨き、枕に頭を沈める。

……そして、未明に目覚めた。

病室は暗い。暖房は少し強めに効いているけれど、窓一枚隔てた外から寒さが入り込んでくるのを防ぎきることはできなくて、部屋は何となくうすら寒い。ベッドの上で体を動かすことは許されているので、上半身をゆっくり捻り、窓に顔を近づける。夜の街は静かで、積もった雪は見当たらなかった。ぼくは雪のせいで車にはねられたのに、その雪は、春よりもずっと前に溶けて消えてしまった。

まだ、外を見ている。

ぼくは日坂くんが死んだなんて信じていない。日坂くんが自殺を図ったという健吾の話——正確には、健吾がインタビューした三笠先輩の話——は事実を含んでいるかもしれないけれど、それで日坂くんがいなくなってしまったなんて、あり得ないと思っている。……では、そう思っているということ以外に、日坂くんが生きていると考える根拠はあるだろうか。

ない、と思っていた。けれどいま、ふと思いついた。

牛尾くんは日坂くんと親しかった。三年間同じ部活だったし、本人も、日坂くんの友人は自分たちだと言っていた。そしてぼくと牛尾くんとの関係は、それほど悪いものではなかったはずだ。

もし日坂くんが本当に自ら死を選んだのなら牛尾くんはその事実を知ったはずで、そして牛尾くんは、何が起きたかをぼくに教えてくれたと思う——通夜と葬儀の日取りを添えて。なのにぼくは、そんな連絡は受けていない。噂さえ聞かなかった。だから日坂くんは生きている。これはもう、絶対と言っていいくらい、間違いない。

ただし。

ぼくは未明の街を眺めながら、模索しなくてもいい可能性をなぜか模索する。

日坂くんの死が牛尾くんにさえ伝わっていないなら、つまり伏せられたのだったら、話は別だ。ただ、死をそこまで——故人の友人にまで伏せることなんて、あり得るだろうか?

あり得るのかもしれない。

日坂くんが本当に、十代にして自ら命を絶ったのなら、遺された家族はどんな思いがしただろうか。その思いゆえに、日坂くんの死を誰にも知らせず、葬儀も身内だけで執り行った……。そんなことも、あり得たのかもしれない。

ただ一つ、はっきりとした疑問がある。もし、日坂くんの家族がそれほどまでに事実を隠したのだとしたら、日坂くんのライバル選手だった三笠先輩はそのことを知り得ない。これは矛盾だ。

つまりおそらく……いや確実に、ほぼ確実に、日坂くんは生きている。

窓際は寒い。ぼくは再び身をよじり、頭を枕に戻す。

枕元に、小さな箱が置いてある。白くて真四角の箱だ。ぼくは少し笑った。そうだ、小佐内さんからも宿題が出ていた……。

箱を開けると、中には、二つ折りのメッセージカードしか入っていなかった。カードを手に取り、そしてぼくは呼吸を忘れた。

そこにはこうあった。

ここ三年
県内のバドミントン大会に
日坂祥太郎という選手は

いちども出場してない

冷たい冬の風が、部屋を満たしたようだった。

第七章　乾いた花に、どうぞお水を

胸の痛みはやわらいできた。

事故直後は息を吸うことにさえ少しおそれがあったけれど、いまは、話ぐらいなら普通にできる。足の痛みは重く絶え間ないけれど、鎮痛剤があれば、我慢できないというほどではない。

病室に来てくれた宮室先生にそうしたことを話すと、宮室先生はなにやらクリップボードの紙に書き込んで入院着をめくり、手術痕も生々しい太腿を一瞥してぼくに笑いかける。

「経過は良好です。今日から、看護師の介助を受けられる時は車椅子を使っても構いません」

もしこの通知が書面で行われていたら、ぼくはその場で万歳をして「ひゃっほう」ぐらいは叫んでいただろう。実際には対面だったので、ぼくは努めて冷静に、けれど自分でもわかるぐらい喜色が滲んだ声で、

「ありがとうございます」

と言っていた。その後もいくつか経過について説明を受けたけれど、正直なところ、ぼくは

あまり話を聞いていなかった。宮室先生は繰り返し、

「少しでも早く退院できるよう、がんばっていきましょう」

と言っていた。

宮室先生と入れ違いに入ってきた理学療法士の馬渕さんにも、車椅子の使用許可が下りたと話す。馬渕さんは、いかつい顔に、くしゃっと笑みを浮かべた。

「よかったですね。最初の一歩です」

「立ってリハビリできるのは、いつごろでしょう」

「ちょっと先かな。でも、そんなに先じゃないですよ」

治療に進展があると、リハビリにも力がこもる。そのせいというわけでもないだろうけれど、リハビリを終えたぼくはうっすら汗をかいていた。

さっそく車椅子に乗りたいけれど、そのためにナースコールを押すのもはばかられる。そのうち看護師さんが来るだろうから、その時に介助をお願いしよう。そう思って、なんとなくそわそわした気持ちで天井を見上げる。山里さんが清掃に入ってきて、ゴミ回収とモップがけをたちまち済ませて去っていく。そしてこんな日に限って、看護師さんはなかなか来てくれない。

腕枕して長い息をつく。

ただ考えてみれば、看護師さんがこの病室に来るのは、食事を配膳したり点滴を交換したりといった看護上の用事を済ませるためだ。車椅子に乗りたい気持ちを察して、用もないのに顔を出してくれなどと言えた話ではない。

いつものベリーショートの看護師さんが来てくれたのは、結局、いつも通りの昼食の時だった。配膳の時間が忙しいことはわかりきっているので、食事を終えるまで車椅子のことは言い出さない。食事と水分補給を終え、看護師さんがトレイを下げるため病室に来たところで、ぼくはようやく申し出た。

「あの。宮室先生から、看護師さんの介助つきなら車椅子に乗っていいと言われました。乗ってみたいんですが、お願いできますか」

タイミングを見計らったつもりだったけれど、結果的に、下膳時はあまりいいタイミングではなかったようだ。看護師さんは固い表情でぼくを見て、

「確認します」

と言った。申し訳なさがつのる。

車椅子を押しながら看護師さんが戻ってきたのは、三十分以上経ってからだった。両親から最初の自転車を贈られた時でさえ、いまほどに心が躍ったかあやしいものだ。ぼくはつい、意気込んでしまう。

「これは、ぼくの専用ですか」

看護師さんは、冷ややかにぼくを見下ろした。

「病院の備品です」

ぼくが訊きたかったのは、この車椅子が未来永劫ぼくの所有物になったのかということではなく、ぼくが入院しているあいだにぼく以外の人がこれを使うこともあり得るのかということ

だった。けれどもう、すべては遅い。ぼくは車椅子にはしゃいで、馬鹿なことを口走った高校生になってしまった。

ベッドから車椅子に移るにも、看護師さんの介助が必要だった。なにしろぼくの太腿の骨は釘で繋いだだけだ。体重をかけることは禁じられているし、もしちょっとバランスを崩して車椅子から転げ落ち、傷口が開いたら……どうなるのかは宮室先生が知っているだろう。

看護師さんはまず、ベッドの端に腰掛けるようぼくに指示した。院内用のスリッパ――これまで一度も使ったことはなかった――を履いて足を床につけるけれど、決して右足に体重をかけない。車椅子をベッドに対して斜めに置いて、あとは左足を軸に体を回転させる。

介助をする看護師さんの表情は、怖いぐらいに真剣そのものだった。

体を移していくぼくの近くで、苦悩するように眉根を寄せている。ぼくは初めて、もしかしたらこの看護師さんは、ベテランではないのかもしれないと思った。何度も経験しているにしては緊張しすぎているし、その緊張が患者に伝わってしまうのはいいことではない気がする。この看護師さんは見た感じ、二十代前半だ。まだこれから経験を積んでいくのだろう。

車椅子のタイヤの固定が甘かったのだろうか。ぼくが座ろうとした瞬間、車椅子はわずかに後ろに下がった。

椅子に座るつもりで腰を下ろし、寸前で椅子を引かれれば、誰でもろくに受身も取れずに倒れ込む。声にならない悲鳴が、喉の奥でくぐもる。心拍数が跳ねあがる。

瞬間的な恐怖という尺度で言えば、車にはねられた時よりも怖かったかもしれない。けれど幸い、車椅子が動いたのはほんの少しだった。看護師さんがハンドルを握り、車椅子は止まって、ぼくは無事に座面に腰を下ろす。

心臓が早鐘を打つ中、ぼくは看護師さんを振り返る。車椅子が動き出したのはこの人のタイヤ固定が不充分だったせいだけれど、ハンドルを握ってぼくを助けてくれたのも、この人だ。ぼくはやはり、

「ありがとうございます」

と言った。看護師さんは、たったいま事故が起きかけたことに気づいてもいない様子だった。

「どこに行きますか」

車椅子に乗れるようになったら、行く場所は決めていた。ぼくは迷わず目的地を告げる。

「トイレにお願いします」

これまで、排泄もすべて看護師さんに頼りきりだった。移動では引き続き面倒をかけてしまうとはいえ、ひとりで用を足せるなら、どれほど気が楽になることか。看護師さんは何も言わず、車椅子を押し始めた。

病室を出る。

この個室を出るのは、いったい何日ぶりだろうか。そもそもぼくは、病院に運ばれてきたときは意識がなく、宮室先生から症状の説明を受けた後は全身麻酔で太腿の手術を受け、病室に戻ってくる時もストレッチャーに乗せられていた。この病院で病室のほかに知っているのは、廊下の天井だけと言っていい。

床も壁もクリーム色と淡いグリーンを基調にしていて、廊下は明るく、広かった。病室を出ると、正面に腰高窓があって、吹き抜けが見えている。車椅子に座った状態では窓の下がどうなっているかわからないけれど、たぶん中庭なのだろう。廊下は左右に伸びていて、右にはナースステーションが見え、突き当たりにエレベーターがある。左には病室が続いていた。看護師さんは左に向かって車椅子を押していく。

昼下がり、廊下に人影は多くない。ぼくと同じ入院着を着ている人は、ほとんどすべてご年配だ。廊下の突き当たりで右に曲がる。

途中、階数表示を見つけた。自分が入院しているのは四階なのだと、ぼくはその「4F」の表示で知った。

もう一度廊下は突き当たり、右に折れる。看護師さんが車椅子を進ませるとほどなく、壁にトイレの表示が見えた。ぼくが入るのは多目的トイレだ。

残念なことに、車椅子の初心者であるぼくは一人で用を足すことができず、結局は看護師さんの世話になるしかなかった。でも、要領はわかった。次はひとりで何とかなるだろう。

同じルートを辿って病室に戻ってくる。ベッドに戻ったぼくは、看護師さんに訊いた。

「あの。この車椅子って、外にも行けますか」

看護師さんは、何を言い出したのかと警戒するような目をした。

「中庭や屋上には行けますけど、病院外はだめです」

「警察の人から、外に出られるようになったら実況見分に立ち会ってほしいと言われているんですが」

看護師さんはにべもなかった。

「ほかの患者さんも担当しているので、勤務中に病院を出るのは無理です」

言われてみればもっともだ。いずれ少しずつよくなって、看護師さんの介助なしでも車椅子に乗れるようになってからでも、実況見分はきっと遅くはないだろう。看護師さんは車椅子を病室に残していった。

——そして、病室でひとりになる。

ぼくは、今日の分のボンボンショコラを口にして——塩味《しおみ》が効いていた——、白い箱に入っていたメッセージカードを見つめる。

過去三年間、日坂くんはバドミントンの大会に出ていない……このカードから、何がわかるだろうか。ぼくは呟く。

「小佐内さんと健吾は連絡を取り合っている」

ぼくの轢き逃げと三年前の轢き逃げとは、何の関係もないはずだ。単に、危険な道で事故が多発しているというに過ぎない。頭ではそうわかっていても、ぼくは二つの事件の類似性に気を取られてしまうし、たぶん小佐内さんもそれは同じだろう。だから、小佐内さんが日坂くんの情報を得ようとしたのは、それほどおかしくない。

そして小佐内さんは限られた紙面の中で、日坂くんが高校時代バドミントンの大会に出ていないことを伝えてきた。小佐内さんはこの情報に大きな意味があることを知っているし、ぼくがその重要性を認識していることも知っている。

つまり、ぼくが健吾から、日坂くんは自殺したと聞いたことを知っているのだ。

……日坂くんが大会に出ていないという事実は、幾通りかの解釈が可能だ。

ひとつ。日坂くんは轢き逃げ事故の後遺症ないし別の理由でバドミントンの実力が発揮できなくなった、または競技への情熱を失ってしまい、高校ではバドミントンをやらなかった。また は、やろうとしたけれど大会に出場するレベルには達しなかった。

ひとつ。日坂くんは県外の高校に進学した。小佐内さんが調べたのはあくまで県内の大会だし、ぼくは日坂くんの進学先を知らない。日坂くんが他都道府県で活躍しているというのは、充分にあり得る。

ひとつ。日坂祥太郎くんは、三年前の時点でもう、この世にいない。

「……たとえ、たとえそうだとしても」

たとえ三番目が真実なのだとしても、ぼくは関係ない。関係ないはずだ。ぼくの行為が極めて軽微なものであったことを証明しようと、ぼくはベッドの上で過去を思い出していく。

ぼくたちは、轢き逃げに遭った日坂くんが事件の瞬間に誰かと一緒だったことに気づき、その〈同行者〉が誰なのかを突き止めようとした。日坂くんに口止めされていたと思われる目撃者、バドミントン部二年の藤寺くんに改めて話を聞くため、ぼくたちは日曜日の駅ビルに向かった。学校に行く予定はなかったので、ぼくも小佐内さんも私服だった。ぼくはたしか、濃紺の半袖シャツにベージュ色のチノパンだったと思う。小佐内さんは、どうだっただろうか。

ノートをめくるけれど、答えが書いてあるはずもない。続きは、ぼくがこれから書く。

牛尾くんは藤寺くんに話を通してくれた。藤寺くんと会うのは午前中がよかったけれど、ほかに用事があるそうで、午後からになった。

藤寺くんと話をするのは二回目だ。

一回目のとき藤寺くんは、たまたま事故を目撃した下級生に過ぎなかった。警察にたっぷり訊かれたことをぼくという先輩にまた訊かれて、少し気の毒だという印象さえ持っていた。

調べを経て、何もかもが変わった。藤寺くんは哀れな下級生ではなく、ぼくの質問を巧みにはぐらかした、なかなか面白い相手だとわかった。備えのなかった第一ラウンド、ぼくのパンチは見事にいなされた。ぼくはラウンドを取ったつもりでいたけれど、ジャッジがいたなら、たぶん藤寺くんに十点をつけただろう。けれどもう、藤寺くんの手の内はわかっている。知っていることは全部、話してもらう。

会う場所は、駅ビル内のモスバーガーを指定された。個人経営の喫茶店よりは馴染みがある。小佐内さんとも連絡を取り合い、藤寺くんに会う前に、同じ駅ビルの本屋で合流することになった。

その本屋で、ぼくは漫然と車の雑誌を立ち読みしていた。ABSを搭載していない青い軽ワゴンの手掛かりがつかめるかと思ってのことだけれど、もちろん、何も得るところはなかった。携帯を見ると、そろそろ約束の時間だ。棚に雑誌を戻し、振り返る。

小佐内さんがいた。ぼくは声を上げかけ、その動揺をごまかすべく言う。

「なんで後ろに忍び寄るの！」

小佐内さんは、ひどく傷ついたように目を潤ませた。

「そんなつもりは……わ、わたし、ただ小鳩くんに声をかけようって思って……」

真に受けていいのか、判断材料が足りない。

見ると小佐内さんは、ネイビーのワンピースに白いカーディガンをはおっていた。長い距離を歩いた昨日はスニーカーだった足元は、光沢のあるストラップシューズを履いている。総じて、ちょっとお出かけといったニュアンスがある。

ぼくたちはそれ以上言葉を交わすことなく、本屋を出る。約束のモスバーガーは一階で、本屋があるのは三階だ。下りのエスカレーターで、ぼくたちは少し情報を交換した。まずはぼくから。

「牛尾くんは来ない」

小佐内さんは頷いただけだった。まず来ないとわかっていたのだろう。次いで小佐内さんも、短く言う。

「岡橋さんとは話せない」

日坂くんの交際相手だという岡橋さんは、小佐内さんのクラスメートだ。くだんのお守りについて岡橋さんに直接確認が取れれば一番いいのだけれど、けっこうプライベートな事柄でもあるし、いかに行動力に富む小佐内さんでも一朝一夕に聞き出せないのは無理もない。

エスカレーターを乗り継いで一階に着く。日曜日の午後、モスバーガーの座席は半分ほど埋まっている。さすがに休みの日だけあってきれいに着飾った人が多く、聞こえてくる声はどれも楽しげだ。ガラス張りの壁際にいくつかボックス席があり、そのうちの一つに、店内の雰囲気とはかけ離れた姿があった。表情と全身で緊張をあらわした藤寺くんが、トールサイズの紙コップを前にソファーに座っていた。

藤寺くんと目が合う。ぼくは藤寺くんに向けて軽く手を振り、まずは飲み物を注文する。ぼくはアイスコーヒーを、小佐内さんはミルクティーを頼んだ。

藤寺くんの向かいに、小佐内さんと並んで座る。藤寺くんは、なんと学生服だった。午前中は学校に用があったのか、それとも先輩から尋問を受けるにあたって礼を失しないようにと考えたのか。後者なら……ちょっと悪い気もする。まずは気軽に話しかける。

「待たせたね」

「いえ」

「だいぶ前から来てた?」

「そんなことは」

紙コップに結露した水滴がテーブルに水たまりを作り、しかも紙コップそのものは既に乾いているところを見ると、藤寺くんが来たのは五分や十分前ではないだろう。

藤寺くんはうつむき気味ながら、ちらちらと小佐内さんの方を見ている。小佐内さんも視線に気づいたのか、ちょっと微笑みかけている。藤寺くんが、はっと顔を上げた。

「車に轢かれかけた女子?」

「そう呼ばれたのは二回目だけれど、そんな名前じゃないの」

小佐内さんは自分の胸に手を当てた。

「小佐内ゆき。三年四組」

藤寺くんは、一瞬絶句した。

「……先輩だったんですか」

「先輩だったのよ」

そして藤寺くんは、気を取り直したように言う。

「どこか、怪我しませんでしたか。僕、あのとき、助けにも行かなくて……」

学校で藤寺くんから目撃情報を聞き取った時、藤寺くんはどこか挙動不審だった。堤防道路から落ちていった女子に何もしなかったことを気に病んでのことだと思っていたけれど、後になって、日坂くんの口止めが藤寺くんの態度の原因だと思い至った。

けれどいまの藤寺くんを見る限り、落ちた女子のことを気にかけていたこともまた、たしかなようだ。小佐内さんはかぶりを振った。

「気にしないで。実際に轢かれた日坂くんに駆け寄ったんでしょう。当然だと思う。わたし、怪我はしてないから」

藤寺くんは、安堵の笑みを浮かべた。

「そうですか。それはよかった。ああ、ええと、僕は藤寺真です。二年五組です」

「今日はありがとう、藤寺くん。お休みの日に悪いけど、お話を聞かせてね」

そして小佐内さんは、何気ない調子で付け加える。

「本当のことを、ね」

藤寺くんは黙り込んでしまう。ぼくはアイスコーヒーに口をつけ――砂糖をもらって来ればよかった。クリームも――口火を切る。

「さて。呼ばれた理由はわかっているよね」

藤寺くんは凍りつく。中学生活三年間、いろいろな謎を解き明かしてきたけれど、このセリフを口にする日が来るとは思わなかった。テーブルの上で指を組み、万感の思いを込めて宣言する。

「君が隠し事をしたのは、もうわかっている。諦めて本当のことを話してほしい」

藤寺くんの顔から、血の気が引いた。

ぼくはいくつかの感慨を抱いた。隠し事を看破して相手を追い詰める、これはなかなか、面白い。癖になりそうだ。けれどその一方で、こと今回に限っては少し気の毒でもある。藤寺くんは自ら望んで情報を伏せたのではなく、日坂くんに頼まれたのだろう。それなのに、こんなに泣き出しそうな顔をさせてしまった。心得に追加しておこう――嘘や隠し事を暴くときは、ちょっとだけ、配慮すること。

こうべを垂れ、藤寺くんはぼそりと言った。

「黙っていて、すみませんでした」

いじめる気はない。ぼくは和解を提案する。

「日坂に言われたんだろ？　じゃあ仕方ないさ」

「あの、僕が言ったってこと、日坂先輩には黙っていてくれますか」

「もちろん」

そう保証すると、藤寺くんはあからさまにほっとして、紙コップから伸びるストローに口をつける。中身はどうやらオレンジジュースのようだ。

本題に入る前に、ひとつだけ訊きたかった。

「君はさ。日坂が一人じゃなかったこと、まさか警察にも言わなかったの？」

藤寺くんは石を呑んだような顔をして、かろうじてといったように答える。

「だって、訊かれなかったから」

すごいな。先輩の頼みだったら、警察に対しても黙っていたのか。藤寺くんの意志の強さを称えるべきか、バドミントン部の上下関係に寒気をおぼえるべきか、それとも被害者が一人だったか確認しなかった警察はミスを犯したと思うべきか、ぼくにはわからなかった。

やがて藤寺くんは、観念したように言った。

「それで僕は、どこから話せばいいんですか？」

ぼくは小佐内さんと視線を交わしあう。小佐内さんが言う。

「最初から、お願い」

藤寺くんは頷いた。

「……あの日、部活の練習が終わったのが四時でした。用具を片づけていったん教室に戻ったら、友達がいたので少し話しました。学校を出たのは四時五十分ぐらいだったと思います」

事故の、およそ十五分前だ。

「小鳩先輩には話しましたけど、僕、ふだん堤防道路は使わないんです。車が近くて怖いんで。でもあの日はうちの親が出張で家にいなくて、ばあちゃん……祖母の家で晩飯食うことになってて、僕、学校からばあちゃんの家に行くのにあそこを通る道しか知らないんです。それで渡河大橋から堤防道路に入ってしばらくして、前を歩いてるのが日坂先輩じゃないかって気づきました。後ろ姿だったけど、やっぱり何となくわかるんで」

藤寺くんはまたストローに口をつける。さっきから一度も、ぼくの顔を見ていない。

「それで、先輩の隣に、うちのじゃない制服を着た女子がいました。自転車を押してました」

話の腰を折りたくはなかったけれど、ここは重要な点だ。確認する。

「女子がいたのは自転車の右側？　左側？」

藤寺くんは、少し首を傾げた。

「ええと、右側でした」

「右から順に、日坂、その女子、自転車の順で並んでいたんだね」

「そうです」

ぼくは頷き、手ぶりで先を促す。藤寺くんは紙コップに手を伸ばしかけて、引っ込める。

「その女子は、僕の知らない制服を着てました。僕が知ってる制服なんて、うちの中学のだけですけど。それで僕はわざとゆっくり歩いて、先輩との距離を詰めないようにしました」

どうしてと訊く前に、藤寺くんが自分で補足する。

「僕、その人は先輩の妹じゃないかと思ったんです。家族と一緒にいるところなんて、ふつう、あんまり見られたくないじゃないですか。だから先輩と距離を取って歩いていました」

気持ちはわからないでもない。藤寺くんは言葉を切り、ぼくが促す。

「それから?」

「それから……」

藤寺くんは、小佐内さんを見た。

「小佐内先輩が堤防に上がってきて、僕の方に向かってきました。ええと、僕を目指してたわけじゃなくて、方向の話です。その時はまだ小佐内先輩って名前は知らなかったですけど」

小佐内さんは階段を使って堤防に上がってきて、上流側へ歩き出した。

「小佐内先輩が上がってきたのは、僕と、日坂先輩たちとの間です。僕は小佐内先輩を見て、うちの制服だって思いました。そして、それから……車が走ってきて、日坂先輩にぶつかったんです」

「いちおう、もう一回訊くね。どんな車だった?」

「薄い水色の軽自動車で、ワゴンです」

「わかった。続けて」

心なしか青ざめた顔で、藤寺くんは頷いた。

「すごいブレーキ音と、どんって重い音がして、先輩が倒れて。僕、動けませんでした。すごく長い時間そうしていた気がするんですけど、たぶん実際は、一瞬だったんだと思います。小佐内先輩も音に気づいて振り返って、急発進した車に轢かれそうになって、堤防道路の下に落ちていきました」

　小佐内さんは堤防の下まで落ちたのではなく、小段に飛び降りていて、怪我はなかった。ただ、セーラー服は泥に汚れたし、落とした単語帳は水にふやけてしまった。

「僕、どっちを助けに行こうか迷ったんです。小佐内先輩は自分から飛び降りたようにも見えたけど、もしかしたらちょっと引っかけられてたかもしれないし、日坂先輩はアスファルトに倒れ込んじゃってるし。それでまず、日坂先輩に駆け寄ったんです。先輩は僕を見て、すごくびっくりしたみたいでした。藤寺か、やられたよって笑ってて」

「笑った？」

「引きつった笑い方だったけど、先輩は笑いました。手が動かないって先輩が言ったら、先輩と一緒に歩いていた女子が自分の鞄の中を探し始めて、先輩は、携帯なら俺のポケットにあるから出してって言いました」

「そうか！」

　ぼくは思わず、声を上げていた。自分の見落としに気づいたのだ。小佐内さんと藤寺くん、それに店内の何人かの視線を浴びながら、ぼくは早口に言った。

「そうだよ、日坂くんは両手を怪我したんだ。病院じゃ、どっちの手も包帯でぐるぐる巻きになってた。救急とか警察を呼べたはずがない。誰か……携帯を操作した誰かがいたんだ！」

ややたじろぎながら、藤寺くんが言う。

「あの、だから、その話をしています」

惜しまれる。気づくのがあと十分早ければ、ぼくの思考能力は藤寺くんを驚かしただろうに。

歯嚙みしたいぼくをよそに、小佐内さんが手ぶりで先を促し、藤寺くんが頷く。

「……ええと、その女子は日坂先輩が言った通り救急に電話をかけて、携帯を先輩の口元に近づけました。先輩はすごく冷静で、救急です、堤防道路の歩道で車にぶつけられましたって言って、訊かれたことにもうろたえずに答えてました。警察にも同じです。僕はそばにいたのに、車にぶつけられたりもしてなかったのに、いちばん慌ててた。何もできませんでした」

気を取り直し、事故の瞬間を想像し直す。〈同行者〉は女子で、通報を手伝っていた。藤寺くんは、ただ立っているだけだった。けれど、

「そんなもんだよ。藤寺くんが隣にいたから、日坂が落ち着けたのかもしれない。それに、犯人の車が戻って来ないか道路を見張っていたんだよね」

「まあ、そうです。……ありがとうございます」

さて、問題はここからだ。ぼくは藤寺くんが話すに任せる。

「通報したあとで先輩は、携帯は地面に置いたままにしてくれと言いました。そして、心配そうな顔をしてる女子に、いいから行ってと言ったんです。僕、誰だか知らないけどこのひとは、きっと残ると思ってました。日坂先輩の家族だと思ってたし、車に轢かれた先輩を放っておい

て一人で帰るなんて、ふつうあり得ないと思ったんです。でもそのひとは、さすがにちょっとは迷ったみたいだけど、結局そのまま自転車に乗って行っちゃいました。あの、僕、正直言って……ひどいなって思いました」

藤寺くんの心証はさておき。

「自転車が行った方向は？」

「先輩たちが歩いていた方、下流側です。で、女子が行っちゃってから先輩は、初めて気づいたみたいに僕を見て、お前も行っていいぞって言いました。あとは救急と警察が何とかしてくれるから、いなくていいって。でも、そんなわけにいかないじゃないですか。僕は女子が先輩を置いていったことにびっくりしてたから、先輩には答えずに、いまのひとは妹とかじゃないんですかって訊いたんです」

藤寺くんは、小さく息を呑んだ。

「そうしたら先輩、見たこともないような怖い顔になって……あいつのことは誰にも言うな、警察にも言うなって、そう言って」

そう言い終えた藤寺くんの体から、緊張のこわばりが抜けるのがわかる。最後に一言付け加える藤寺くんの表情には、諦めと解放感が滲んでいた。

「だから僕、まずいところを見ちゃったって、わかったんです」

「まずい？」

と問うぼくに答えたのは、小佐内さんだった。

「藤寺くんは、日坂くんと岡橋さんが交際していたことを知っていたの。でしょう?」

話を振られて、藤寺くんは小さく頷く。それでぼくにもわかった。

「ああ! 二股のことね」

その可能性は自明だと考えていたので、改めて迂遠な言い方をされると、一瞬なんのことかわからなかった。納得して頷いていたら、小佐内さんにたしなめられた。

「言い方がよくないと思う」

藤寺くんは顔を赤くしてうつむいている。

ぼくは、昨日の自主練習に藤寺くんが出てこなかったことを思い出す。

「自主練に行かなかったのは、岡橋さんと会うのが気まずかったからだね」

やっぱり顔を赤らめたまま、藤寺くんは頷く。

ぼくはこれまでの中学校生活で、幾つかの謎を人に先んじて解いてきた。今回の轢き逃げ事件ではいくつか失敗したこともたしかだけれど、それでこれまでの栄光が消え去るわけではない。その経験に照らして思うのだけれど、恋や愛が加わってくると、解くべき謎はしばしば問題の純粋性を失ってしまう。人間の気まぐれさが露骨に表れて、どんな常識外れの奇行もメリットのない愚行も、「恋をしていたから」で片づけられてしまったりする。今回だって、車に轢かれて倒れ込んだ日坂くんを後に残して自転車で去ってしまうという謎の女子の行動はやっぱり少し変なのだけれど、恋愛特有の奇妙な心理が複雑に作用した結果だとほのめかされれば、そんなものですかと思うよりほかにできることがない。

けれど、それでも事実と発見を積み重ねていけば、本当のことにも迫れるはずだ。たとえば日坂くんとの関係性がいかなるものであれ、その謎の女子は日坂くんを轢いた車を間近に見ている。これは間違いない。

「その後は、前に話した通りです。犯人の車が戻って来ないか道路を見ていて、それから女子が堤防から飛び降りていたことを思い出して下を覗きましたが、もう誰もいませんでした。パトカーが何台も来たことも本当です。警察と救急が来て、警察は少し搬送を待ってほしいって言って、救急は現場でUターンしたいって言って、どっちも無理だってことになったのも、実際に見聞きしました。作業服みたいなものを着た人たちが現場を片側交互通行にして調べ始めて、ぼくは事情を聞かれたんですけど、そのあいだも犯人の車が戻って来ないかはずっと気にしてました」

すべて、前に聞いた通りだ。どうやら、日坂くんから口止めされた部分の他に嘘はなかったらしい。

ぼくたちは、藤寺くんから本当の話を聞いた。これからの行動を決めなくてはならない。その岐路にあることは小佐内さんも察したようで、隣に座るぼくに首を向けて、

「どうする？」

と訊いてきた。ぼくは答える。

「実は昨日、二パターン考えてきた。藤寺くんからの聴取の感触で、日坂くんが〈同行者〉の

ことを話してくれそうなら、病院に行く。話してくれそうもないなら、ぼくたちで〈同行者〉を捜す」

少し間を置き、ぼくは続けて言う。

「ただ、いまの話を聞く限り、日坂くんは答えてくれないだろう」

日坂くんは車に轢かれてなお、その〈同行者〉を隠すことを選んだ。〈同行者〉も、現場を離れることにすんなり同意した。そこまで隠したい相手のことを、話してくれと頼むだけで話してくれるとは思えない。彼女はぼくたちで捜すしかないのだけれど、さて、どんな手が打てるだろう。

小佐内さんはぼくの話に頷き、藤寺くんに訊く。

「その子は、どんな子だった？」

「どんなっていうと……」

「身長とか、特徴とか」

藤寺くんは首をひねった。

「眼鏡をかけていました。髪は、割と長かったと思います。背丈とかは……ふつうだったとしか……」

それだけではいかにも、手掛かりとして弱い。ぼくが質問を付け加える。

「制服を着てたって言ったね。どんな制服だったか、憶えてる？」

藤寺くんは、自信なさそうに答える。

「たぶん」

「見ればわかるかな」

「そうですね。たぶん」

なら、充分だ。藤寺くんには悪いけど、まだまだ情報を引き出させてもらう。

「じゃあ、面通しだ。いや、むしろ面でないもの通しかな」

ぼくの発言に、藤寺くんは眉を寄せる。変なことを言い出したぞ、と思っているようだ。

説明は後だ。すぐにわかる。

「じゃあ、行こうか」

「えっ。どこにですか」

ミルクティーの入った紙コップを両手で包み込んでいた小佐内さんが、ぽつりと言う。

「制服取扱店」

それはぼくのセリフなのに。ぼくは小佐内さんに、ちょっと冷ややかな目を向けた。


ぼくの制服はショッピングモール〈レモラ〉に入っている店で買ったけれど、市内に制服取扱店がいくつかあることは知っていた。そして小佐内さんは、そうした店の一つに心当たりがあるらしい。

ぼくたちはモスバーガーを出て、市内の目抜き通りを歩き始める。初夏の日差しは今日も苛烈だけれど、目抜き通りはアーケードになっていて歩きやすい。

この通りには、銀行や保険会社が立ち並んでいる。たぶん、平日はそこで働く人々でそれなりに賑わっているのだろうけれど、日曜日の今日はひどく閑散としていた。街はそのままなのに人だけいなくなってしまったような道を、ぼくたちは黙って歩く。

前を行くのは小佐内さんだ。市内の中学校の制服ならぜんぶ揃えている店を知っているそうだ。アイディアを思いついたのはぼくが先だったのに、制服取扱店が具体的にどこにあるかという一点で、先を越されてしまった。

藤寺くんは、どうして自分が日曜日の午後に制服取扱店に連行されているのかどうにも腑に落ちないと言いたげな顔をしていたけれど、隠し事をしていた引け目があるのか、文句も言わずについてきた。

小佐内さんおすすめの店には、駅から十分ほどで着いた。店先のショーウィンドウにマネキンが置かれ、街で時々見かける、高校生の制服が飾られている。店はビルの一階と二階に入っている。外から見て、特にどこかが汚れたり傷んだりしているわけではないけれど、年季が入っている店だということは何となく察せられる。看板には〈秋津屋〉と出ていた。

店の前で、小佐内さんが列の先頭を譲ってきた。

「何かご用ですかって訊かれたら、うまくやって」

無茶を言う。それに、そういう理由づけは、小佐内さんだって苦手そうには見えないのに。

とはいえ、まあ、頼まれたので引き受ける。店のガラス戸は手動の観音開きで、店内の照明は明るい。

店の中には、制服を鈴なりに吊るしたハンガーと、それぞれ違った制服を着たマネキンが所狭しと置かれている。かなり広い店だと思うのだけれど、店の面積に比して服の占める体積が大きすぎて、ちょっと狭く感じてしまうほどだ。店内には誰もいなかったけれど、どこかで入店チャイムらしき音が鳴って、店の奥から男の人が出てきた。意地の悪そうな人だったら嫌だなと思っていたけれど、出てきたのは快活そうな若い人だった。

「いらっしゃい。何かお探しですか」

どうやら、用もないのに自由に見てまわらせてくれる店ではなさそうだ。うまくやってくれと言われたので、うまくやろう。

「あの、すみません。ぼくたち、ほかの学校はどういう制服を着てるのか調べているんですけど、見せてもらってもいいですか?」

店員さんは、あっさりと答えた。

「いいですよ、どうぞ。中学の制服は二階です。用があったら呼んでください」

それで関門は突破した。ぼくの機転のおかげではなく、単に店員さんがいい人——または無頓着——だったから許可してもらえたのは明白で、ちょっとだけ肩透かしを食った感じだ。

階段脇に案内プレートが出ている。一階にあるのは高校の制服で、中学校のものは二階にある。階段を上る。

意識したことはなかったけれど、市内には、高校よりも中学校の方が多いようだ。二階に服が吊るしてあるハンガーは少なく、マネキンの数が多い。ぼくたちの中学の制服も、目につくところに飾られている。

藤寺くんは、制服の数に圧倒されていた。

「これ、全部見るんですか……」

「見なくてもいい。〈同行者〉が着ていた制服を探すだけだよ。じゃ、頼むね」

そう言って、ぼくと小佐内さんは階段の両脇に立つ。意図したつもりはなかったけれど、まるで藤寺くんを逃がすまいと退路をふさいだようになった。藤寺くんはそれ以上何も言わず、制服を一つ一つ観察し始める。ぼくと小佐内さんは、ただそれを見ている。

藤寺くんを目で追いながら、ぼくが口を開く。

「小佐内さん」

「なあに」

「答えたくなかったら、答えなくてもいいんだけど」

小佐内さんもまた、藤寺くんから目を離さない。

「じゃあたぶん答えないけど、なあに？」

「あの日、小佐内さんは階段を使って堤防道路に上がってきたんだよね。そして、上流に向かって歩き始めた」

「うん」

そのとき堤防道路には、日坂くん、謎の同行者、藤寺くんがいた。藤寺くんがなぜあの道を通っていたかは、聞いた。日坂くんがあの道にいた理由は聞いていないけれど、学校から遠ざかる方向に歩いていたことを思えば、さしあたり、単に下校していたのだと考えられる。

けれど小佐内さんは、堤防を上がってきて、学校に近づく方向に歩き始めた。ぼくはまだその理由を聞いていない。

「どこから、どこに向かっていたの？」

小佐内さんは、ちらりとぼくを見た。

「わたしたち、轢き逃げ犯を見つけようとしてる。小鳩くんは虚栄のために、わたしは復讐のために。保証するけど、あの日のわたしの行動は事件に何も関係ない。だから、ひみつ」

「信じたいけど」

「小鳩くんは、解きたいんでしょう？　解いて、ぼくにかかれば楽勝だって言いたい。解きたがりであって、知りたがりじゃないと思ってたけど」

それは見事なまでに正しい認識だ。けれどいま、ぼくは単なる興味で訊いているのではない。

「いちおう、可能性としてはだけどさ。……轢き逃げ犯は、本当にただの事故で轢いたのか、わからないと思ってる」

「意図的に轢いたっていうの？　ワゴンは日坂くんを轢かないようにブレーキをかけたのに」

「だけど轢いた」

「それは、ただの結果」

「日坂くんに対しては、たしかにブレーキを踏んだ。でもその後、ブレーキなしで突っ込んだ相手がいる」

小佐内さんだ。——犯人の本当の標的は、小佐内さんだったのではないか？

前を向いたままで、小佐内さんはちょっと下を向く。

「……まだ成果は上がってないけど、小鳩くんはわたしを手伝ってくれた。わたしの言うことを信じてくれた。だから、教えてあげる」

ぼくは小佐内さんを見た。秘密があったのか！

小佐内さんの言葉は、どこか囁くようだ。

「わたし、あの事故の瞬間、わたしは死ぬんだって思った。怖かった、ふるえるほど。ねえ小鳩くん。死にかけた人間に対して、それは事故じゃなくて殺意を向けられた結果かもってほのめかすのは、ぜんぜん面白い冗談じゃないの」

冗談で言ったんじゃない、と言いそうになった——けれどぼくは、かろうじてその言葉を呑みこんだ。小佐内さんは、いまなら冗談だったことにしてあげると言っているのだ。

少し間をおいて、小佐内さんは続ける。

「誰にも狙われるおぼえがないなんて言わない。殺されそうになるほど恨まれてるなんて思いたくもないけど、恨みなんてどこで買ってるかわからないもの。だけどあのとき、わたしがあの堤防道路に上っていったことは、わたしにだって予想できない偶然だった。そのわたしを狙うことは、誰にもできない。小鳩くんの言い分に従うと、轢き逃げ犯は日坂くんを轢きかけた後で、改めて、本命のわたしに向けて突っ込んできたことになる。だめ、小鳩くん。それは成り立たない」

……小佐内さんの言い分が、正しい。

「そうだね。その通りだ。質問は取り下げるよ」

「小鳩くんは気づいてないかもしれないけど、自分が間違ったと思った時、そうだねって言えるのはすごいと思う」

そんな当たり前のことを褒められても、反応に困る。自分が間違ったのに、間違っていないと言い張るひとなんているのだろうか。

小佐内さんが、少しだけ笑った気がする。

「じゃあ、質問を取り下げてくれたから、教えてあげる。わたし、考え事をしていたの。歩きながら考え事をしていて、家に着きそうになってももう少し考えていたかったから、行き当たりばったりに曲がり角を曲がって歩いてた。あの階段が堤防道路に通じていたのも、上ってはじめて知ったぐらい」

ぼくはどんな顔をしたのだろう。小佐内さんはまた、もとの乏しい表情に戻った。

「信じないでしょう。信じる理由がないもの。だから、言いたくなかったの」

「信じてないわけじゃない。ここで、考え事の中身は何だったか訊くのは失礼かなと思っていただけで」

今度こそ、小佐内さんは笑った。

「たしかにそれは、微妙に失礼」

マネキンの群れの合間から、藤寺くんが声を上げた。

「あの、先輩。これじゃないかと思います」

藤寺くんは、あるマネキンの隣に立っていた。

マネキンが着ている制服は、シャツは水色がかっていて、胸元には小ぶりな臙脂《えんじ》色《いろ》のリボンがあり、スカートはチェック模様だった。「竹松《たけまつ》中学校」というプレートがついている。小佐内さんが首を傾げる。

「竹松中学校って、どこ？」

ぼくは制服を見ながら答える。

「南の方じゃなかったっけ。ほとんど県境の」

「そこから事故現場まで、どれぐらいかかると思う？」

「自転車で一時間……までは、かからないかな。四十分ぐらい」

小佐内さんは、頭の上に「？」でも浮かんでいそうな顔をしている。ぼくもまた、釈然としていない。竹松中は遠すぎる。そこから制服のまま自転車を漕いで、ぼくたちの中学にほど近い事故現場付近で日坂くんと合流したというのは、どうもぴんと来ない。

そして何より、面通し——面でないもの通し——をした藤寺くん自身、まったく自信がなさそうなのだ。いま自分で選んだ制服を見ながら、不安そうに眉を寄せている。追い詰めるつもりはないけれど、確認の必要がありそうだ。

「なんでこれだって思ったの？」

藤寺くんは歯切れが悪かった。

「ええと……袖口のラインです。こんな感じで、二本入ってました。ただ、ちょっとだけ違うかもしれないのは、胸元はセーラーカラーだった気がするんです」

マネキンが着ている制服は、シャツ襟だ。

「胸元にリボンはついてたの？」

「ええと、リボンっていうより、スカーフでした。紺色だったと思います」

「スカートはチェックだったんだよね」

「いえ、無地……だったと思うんですが……」

さすがに、こう言わざるを得ない。

「じゃあ、違う」

「ですよね。はい」

藤寺くんもあっさりと認める。

いつの間にかほかのマネキンを見てまわっていた小佐内さんが、窓際から言う。

「でも、袖口に二本ラインが入ってる夏服は、それしかない」

我が意を得たりとばかりに藤寺くんが意気込む。

「そうなんです！　だから僕、ここかなって思って」

けれど、シャツ襟とセーラーカラー、臙脂のリボンと紺色のスカーフ、無地とチェック柄ではあまりにも違い過ぎる。

「制服に見えるけど、実は私服だったっていう可能性は?」

藤寺くんは難しい顔をする。

「正直に言うと、その人の服装をじっと見たりはしてないんです」

まあ、目の前で部活の先輩が倒れ込んでいるんだから、それどころではなかっただろうとは思う。けれど藤寺くんは、こうも付け加えた。

「でも、胸元に校章っぽいマークが縫い取られているのは見ました。だから僕、制服だって思ったんですけど」

竹松中の夏服の胸元には、二重になった六角形の中に「中」と書かれた校章が縫い取られている。が、いくら校章が入っていても、〈同行者〉が着ていた制服がこれだったとはとても思えない。

「その校章はどんなだったか、憶えてない?」

「……なんか、うねうねしてたような……」

「うねうね?」

「すみません、わかりません。でも、たしかにこのマークとは違った感じでした」

まあ、たしかに目の前の校章は「うねうね」ではなく「かくかく」している。

近くに戻っていた小佐内さんに、訊く。

「ここって、市内の中学校の制服は全部あるんだよね。私学含めて」

もちろんのことながら、小佐内さんにその保証ができるはずはない。

「わからない。でも、私学の制服もあった」

ぼくは腕組みをする。

「市内じゃないなら、市外の学校なのかな。……だけど市外の中学生が制服のまま、自転車で日坂に会いに来るかな」

一方で小佐内さんには、別の考えがあるようだった。ぼくたちを順々に見て、言う。

「ついてきて」

小佐内さんが向かったのは、階段だった。一階へと向かう。

階段を下り始める前に、ぼくは小佐内さんの意図を汲み取っていた。藤寺くんは〈同行者〉について、日坂くんの「妹」だと思ったと言っていた。ぼくはどうやら迂闊にも、それに誘導されてしまっていたらしい。年下に見えたからって、もちろん、年下と決まったわけではない。

藤寺くんは最初小佐内さんのことを一年生と言っていたじゃないか。

一階に並ぶのは、高校の制服だ。

「さあ、藤寺くん。もう一回ね」

藤寺くんは頷いた。そして今度は、ぼくたちはほとんど待つことはなかった。ものの数十秒で、藤寺くんははっきりと一つの制服を指さした。

「これです。これでした」

制服の袖には二本のラインが入り、胸元には、「8」の字を縦棒が貫いたようなマークが縫い取られている。そしてマネキンの首から伸びるプレートには、「黄葉《おうよう》高等学校」と書かれていた。

今日もまた、薄明の中で目を覚ます。

三年前、ぼくは藤寺くんの協力を得て、日坂くんと同行していた何者かの通う学校を突き止めた。一歩一歩ではあるけれど真実に近づいていた。

と、思っていた。

実際には、ぼくはいったい何に近づいていたのだろう。少なくとも、轢き逃げを巡る調査(だとぼくが思っていたもの)は、終わりつつあった。黄葉高校、大人たち、そして痛み……未明は、過去を振り返るのには適していない。今日為すべきことを考え、これからの一日に備えるべき時間帯だ。ぼくは長い息をつき、回想を振り払う。

枕元をさぐるけれど、何もない。受験も近づいて、さすがに小佐内さんもそう毎日お見舞いには来られないのだろう。むしろこれまでが律儀過ぎだ。

室内を見まわす。夜明けの日光がカーテンを透過し、室内は薄ぼんやりと見まわせる。ベッドと、両親が持ってきてくれた着替え、来客用の小さな丸椅子、テーブル、テーブルの上には狼のぬいぐるみ、ボンボンショコラの箱、花と花瓶……。

花?

花が増えている。サイドボードでは、小佐内さんが贈ってくれたバラの花がまだ香りを放っている。テーブルの上に花はなかったはずなのに、いまそこには、三角フラスコのように末広がりの白い花瓶に、名も知らぬ花が生けてある。ぼくは棚に手を伸ばし、花瓶をつかむ。水が入っている感触はなかった。見た目から想像したよりも軽い。ドライフラワーだ。

せっかくのお見舞いなのだから、直接受け取りたかった。小佐内さんとは、話したいことが溜まっている。捜査の進捗、情報の交換、そして何よりも、無理をしないでほしいと伝えたい。それなのにぼくは昨夜も眠ってしまった。そういう生活リズムになってしまったのか、刺激の乏しい入院生活では眠りも早く、深く訪れるのか。これだけタイミングが合わないのだから、小佐内さんの方もいろいろ考慮して、ぼくが確実に起きている昼間に来てくれればいいのに――そうは思うけれど、これまでのメッセージからして、どうやら昼の時間はぼくを轢いた犯人を突き止めるために使っているらしい。

花の間に小さな封筒が挟まっている。指先で取り出して、開く。

夜、お花に水をあげてください

乾いた花に水をあげろと、小佐内さんは言う。

それで遅まきながら、ぼくは自分がいったいどういう立場に置かれているのか、ようやく気づいた。

看護師の介助を要するという条件付きながら車椅子の使用が許可されたことで、馬渕さんのリハビリのメニューが変わった。これまではベッドに横たわったままストレッチをしていたけれど、今日はベッドの端に腰かけ、怪我を負っていない左足を曲げ伸ばしする運動が加わった。馬渕さんは、緊張はしていないようだけれど、慎重だった。腰かけの姿勢に移る時、手術を受けた右足に負担がかからないように見ていてくれたし、手も添えてくれた。指示通りにストレッチを続けながら、ぼくは前から気になっていたことを尋ねる。

「馬渕さん、毎日来てくれますね」

ぼくが車にはねられたのは、二十二日だった。リハビリが始まったのがたしか二十五日で、今日が三十日。もう今年も終わっていく。そして馬渕さんはこの年の瀬に最低でも六日連続で出勤している。

馬渕さんは笑った。

「来てるねえ」

「休みってないんですか」

「あるけど、ないねえ」

快活な笑顔のまま、馬渕さんは続ける。

「年末で、人手不足でね。僕みたいな独身は使いやすいからみっちりシフトが入ってる。年内はきっちり、僕が担当させてもらいます」

「年始は、別の人が来るんですか」

「大晦日と元日はさすがに僕も休むけど、代わりが来るわけじゃない。メニューを渡すから、簡単な運動だけ自分でやってもらうことになるね。危険がないようにベッド上でできるメニューを用意しているから、後で渡すよ」

せめて年末年始だけでも馬渕さんが休めるのは、よかった。一方で看護師さんは出勤らしい。たしかに、元日だからご飯は食べなくていいとか症状が安定するとかいうことはないだろうし、カレンダー上の休みなんて関係ないのだろう。たいへんなお仕事だ。

「ぼくの担当の看護師さんも連勤なんですよね」

「小鳩さんの担当っていうか、このフロアの担当だろうけどね。誰だっけ?」

「わかりません。髪をすごく短くしている、若い女の人です」

馬渕さんは首を傾げる。

「眼鏡かけてる?」

「かけてないです」

「じゃあわからないな。まあ、若い人は連勤シフト組まれがちだね。ベテランでも師長さんとかは連勤してるけど。十連勤とか、もっとかも」

なんだか社会に出て働くことが怖くなってきた。

リハビリを終えてしばらくすると、昼食にはまだ早いのに、いつものベリーショートの看護師さんが来てくれた。いまは点滴も受けていないし、何の用だろうと思っていたら、

「小鳩さん。散歩を希望しますか」

と訊かれた。

「散歩ですか」

「病院の外には出られませんが、屋上や中庭に出られます」

体が許すなら、飛び上がって喜びたかった！

事故以来、ぼくは一度も外に出ていない。三度の食事と診察、リハビリ、それに快い記憶とは言えない過去の回想とを繰り返すばかりの日々を送っていた。自分がアウトドア派だと思ったことはないのに、太陽の下に出られると聞いてこんなに胸が躍るとは意外だった。断る理由もあるけれど、ぼくはそれよりも、自然に振る舞うことを選んだ。

「お願いします」

看護師さんは、ぎこちない微笑みを浮かべた。散歩の提案は誰か別の人の指示によるものか、あるいは定められた入院プログラムの一環なのか、とにかく看護師さん個人の厚意にもとづく

ものでないことは察せられる。看護師さんはぼくに安静にしていてほしく、散歩などさせたくないと思っていることは想像に難くないけれど、だからといってここで遠慮をしようとは思わなかった。

昨日と同じように、看護師さんの介助を受けて車椅子に移る。昨日は車椅子がずれて冷や汗をかいたけれど、今日はスムーズだ。ステップに足を乗せると、看護師さんがハンドルを握って訊いてきた。

「屋上と中庭、どっちに行きますか」

せっかく外に出るなら、風も感じたい。

「屋上でお願いします」

無言で車椅子を押そうとする看護師さんに、ぼくは慌てて訊く。

「寒くないですかね」

「寒いと思います」

「毛布、かけてもらえますか」

看護師さんは、それには気づかなかったという顔をした。やがてぼくは車椅子の上で毛布にくるまった、我ながらちょっとかわいらしい姿で病室を出た。

病室を出ると、まず左へ。次に右へと曲がる。ぼくは看護師さんに訊いた。

「屋上って、行けるんですね」

返事は短かった。

「行けます」

「学校の屋上は立入禁止でした。病院の屋上って、やっぱりシーツとか干してあるんですか」

少し笑うような気配があった。

「いえ。屋上は、庭になっているんです」

「空中庭園ですか」

看護師さんは、ぼくの古代史ジョークには取り合わなかった。

「患者さんの中には長期にわたって退院できない方、外出できない方もいますから」

だからせめて、屋上ぐらいには出られるように整備されているのか。ぼくはまだ十日も入院していないけれど、その気遣いは、うれしい。

廊下の突き当たりを右に曲がり、また右に曲がる。トイレに行くのと同じルートだ。実際、トイレの先がエレベーターだった。

エレベーターの中は、広かった。きっちり詰め込んだら何十人乗れるだろうか。

看護師さんが階数ボタンを押すのを見ながら何故こんなに大きなエレベーターが必要なんだろうと考え、ドアが閉まってカーゴが動き始める頃、担架やストレッチャーや車椅子を乗せるためだと気づく。

看護師さんが「5」のボタンを押す。ほかにエレベーターに乗る人はいなかった。カーゴが静かに上がっていき、ドアが開く。

廊下に出た。正面に、タッチセンサー付きの大きな自動ドアがある。看護師さんがパネルに触れて、ドアを開ける。

ドアの先は風除室で同じドアがもう一つあり、こちらも同じように看護師さんが開けてくれる。その途端、風が吹き込んできた。

冬の、凍りつくような風だ。ぼくはその冷たい風を胸に吸い込む。ヒビの入った肋骨は深い呼吸をすると痛むけれど、そんなことは構わなかった。爽快だった。肺に溜まっていた悪いものが一気に抜けていったような感じさえした。

看護師さんが車椅子を押し、ぼくは屋上庭園に入る。

花の季節なら、もっと色とりどりだったのかもしれない。新緑の季節なら、目にも鮮やかだったのかもしれない。いま、十二月も終わろうとしている時期、屋上庭園はさみしかった。常緑の植物も葉がしおれ、花壇らしき場所は土がならされているだけだ。だけどぼくは、冬とはこんなに美しい季節だったのかと思った。空は澄み、太陽の光は澄んで、肌には冷風が吹きつける。

落ち着いて見まわせば、屋上庭園はそれほど広くはないようだ。足に問題がなければ、十五秒も走れば充分に一周できるだろう。けれど茂みやアーチを配置して敢えて見通しを悪くすることで、狭さに気づきにくいような造りになっていた。

庭園には先客がいた。老人が一人木製のベンチに座って、ぼんやり空を眺めている。着ているものは入院着だけで、風が吹けば相当寒そうだけれど、頓着する様子もない。ぼくたちに気づいてちょっと頭を下げてくれたので、ぼくも会釈を返す。特に話しかけては来ないようだ。

庭園のまわりには、白い鉄柵が張り巡らされている。柵は背が高く、その上部は忍び返しのように内側に反っている。万が一にも人がよじ登って転落したりしないよう、用心しているのだろう。

柵の向こうには、街が見えた。乾燥した季節で降水量が少なく、見る影もないほど細くなってしまった伊奈波川が見えた。伊奈波川に沿って造られた堤防も見えていた。ぼくはあそこで死にかけたのだと思うと、ずっと見ていたいような、とても見ていられないような、おかしな気がした。たぶんぼくは笑っていた。こんな小さな庭でこれほど愉快になるなんて、想像もしていなかった。

ぼくは、車椅子を押す看護師さんを振り仰ぐ。

「ありがとうございます。連れて来てくれて」

「いえ。満足ならよかったです。寒いですから、もう戻りましょう」

「その前に、教えてください。自分で車椅子に乗れるようになったら、ここはいつでも入れるんですか？」

看護師さんは、ちらとぼくを見下ろす。

「患者さんが自由に出入りできるのは朝八時から夕方の五時までで、その後は看護師の付き添いが必要です」

充分だ。

もっともよく考えてみれば、ひとりで車椅子に乗れるまでに回復したのなら、きっと外出も許可されるだろう。外か……何をしようか。その頃には春だろうから、〈アリス〉のいちごタルトでも買いに行くのはどうだろう。小佐内さんは進学志望だから、すべての志望校に落ちない限り、来年はこの街にいない。タルトはぼくの独り占めになる。

看護師さんが、もう一度言う。

「さあ、寒いですから」

名残を惜しんで空を見上げる。ぼくは、路上に積もっていた雪のせいで逃げ場がなくて、車にはねられた。いま空は澄み切って、雪の気配もない。

ぼくは自分の肩越しに、看護師さんを振り返る。

「ありがとうございます」

「……」

「いつも、ありがとうございます」

ベリーショートの看護師さんは、優しく微笑んだ。

〈秋津屋〉で確認した学生服は、黄葉高校のものだった。

中学三年生のぼくと小佐内さんは、通学圏内の高校について最低限の知識があった。黄葉高校は私立で、以前は女子高だった。普通科もあるけれど商業科のイメージが強く、ほかにもいくつかの教育課程があったはずだ。総じて、高校卒業後すぐに働くための実践的な教育を受けられる学校という印象がある。

翌月曜日、ぼくはクラスの友達や担任の先生に黄葉高校の位置を訊いた。担任の先生は、ぼくの志望校が黄葉高校ではないことを知っているだけに怪訝そうな顔をしたけれど、別に深く追及することもなく教えてくれた。

「川向こうにあるよ。自転車なら十分ぐらいかな」

つまり、この中学からそれほど遠くないのだ。黄葉高校の生徒が日坂くんの同行者だという可能性に、矛盾しない結果だ。

校内での携帯使用は禁止されているので、授業が終わるまでぼくと小佐内さんは連絡を取らない。放課後になって三々五々生徒たちが帰途に就くとき、ぼくはあらかじめ約束した通り、校門の外で小佐内さんと合流する。クリーニングが仕上がったのか、小佐内さんは夏服を着ていた。

自転車で十分の距離なら、充分徒歩圏内だ。小佐内さんも彼女なりの調べ方で黄葉高校の位置は突き止めているだろう。

「行こうか」

と提案するだけで、小佐内さんは小さく頷いて歩き始める。

ほどなくしてぼくたちは、伊奈波川にかかる鉄橋を渡り始める。車が通るたびに橋は揺れ、トラックやトレーラーが通ると、その振動は恐ろしいほどだ。ふと下を見ると、堤防道路が橋をくぐっている。一昨日ぼくたちが歩いて通った、アンダーパスだ。

川面をわたる初夏の風と行き交う車の風圧がぼくたちに吹きつける。ぼくたちは特に話をしなかった。

黄葉高校は歩道のある道路に面していて、校門には、アーチ状のオブジェクトが架けられていた。校舎の敷地にはレンガが敷き詰められていて、三階建てに見える大きな体育館には、「8」の字を縦棒が貫く校章が掲げられている。ぼくたちは放課後になってからここに来たのだから、黄葉高校も同じく一日の授業が終わっていてもおかしくない。けれどまだ授業が続いているのか、黄葉高校には部活に打ち込む生徒が多いのか、下校する姿はまばらだった。

小佐内さんが言う。

「生徒数は、およそ千人だって」

「千人か……」

校門にはプラスティックのプレートが取り付けられていて、柔らかな印象の丸ゴシック体で「関係者以外立入禁止」と書かれている。「禁止」の部分だけ文字が赤く、禁止というのは禁止という意味で、例外はないのだと主張しているようだ。

この学校に、誰よりも近くで日坂くんの事故を見ていた〈同行者〉がいる。ぼくたちは彼女を捜し出し、轢き逃げ犯について訊かなくてはならない。

ぼくが訊く。

「男女比はどんな感じかな」

「前は女子高だったから、いまでも女子の方が多いって聞いたことある」

仮に男女が一対一だとしても、女子は五百人だ。全員の顔を確認するのは不可能でないにしろ、難しい。それに、もし仮に全生徒を校庭に一列に並べたとしても〈同行者〉を見つけることはできない。ぼくも小佐内さんも〈同行者〉の顔を知らず、それを知っているのは、日坂くんを除けば藤寺くんだけなのだから。

「さて、どうしよう」

ぼくがそう言ったのは途方に暮れてのことではなく、小佐内さんはどんな案を考えてきたのか訊くためだった。思った通り、小佐内さんには考えがあった。

「少し、お金がかかるけど……」

と困ったように前置きし、小佐内さんは黄葉高校を見つめて続ける。

「黄葉高校の制服を買って、〈同行者〉を見つけるまで藤寺くんに潜入してもらう」

「大胆だね。藤寺くんのリスクが大きすぎないかな」

「それは、そういうものかなって」

ひどい……。

「藤寺くんにも授業と部活がある。潜入してもらうタイミングがないよ」

小佐内さんは不承不承といったように、くちびるを引き結んで頷く。

「それなら……校門を監視できる位置にカメラを設置して、映像を藤寺くんに確認してもらう。十日もかからないと思う」

「そもそも、藤寺くんが協力してくれないよ」

昨日だって、〈同行者〉の制服を特定した後、藤寺くんは「もう充分ですよね」と言って帰っていった。実際、彼は充分に協力してくれた。これ以上引っ張りまわしたら、キャプテンの牛尾くんが黙っていないだろう。

小佐内さんは意外そうにぼくを見た。

「藤寺くんなら、喜んで協力してくれると思う」

「どうして?」

「どうしてっていうか……喜んで協力してくれるように、工夫してお願いすればいいと思う」

いったいどんな「工夫」をするつもりかわからないけれど……。ぼくは咳払いのような仕草をする。

「まずは、まっすぐ行こう。搦手《からめて》はその後でも遅くない」

「まっすぐ?」

小佐内さんが小首を傾げる。

「黄葉高校に入っていって、事故を見た人はいませんかって言うの?」

「つまみ出されるよ。……こんなのはどうかな」

ぼくは通学鞄を開け、中から一枚の紙を取り出して小佐内さんに渡す。目立つように書体や色に工夫して、そこにはこう書いてある。


黄葉高校の皆さんへ!

六月七日、伊奈波川の堤防道路で起きた
ひき逃げ事件を見た　黄葉高校の生徒を捜しています
車にひかれて　今も病院にいるクラスメートのため
犯人を見つける　手助けをして下さい
事件を見た生徒　事件を見た生徒を知っている人
こちらの電話番号に　連絡ください
小鳩

続けてぼくの電話番号を載せてある。これはコピーで、原本は家に置いてきた。

小佐内さんは、身を乗り出すようにしてぼくの顔をまじまじと見た。思わず身を引いてしまう。

「えっと、だめかな」

小佐内さんはぶんぶんと手を振る。

「すごい。こんなにまっすぐな方法、わたし、思いつかなかった。まるで」

そして、首を傾げた。

「何て言えば、いいのかな。まるで……ふつうな？　じゃなくて、ええとすごく、まるで……小市民のような？」

ぼくは思わず、笑いだしてしまった。たぶん小佐内さんはぼくのやり方を正攻法と言いたかったのだろうけれど、ちょっと語彙がずれている。

「小市民って、いいね」

「あの、悪い意味じゃなくて。本当にすごいって思ってるの」

「わかってる」

ぼくがそう保証すると、小佐内さんは安心したように頷いて、改めて文章を読んでいく。

「……うん。これなら、〈同行者〉を追い詰められるかもしれない」

さすがに小佐内さんは、わかってくれている。

この張り紙には二つの目的がある。一つは〈同行者〉に呼びかけ、真実を語るべく連絡してくれるように伝えること。けれど、これは難しい。〈同行者〉は警察が来る前に事故現場から立ち去っているし、日坂くんは藤寺くんに対して彼女の存在を口止めした。〈同行者〉は日坂くんの多重交際の相手であるという見方が正しいかは不明で、別にその点に興味はないけれど、彼女が人目を忍んでいることは間違いない。ふつうに考えれば、呼びかけるだけで素直に手を上げて出て来てくれるとは考えにくい。

そこで、もう一つの目的が生きてくる。

うまくいけば、この張り紙は黄葉高校の中に噂を立てるかもしれない。誰かが事故を目撃し、それを黙っている。そのせいで中学生が病院に運ばれ、正義が果たされないでいる。黙っているのは、いったい誰だ?

そんな噂が立てば、〈同行者〉にとっては、さぞ居心地が悪いだろう。何らかのアクションを引き出せるかもしれない。あるいは心ある黄葉高校生徒が、誰それがあやしいと知らせてくれるかもしれない。

うまくいく保証はない。けれど、打つ価値のある手だ。

ふと、小佐内さんが眉を寄せる。

「電話番号を載せちゃっていいの？」

たしかに、不特定多数が見るであろう文章に電話番号を書くのは気持ちのいいことじゃない。でも、

「やれることはやるし、やり抜く。でしょ？」

小佐内さんは頷き、重ねて訊いてくる。

「これ、どうするの？」

ぼくは黄葉高校が面する道路の左右を見る。さして遠くない位置に、望んでいたものがあった。市が設置した広報掲示板だ。ぼくはその掲示板の前まで歩き、小佐内さんもついてくる。

掲示板の半分は市が主催する演奏会のポスターで占められていて、残りの半分には雑然とした張り紙が並んでいる。熱中症への注意を促すもの、茶道教室の開催を知らせるもの、迷子になった猫を探すものといった具合で、空きスペースも充分にある。

「ここに張る」

「……トラブルは、困る」

勝手に張ってもいいのかという意味だろう。張り紙一枚で降りかかるようなトラブルなら高が知れているとは思うけど、いちおう、回避する方法も調べてある。

「市役所とか市の出張所とかに張り紙の見本を持って行けば、許可がもらえるってさ。だめなのは営利目的のとか、違法なもの。猫を捜す張り紙がOKなんだから、事件の目撃者を捜す張り紙だってOKだと思う」

「すごい！　調べたんだ」

率直な賛辞を頂いた。家にあった市の広報誌に書いてあっただけなので、調べたというほどのことじゃないけれど、お褒めの言葉はありがたく受け取っておく。

原則から言えば、ぼくはこの張り紙をいったん市役所に持って行き、許可を得てから改めてここに戻ってくる必要がある。でも出直すのは面倒だし、掲示板には充分に空きがあるのだから、ちょっとぐらい順番が前後しても問題ないだろうと考えるのも……小佐内さんの言い方を借りるなら、小市民的ではないか。

「張って帰ろうか」

小佐内さんも反対はしないようだ。それどころか、一つ案を出してくれた。

「あのね。黄葉高校の生徒が使うネット上の掲示板とか、あると思う。そういうのを探して、同じ文面を書き込んだらどうかな」

ぼくもそれは考えていた。ただ、

「ポスターは剝がせばなくなるけど、ネットの書き込みは消せないかもしれない。この先、五年も十年も、黄葉高校の生徒が事故を見たって情報が流れ続けるのは、あんまりよくないんじゃないかな」

「……そうね」

「あと単純に、ぼくの連絡先をネットに載せたくない」

小佐内さんはこっくりと頷いて、それ以上は言わなかった。

掲示板には、前の利用者が残していったんだろう画鋲が数本、刺さったままになっている。ぼくは画鋲までは準備してこなかったので、この忘れ物は大いにありがたい。黄葉高校の生徒たちがまばらに通る歩道で、ぼくは張り紙を広げる。空きスペースは掲示板の下の方だったので、ぼくは身を屈めた。

「小佐内さん。悪いけど、画鋲を刺してくれる？」

「どこに？」

返事を間違うと首の後ろを刺されそうだ。

「四隅。上の方からお願い」

小佐内さんがぼくの肩越しに画鋲を抜き、まずは張り紙の右上を、次に左上を留める。ぼくは張り紙から手を離して立ち上がり、小佐内さんは追加で画鋲を抜く。

出し抜けに声をかけられた。

「おっ。後輩じゃん」

見ると、袖口に二本のラインを入れた制服姿の女子が三人、半笑いでぼくたちを見ていた。

長身のひとと眼鏡のひと、ショートカットのひとだった。ぼくだって来年からは（おそらく）高校生なのに、いまこうして高校生たちを間近にすると、ある種の迫力に押されてしまう。どう答えたものかと思いながらなんとなく頭を下げると、三人組の中で、最初に声をかけてきた長身のひとが訊いてきた。

「君ら、鷹羽《たかば》中だよね」

「そうです」

胸につけている徽章でわかったのだろう。

「なにしてんの、こんなとこで……って、ポスター張ってるんだよね。見りゃわかるか」

眼鏡をかけたひとりが、顔を張り紙に近づける。

「黄葉高校の皆さんへ、だって！」

と声を上げ、ちょっと笑う。その笑い声は、すぐに消えた。

「……え。轢き逃げ？」

ほかの二人も顔を見合わせ、張り紙を見る。

「まじ？」

「えっ。捕まってないってこと？」

事の成り行きに、ぼくはあっけに取られた。こんなに早く……張り終わってすらいないのに反応が得られるなんて、さすがに思っていなかったのだ。

長身のひとが言う。

「轢かれたって、誰だろ。あたしら三年だから、かぶってる子はいないんだよね」

一方、ショートカットのひとが首を傾げた。

「うちの生徒が事故を見たの？　どうしてわかんのさ」

「黄葉高校の制服を着たひとが現場にいたのを、見た人がいるんです」

「へえ……。そいつは目撃者だけ見てて、事故の方は見てないの？」

なかなか質問が鋭い。

「見てましたけど距離があって、轢き逃げ犯の顔とか、車のナンバーとかは憶えてないんです。黄葉高校の目撃者は事故現場に近かったんで、もしかしたらそういうのを憶えてるかもって思ってます」

「ふうん」

そして、眼鏡のひとが素《す》っ頓狂《とんきょう》な声を上げた。

「あ、それってもしかしてエーカンのエーコじゃない？」

ぼくは思わず、声を張り上げてしまった。

「知ってるんですか！」

「知ってるっていうか……知ってるんだけど」

「教えてください。大事なことなんです」

……けれどどうやら、ぼくは間違ったらしい。勢い込みすぎたのだ。眼鏡のひとはたじろぎ、ためらう。

「わたしからは言えないよ。間違ってたら、悪いし」

「違っていてもいいんです。教えてください」

「えー。君に悪いって言ってるわけじゃなくてさ……」

押し問答になりかけた雰囲気を察したのか、長身のひとが助けを出してくれた。

「エーコでしょ？　まだ中にいると思うよ。あたし訊いてくるよ」

ぼくは、反応に迷った。「いえそんな、悪いですよ」と遠慮するのが如才ない反応だという理性と、それどころじゃない、こんな幸運はまたとないんだから全力でしがみつけという衝動とがぶつかって、どっちを取るか決めかねたのだ。そのためらいを、長身のひとは好意的に解釈してくれたらしい。

「いいっていいって。後輩じゃんね。ま、あたしエーコとは別に仲良くないし、見つかんなかったらどうしようもないけどさ。君ら、まだしばらくここにいる？」

「あ、はい」

「じゃ、暑いけどがんばってね」

そして長身のひとは、ほかの二人に言った。

「ってわけで、あたしは戻るから」

眼鏡のひととショートカットのひとは一瞬視線を交わし、それぞれ、ちょっとあきれたような顔をした。

「じゃあ、わたしも行く」

「しょうがねえなー」

黄葉高校へ引き返していく三人に、ぼくは頭を下げるしかなかった。

画鋲を持ったままの小佐内さんが、小声で言う。

「よかったね」

「うん。運がよかった」

「運が？」

と、小佐内さんが囁く。そう言われてみると、よかったのは運ではなかった気がしてきた。ぼくは黄葉高校から下校していく生徒ならまず目にするであろう場所に、目を引くであろう言葉を配置した張り紙を張った。つまり、

「運もよかったけど、ぼくの狙いもよかった」

ということだ。その言葉を引き出したくせに、小佐内さんはちょっとあきれ顔で微笑んだ。

三人組は校門を通り抜け、黄葉高校の敷地内に戻った。ぼくはその後ろ姿を見ながら、ふと、暑いなと思った。画鋲を刺していなかった張り紙の下部を留めれば、あとは待つだけだ。

男子が自転車で下校していく。女子の二人組が笑いながら通り過ぎていく。ショルダーバッグのストラップを鉢巻のように額で支えた男子が、ぼくたちを胡散《うさん》くさそうに見る。通っていく生徒を平均すると、やはり女子の方が多いようだ。

五分が経ち、十分が経つ。

張り紙に注目した生徒は、最初の三人組だけだった。彼女たちは張り紙そのものに注目したのではなく、中学の後輩であるぼくたちが何かをしていることに注目していたのかもしれない。男女の二人組が、ぼくたちをちらちら見ながら行き過ぎる。何かの部活の仲間なのか、八人ぐらいのグループが笑い合いながらやって来て、ぼくたちは歩道の端にはりつくように道を空ける。

十五分経った。ぼくはあくびをかみ殺す。小佐内さんは表情一つ変えずに待っている。ぼくは言った。

「あのさ。あの三人が戻って来なかったら、ぼくたち、いつまで待っていたらいいのかな」

小佐内さんはさらりと答えた。

「あの三人を見つけるまで」

見つけてどうするんだろう。

黄葉高校は街中にあるので、普通に考えて、校門がここ一ヶ所とは思えない。ぼくたちが見ているアーチ型のオブジェクトがあるのは正門だろうけれど、きっと裏門もあるはずだ。あの三人がそっちから帰ったとしたら、ぼくたちはこのまま掲示板の前で待ち続け、夕日を見送り、宵の明星を見つけ、二人でお月見をすることになるだろう。そうなったら、団子ぐらいは買ってきた方がいいだろうか。六月の月見では季節外れすぎるだろうか。

馬鹿なことを考えていたら、さすがに少し倦《う》んだのか、小佐内さんが訊いてきた。

「小鳩くん。高校行く?」

ずっと高校生ばかりを見ていたから、訊くことと言えばそんなことしか思い浮かばなかったのだろう。ぼくは答える。

「いちおう、行くと思う」

「どこ?」

「わからない。船戸高校かな」

船戸高校は、公立の進学校だ。成績はまあいい方だけれど高校生活を受験に特化するつもりのない中学生は、自然な流れで船戸高校に進むイメージがある。

「ふうん」

「小佐内さんは?」

「船戸高校」

そうなんだ。

ぼくたちはたぶん二人とも、志望校かぶりにさして感銘を受けなかった。ライバルは一人でも蹴落としたいと思うほど、船戸高校の例年の倍率は高くない。ただぼくは、何の根拠もない直感としてふと、ぼくたちは高校に入ってからもこんなふうに二人で行動することがあるかもしれないと思った。何かの事件を追って、真相を知るために一時的な協力関係を築くことが、高校に上がってからもあるような予感がしていた。

小佐内さんがすっと指を伸ばし黄葉高校の敷地内を指す。

「見て」

その指の先では、三人組の一人である長身のひとが、別の女子に話しかけていた。距離があって、会話の内容は聞こえない。目を凝らした瞬間、ぼくはその女子生徒と目が合った。

背はさほど高くなく、目立って低くもない。太っているようにも、痩せているようにも見えない。髪は真っ黒で長く、耳が隠れている。特徴的な丸い眼鏡をかけていて、自転車を押していた。たぶん長身のひとが、掲示板の近くに立つ中学生が事故の目撃者を捜していると話しているのだろう。話しかけられている女子生徒は、困惑をあらわにしていた。

おそらくあれが「エーカンのエーコ」だろう。外見的特徴は藤寺くんが見た〈同行者〉に一致する。……とはいえ、「中肉中背で眼鏡をかけていて髪が長い」という条件だけでエーコが〈同行者〉だと決めつけるのは、いかにも乱暴だけれど。

エーコは、手を振って否定の仕草を繰り返している。そしてぼくたちの方を指さし、長身のひとに食ってかかっているようだ。そして長身のひとは、エーコを説得する様子はなかった。

エーコは校舎に戻っていき、長身のひとは肩をすくめてぼくたちに近づいてくる。

「違うってさ。あいつが事故に遭ったって噂になったのは、帰り道にバイクがぶつかってきて、自転車が壊れたからだって。一緒にいた子も知ってるはずだし、そもそも堤防道路なんか行かないって言ってたよ。まあ、もっともだよね。あたしだって、あんなとこ行かないし」

「そうですか……」

まあ、張り紙を張ったその瞬間に〈同行者〉が見つかるというのは、あまりにもでき過ぎた話だ。もうすこし長い目で見ることを覚悟しなければならない。長身のひとは、後輩への義理は果たしたと言わんばかりにさばさばした様子だった。

「ま、クラスでも話しとくよ。目撃者がうちの生徒なら、見つかると思うよ。あたしも噂は気にしておくし」

ぼくはまた、頭を下げた。

「あの。ぼくは小鳩常悟朗と言います。三年一組です」

これまで黙って控えているだけだった小佐内さんも、ぼくに続く。

「三年四組、小佐内ゆきです」

長身のひとは目を丸くして、それからにやりと笑った。

「あたしは勝木亜綾《あ　あや》。ショーカ……商業科、三年A組。がんばんな、小鳩、小佐内。あたしだって後輩が轢かれてそのまんまなんて、嫌だからね」

そう言うと勝木さんは身を翻し、黄葉高校の敷地内に戻っていく。ほかの二人と合流するつもりだろう。ぼくはポケットから携帯を出して、時刻を見た。今日中に市役所で張り紙掲示の許可を得るなら、そろそろ急いだほうがいい。

ぼくは携帯の充電量に注意を向けた。これからは、いつ黄葉高校の生徒から電話がかかってくるかわからないのだ。ぼくたちの捜査が大詰めを迎えているという実感はあった。充電切れで肝心な連絡を受け取り損ねるなんて失敗を、犯すつもりはなかった。

病院では日付の感覚がなくなる。

ぼくの病室にはカレンダーがなく、いまが何日なのか、すぐにはわからない。毎日ノートに記録を取っているけれど、それは三年前の記憶のメモであって、現在の日記ではない。日付を数えるには、指を折って数えていくしかない。

小佐内さんからもらったボンボンショコラを食べ始めたのが、クリスマスの朝だった。今日の分（オレンジソースを加えたものだった）を頂いて、もう箱には二粒しか残っていない。つまり……。

ちょっと驚いた。今日は十二月三十日だ。今年はもう、本当に終わるじゃないか。

新年を病院で迎えることはわかりきっていたけれど、年内には自分の力だけで車椅子に乗ることもできなかった。あせる、情けない。

いちおう宮室先生は、ぼくの恢復は「順調だよ。びっくりするぐらい、順調」と言っていた――「ふだんは高齢者を診ることが多いからね」とも言っていたから、年相応以上に順調なのか疑わしいとはいえ。見舞いに来てくれる両親が置いていく下着も、いまはもう自分で着替えている。ぼくは少しずつ、たしかに治っている。がんばれば早く骨がくっつくものでないことぐらいはわかっている。

夕食はチキンステーキと、カリフラワーのカレー粉炒めだ。本当にもう年末なんだと気づいてしまったからか、院内がいつにも増して静かに思える。動かした箸がプラスティックの器に当たる音が寒々しかった。

年末だから業務に余裕があるなんてことはないはずだけれど、いつもの看護師さんが、食事中何度か様子を見に来てくれた。多少は動けるようになったとはいえ、トレイの上げ下げも食後の歯磨きも、看護師さんに頼るしかない。食後、看護師さんはいつものように、コップに水を汲んでくれた。水を飲み切り、介助を受けながら歯を磨いて、眠る準備をする。

早くも頭に霞がかかってくる中、ぼくは何とかノートを手にして、最後のページを開く。いまや愚行の記録となり始めている記述の最後に、一言書き添える。

花に水はあげられなかった

そしてノートの上にペンを置き、力尽きて枕に頭を沈めた。

第九章　好ましくない人物

　大晦日の朝、整形外科の宮室先生の診察があった。手術以来初めてレントゲンを撮り、痛みや違和感がないか詳しく問診された。

　痛みは、もちろんある。肋骨の痛みはだいぶ和らいでいるけれど、太腿の方は、ちょっと姿勢を変えるだけで突き刺すように痛むことがある。けれど安静にしていれば我慢できないほどの痛みではないし、少し痛みが強くても内服の鎮痛剤で抑えられている。そう話すと、宮室先生は満足そうに頷き、

「君は痛みの表現がうまいね」

と、ありがたいと思っていいのか微妙な褒め言葉をかけてくれた。

　ぼくは、宮室先生の目の下に濃い隈があることに気がついた。そういえば、顔色もあまりよくない。疲れは一目瞭然だけれど、それでも宮室先生はぼくに一切の不安を与えず、快活さを失わなかった。

「いいでしょう。来月には外出許可が出せると思いますよ」

喜んでいいものか、一瞬迷う。来月といっても、明日のことを言っているのか、三十日後のことを言っているのかわからない。

「来月って、来月のどのぐらいですか」

先生は笑顔のまま、眉だけを困った形にした。

「はっきりとは言えないですが、お正月をご自宅でというのは難しいです。実は、時期もよくなくて、寒い日は痛みが出やすいから外出許可出したくないんですよね。我慢すればいいって問題じゃなくて、ズキンって痛みが走ったり、急に力が抜けて転ぶことがあったりして、治りかけのところをまた傷めるとよくないですから。でもまあ、この調子なら中旬から下旬には一時帰宅できるでしょう。どこか行きたいところはありますか?」

ぼくは昨日、屋上庭園で、外出が許されたらいちごタルトを買いに行こうと思っていた。外に出られるのは春じゃないかと思っていたからだ。けれどいま、外出が具体的になってくると、まっさきに行きたい場所は一択だという気がした。

「携帯の店ですね」

なにしろ、携帯電話がないと誰とも連絡が取れない。宮室先生は苦笑した。

「若いね」

「あ、それから、事故現場です」

「えっ、どうして」

どうしてと訊かれることが意外だった。宮室先生も情報は共有していると思っていた。

「警察から、外に出られるようになったら実況見分に立ち会ってほしいと言われているんです」

一瞬、宮室先生はそうだったという顔をする。どうやら、ぼくが轢き逃げの被害者で犯人が捕まっていないことを忘れていたようだ。ぼくは、なんでそんな大事なことを忘れるんだとは思わなかった。医師の先生は、治療のことを考える。それで十全だろう。

診察が終わって、ふだんだったらリハビリの時間帯になる。今日から馬渕さんは休みだ。あらかじめ渡されたプログラムに従い、いつもよりも軽度の運動をベッド上でこなしていると、ドアがノックされた。

「はい」

「失礼します」

清掃員の山里さんだった。山里さんはさっそくゴミの回収をして、モップがけを始める。

山里さんはいつも大急ぎで清掃をする。それだけ担当する病室が多いのだろうから、邪魔をしてはいけないと思って、ふだんは話しかけたりしない。たださすがに大晦日まで働いているところを見ると、一言お礼を言わずにはいられなかった。

「ありがとうございます。たいへんですね」

山里さんはびっくりしたように手を止め、腰を伸ばした。

「なあに。埃の溜まった病室で年越しなんて、あたしだったら嫌ですからね。こっちは独り身だからね、帰ってもソバ食って紅白見て寝るだけ。なんもたいへんなことはないですよ」

ぼくは、そう言う山里さんの指に、結婚指輪と思しき指輪を見つけた。そして山里さんも、ぼくの視線に気づく。ぼくが何も言わないのに、山里さんはにやりと笑った。

「兄ちゃん、目ざといね」

「あ、いえ」

「独り身ってのは嘘じゃないよ。こんなもの癖でつけてるだけ。兄ちゃんも、車だってね」

モップを動かしながら、山里さんは続ける。

「車は怖いよ。うちのもね、こつんと当てられて、それっきり。まあ、兄ちゃんは若いから治るよ。厄を落としたんだよ。来年はいいことあるからさ。そういうもんだよ。そうでなきゃいけねえんだよ。……はい、おしまい」

ベッドの下を掃除していたモップを持ち直すと、山里さんはぺこりと頭を下げた。

「失礼しました」

病室のドアが閉じられる。静かになる。

ぼくは、山里さんの言ったことを考えていた。悪いことの後には、良いことがあるのだろうか。そうあってもらいたい気持ちは、痛いほど──そういえば、今日は朝から冷え込んでいるせいか、肋骨が痛い──わかる。けれどその順番制が真実だとするなら、ぼくが車に轢かれたのは、なにか良いことがあった埋め合わせだという話になりはしないか。そんな幸運にあったおぼえはない。

むしろ……入院したその日、おそらくは夢の中で聞いた、報いという言葉の方が信じられる。

だけど報いを信じるなら、ぼくも、山里さんの配偶者も、何か悪いことをしたから車に轢かれるのは当然だったという結論になる。ぼくは万事に配慮が行き届いた人間ではないかもしれないけれど、自分のことならともかく、他人についてそれは報いだと言い放つほど、無神経にはなりたくないものだ。

テーブルの上のノートを見る。昨日、眠りに落ちる前に置いたそのままの位置に、ノートは置かれている。

ただ、少しだけ……気のせいかもしれないけれど少しだけ、ペンが動いている気がする。ぼくはノートの短辺に対して平行にペンを置いた気がするけれど、いま、ペンは少し角度がついている。ノートを開き、書き込みのある最後のページを開く。

✓花に水はあげられなかった

ぼくは少し笑い、次のページを開く。昼食までは少し間がある。思い出せることは、まだ尽きていない。ぼくは残り二粒になったボンボンショコラからカシス風味のものを口に入れ、ほどけるように溶けていく食感と甘さ、カシスの酸味と香りを味わいながら、意識を過去に向かわせる。

張り紙を張った日、誰からも電話はかかってこなかった。

勝木亜綾さんを含む三人組が張り紙の情報を学校内に広めるのは翌日になるだろうから、その日のうちに連絡がないことは当然だった。

ぼくは市役所で掲示板の使用許可を正規に取得した。掲示期限は二週間で、ぼくは、それを充分すぎる期間だと感じた。張り出した初日にあれだけの反応があったのだから、二週間もあれば絶対に〈同行者〉か、〈同行者〉が誰なのかを知っている黄葉高校生徒が電話をかけてくるはずだ。ぼくはゆっくり待っていればいい。

翌日、電話はなかった。あせりは禁物だとぼくは思った。

……翌々日も、やっぱり誰も電話をかけては来なかった。いたずら電話の一本もなく、ぼくは携帯をむなしく見つめ続けることに飽きかけていた。

ぼくはなぜ、勝木さんの連絡先を聞いておかなかったのだろう。ちょっと勇を鼓して電話番号だけでも尋ねておけば、あの件はどうなりましたかと訊けるのに。けれどまあ、実際にあの日のことを思い出してみれば、「進捗お尋ねするかもしれませんから連絡先を」と言えなかったことは、無理もない。

クラスではもう、日坂くんの話を聞くことはない。日坂くんの机は誰も使わないまま教室の一角を占め続けているけれど、日坂くんがいないことは新しい日常になってしまった。牛尾くんに至っては調査の進展具合を訊いてくるどころか、ぼくと目が合うと気まずそうに顔を背ける始末だ。

いちど、二年五組の教室に藤寺くんを訪ねたことがあった。黄葉高校の三人組が当てになららず、張り紙も効果がないなら、何とかして藤寺くんに〈同行者〉を見分けてもらわないといけない。けれど藤寺くんは「もう勘弁してください」の一点張りで、ぼくの話を聞こうともしなかった。

小佐内さんとは、特に話をしなかった。張り紙を見た誰かからの連絡を待つ態勢になった時点で、ぼくたちは協力し合うべき共通の問題を見失っていたのだ。

待つ……そう、ぼくはただ、待っていただけだ。勝木さんたち三人組が黄葉高校内部に張り紙の噂を広めてくれることを。誰かが電話をかけてきて、轢き逃げ事故の隠された事実をすべて明らかにしてくれることを、待っていただけだった。

それが愚かな振る舞いだと気づくまで、ぼくは四日もかけてしまった。

張り紙はあくまで、揺さぶりに過ぎない。〈同行者〉に対し、お前を捜している人間がいる、お前が黙っているせいで中学生を轢いた犯人が野放しになっているのだと伝える以上の意味はない。それで〈同行者〉が動揺する保証さえ、ないのだ。もしかしたら彼女は日々の登下校で張り紙を見ながら、だからどうしたと鼻で笑っているかもしれない。

結果が降ってくるのを待つだけでは、エサを待って口を開け続ける雛鳥《ひなどり》と変わらない。いや、雛鳥だってエサをよこせと鳴き騒ぐ。じゃあぼくは、どんなふうに鳴けばいいのだろう。

月曜に張り紙を張ってから四日後、金曜の夜、ぼくは自分の部屋で考えた。勉強机に肘を置いて、ここまでわかったことをまとめたノートを前に、ほかに何ができるかを考えていた。

小佐内さんが提案した、何らかの手段で藤寺くんに面通しさせる方法は、もう実行不可能だと思われた。藤寺くんは完全にこの件から手を引きたがっているし、それを無理に止めることは難しい――もし小佐内さんが言う通り何らかの特別な「工夫」をしようとすれば、一つの問題を二つに増やすだけという気がする。

いっそのこと、待ちの姿勢をもっと徹底してみてはどうだろうか。エサをよこせと騒ぐ雛鳥の如く、情報をよこせと騒ぐのだ。具体的には、あの張り紙を百枚、二百枚とコピーして、黄葉高校の前で配ってみてはどうだろう。きっとぼくは生徒指導部に呼び出されて、無用な騒ぎを起こしたことで叱責を受けるだろう。けれどそれさえ覚悟すれば、これは案外、うまくいくのではないか。〈同行者〉があくまで匿名の海に隠れようとするなら、ごくまっとうに騒ぎを大きくすることが、彼女をあぶり出す近道なのではないか。

そうだ、本当にそうしようか。やり抜くと決めたのだから、やろう。そう思い立ち、椅子から立ち上がろうとした時だった。

机の上の携帯が、震えはじめた。ぼくはとっさに幾つかの可能性を考えた。小佐内さん、牛尾くん、藤寺くん……けれどディスプレイに表示されたのは、ぼくが登録していない電話番号だった。

ぼくは、携帯を机から落としそうになった。かろうじて取り押さえ、左手に携帯を持って、受話のボタンを押す。

「はい」

思いついて、もう一言付け加える。

「小鳩です」

電話の向こうから聞こえてきたのは、猜疑心をにじませた、男の太い声だった。

『もしもし。こちら小鳩さんの携帯でよろしかったですか』

「はい。小鳩です」

『わたくし、日坂と申します』

「日坂？」

ぼくの声は上ずった。

「日坂くん……じゃ、ないですよね」

電話の声は、少しやわらいだ。

『祥太郎は私の息子です。小鳩くんは、祥太郎のクラスメートですか』

「そうです」

電話の主は、話すことを事前にまとめていたらしい。ぼくがついていけるぐらいにゆっくり、けれど少しのためらいもなく話を進める。

『実は、息子の事故について、幾つか訊きたいことがあります。急で申し訳ないが、明日、時間は取れますか』

明日は土曜日だ。別に、用事はない。

「はい、大丈夫です」

『都合の悪い時間はありますか』

「ないです。ええと、あんまり夜遅くは駄目です」

『では午後四時、伊奈波川ホテルのラウンジで。中学の教科書をテーブルに出しておくので、それが目印です。わからなければ、この電話番号に電話をください』

「ちょっと待ってください」

ぼくは机のノートの適当なページを開いて、「四時　伊奈波川ホテル　ラウンジ　教科書目印」と走り書きする。

「……大丈夫です。わかりました」

『では、明日』

電話が切られそうになったので、ぼくはとっさに訊く。

「あの。何か持って行った方がいいものはありますか」

声は、少し笑ったようだった。

『何もありません。さっきも言った通り、話を聞きたいだけです』

「わかりました」

『では』

今度こそ、電話が切れる。

手の中の携帯を見つめ、ぼくはさまざまに思いを巡らす。日坂くんの父親が、いったい何の用だろう。この会見について、小佐内さんと共有するべきだろうか。

戸惑い、不安……だけど正直言うなら、ぼくは何より、自分が打った一手が事態に波紋を起こしてアクションを引き出した満足感に浸っていた。

伊奈波川ホテルについて、ぼくが知っていることはあまり多くない。

小学校の時、担任の先生が結婚した。その結婚式場が伊奈波川ホテルだったことについて、何かにつけて自慢がましいことを言うのが癖だったクラスメートが「あそこ、めっちゃ高いんだぜ」と言っていた。商店街の籤引きで、一等が伊奈波川ホテルのディナー券だった。記憶にあるのはそれぐらいだろうか。

翌日、ぼくは伊奈波川ホテルの場所を地図で調べ、約束の一時間前に自転車で家を出た。小佐内さんには、結局連絡しなかった。理由はいくつかある。明らかにキーパーソンである日坂氏との対面を独り占めして、得られた情報で小佐内さんをびっくりさせたかったから……というのは、たしかに理由の一つだ。対面の場に小佐内さんを連れて行って、日坂氏にぼくは一人で人に会うこともできない臆病者だと思われたくなかったというのも、事実だ。

だけどそれ以上に、単純な話として、ぼくは土曜日に小佐内さんを呼び出したくなかった。ぼくたちは休日に電話一本でお互いを呼び出せるほど親密な関係ではなく、そうなりたいとも思っていない。轢き逃げ事件の捜査について協力し合う約束はしたけれど、二人の関係に一線は引くべきだという気がしたのだ。

では、ぼくはひとりで電話の主に会うことに何のためらいもなく自転車を漕いでいたかというと、やっぱりそれは、そうではなかった。誰かに、電話では話しにくいから直接会って話そうと言われたことは、これまで一度もなかった。それどころか、顔も知らない大人と一対一で話すこと自体がたぶん初めてだ。ハンドルを握る手にも力がこもるし、なるようになれという捨て鉢な気持ちが心を占めて、物事を慎重に考えられていないような気がする。それでも、黄葉高校の前でビラ配りをするより有意義だろうということは、わかっていた。

　学校の夏服を着ている。土曜日に人に会うのに制服を着ていること自体、心のどこかが守りに入っている証だ——けれどその一方で、中学生にとってもっともスタンダードな、誰にもけちをつけられない恰好をしているという事実は、やっぱり少し心強い。ボタンは上から二つまで外して、初夏の暑さをやり過ごしている。

　車が引き起こす振動を感じながら、鉄橋を渡る。地図で見た記憶を頼りに、伊奈波川ホテルが建つであろう方角を見ると、白く、一棟だけ明らかに他を圧して大きな建物が見えた。外観は知らないけれど、賭けてもいい、あれが伊奈波川ホテルだろう。

　その予想は当たっていた。建物の下から見上げれば、伊奈波川ホテルは八階建てだろうか、九階建てだろうか。見たことがないほど高いというわけではないけれど、デザインされた建築が広い敷地いっぱいに空間を満たしていて、重厚な存在感があった。矢印つきの看板に案内されて正面エントランスにまわると、金に縁どられた自動ドアの前に立つ、濃緑の制服に身を包んだドアマンが怪訝そうにぼくを見た。ぼくは、轢き逃げ事件を追っていたら被害者の家族に呼び出されてここに来た……と説明して自分がここにいることを正当化したい衝動にかられ、何とかそれを押し殺して、端的に訊いた。

「自転車はどこに置いたらいいですか?」

ドアマンは、開業以来自転車の置き場を訊いてきた客はいなかったと言いたげな顔をした。

「当ホテルをご利用ですか?」

ぼくがこのホテルを利用すると言っていいのか迷ったけれど、ここで正確を期す必要はない気もする。

「はい」

きっとドアマンはぼくの返事を疑っただろうけれど、さすがというべきか、疑いを消して穏やかな微笑みを浮かべた。

「この先に地下駐車場がありまして、その一角が二輪車の駐輪場になっています。そちらをお使いください」

「ありがとうございます」

「お気をつけて行ってらっしゃいませ」

これまで、こんなに丁寧な言葉をかけられたことはない。ホテルというのはこういう場所なのかと思いつつ案内された方向に向かい、地下駐車場へのスロープに自転車を入れる。

地下は、地上ほど重厚でも綺麗でもなかった。剝き出しのコンクリートの壁に、塗料で案内が書かれている。駐輪場の案内はなかったけれど、さほどうろうろすることもなく、バイクが一台だけ駐輪してある場所を見つけられた。自転車を置いて、案内が書かれていた地上へのエレベーターに乗る。カーゴの中で、ぼくは首元までシャツのボタンを留めた。

一階に出る。足元には血のように濃い赤の絨毯が敷かれている。ぼくはまわりを見まわし、黒服に蝶ネクタイをしたホテルマンを見つけ、さぞ間抜けな質問に聞こえるだろうと思いながら尋ねた。

「すみません。ラウンジはどちらですか」

ホテルマンは、さっきのドアマンと同じ微笑みを浮かべた。

「あちらです」

手袋をつけた手が、廊下の先を示す。ラウンジがある方向はわかった。わからないことは、あと一つだけだ。

「それと、ラウンジって何ですか」

ホテルマンの笑顔が、一瞬凍りついた。たぶん、通りすがりの誰かに突然「体育館とは何ですか」と訊かれたら、ぼくも同じような顔をしただろう。けれどさっきのドアマンと同じく、ホテルマンも一瞬で動揺を消す。

「談話室、社交室などと訳されます。室と訳すとはいえ、実際には壁のないオープンスペースの場合が多いようで、当ホテルのラウンジもその形式です」

だいたいのイメージはつかめた。お礼を言って、教えてもらった方向に向かう。

ホテルマンが並ぶフロントの向かいに、一段低い、円卓や角テーブルが並んだ空間があった。見れば、天井からはきらめくシャンデリアが吊り下げられている。大きな窓からは伊奈波川が見えるけれど、総じて、照明は控えめな空間だった。ここがラウンジで間違いない。

ラウンジにはたしかに壁がないけれど、その周囲を観葉植物が囲んでいて、自由に出入りできる作りにはなっていない。入口にはやっぱり蝶ネクタイのホテルマンが立っていて、このひとは、どう見ても中学生であるぼくが近づいても意外そうな反応をしなかった。

「いらっしゃいませ。おひとりですか」

「待ち合わせです」

「お名前をお伺いしてもよろしいですか」

ぼくの名前と待ち合わせ相手の名前、どっちを訊かれているのか迷った。

「日坂さんと待ち合わせです」

「日坂さまですね。壁際の席でお待ちです」

短い階段でラウンジに下りる。約束の午後四時、ぴったりだ。ラウンジに人の姿は少なくない。夫婦らしい初老の二人組、仕事の話をしているらしいスーツ姿の四人組、ちょっと場所にそぐわない高校生ぐらいの女子ひとり、人を待っているらしいけれど日坂くんの父親とは思えない高齢男性……けれど壁際の席にいると教えられれば、電話の相手を探すのは難しくなかった。黒髪を後ろに撫でつけ、紺色のジャケットをはおった男性が退屈そうに雑誌を読んでいる。テーブルの上には灰皿と、真っ黒な中身の減っていないコーヒーカップと、数学の教科書が置いてあった。

ぼくが声をかけるより前に、男性がぼくに気づいた。無言のまま軽く視線を動かして、向かいに座れと指示してくる。ぼくはその通りにした。

名前は、こちらから名乗った。

「鷹羽中三年生の小鳩常悟朗です。電話を下さった、日坂さんですね」

男性は雑誌を置き、顔を上げる。

「そうです。日坂和虎《かずとら》です」

声は電話で聞いた通り太く、実際に聞くと少ししゃがれてもいて、日坂くんの声には似ていなかった。顔立ちは、何となく似ているような気がするけれど、他人の空似ということも充分にあり得るぐらい、そっくりとは程遠かった。日坂くんは運動部にも入っていて細身ながら筋肉がついていたのに対し、目の前の男性は少し顎がたるんでいたせいで、積極的に類似を見出せなかったのかもしれない。

「日坂くんのお父さんだとおっしゃっていましたが」

日坂さんは頷き、灰皿を引き寄せるとポケットから取り出した煙草をくわえ、火をつける。灰皿に吸い殻はない。日坂さんはぼくよりも先に来ていたはずなのに、待っているあいだは吸わず、ぼくが来てから吸い始めたのだ。

日坂さんは、別に横を向くこともなく煙を吐き出す。

「出て来てもらって悪かったね。静かに話したかったんだ」

「日坂くんの事故について、聞きたいことがあるんですよね」

「そう。まあ、まずは注文しなさい」

ホテルマンが近づいてきて、ぼくの前にメニューを置く。コーヒーは、小佐内さんが連れて行ってくれた〈オモテダナ〉のミルクコーヒーの、三倍の値段がした。まさか話を聞かれるだけでお金がかかるとは思わなくて、ぼくはあまりお金を用意してきていない。

「……ホットミルクでお願いします」

「かしこまりました」

ホットミルクは「キッズメニュー」と書いてあったけれど、これがいちばん安いのだから仕方がなかった。

日坂さんは、飲み物が出てくるまで何も話そうとしなかった。煙草をふかし、雑誌を手に取り、コーヒーに口をつけることで、ぼくからの問いかけを遮断しようとした。けれどようやくホットミルクが運ばれてくると、ぼくがそのカップを持ち上げる前に、話を切り出した。

「君が、祥太郎の事故の目撃者を捜しているのは本当か」

ぼくは、日坂さんが黄葉高校前の張り紙を見て電話をしてきたという確信は持っていなかった。入院している日坂くんが何らかの方法でぼくの電話番号を知り、その番号を父親に伝えた可能性があったからだ。けれど日坂さんは、ぼくが張り紙に書いた情報に基づいて話している。電話番号も、あの張り紙で知ったのだろう。

「そうです。張り紙を見てくれたんですね」

日坂さんは頷き、コーヒーを飲み、カップを置いた。

「呼びたてたのは、ほかでもない。昨日電話で話した通り、祥太郎の事故について聞かせてもらいたいんだ。警察は詳しいことを話してくれないんでね」

警察が事件について被害者の家族に詳しく説明するのか、ぼくは知らない。ただ日坂さんの話には、少し不思議な点があった。

「もちろんなんでもお話ししますけど、事件については日坂くんの方が知っていると思います」

日坂さんは苦笑いした。

「もちろん息子にも訊いたよ。その上で、君の話を聞きたいんだ。保険の請求とか、いろいろあってね。事故の前後で何があったのか、できるだけ詳しく知りたい」

少し考え、ぼくはいちおう、心にもないことを言った。

「ぼくが知っていることが事実とは限らないです。あくまで、見たり聞いたりしたことを合わせただけですから」

「構わんよ」

なら、話せることはある。ぼくは事件の発生から自分が知り得たことを、一つ一つ思い返していく。

「学校で事故の第一報を聞いた時、ぼくは、日坂くんが車に轢かれたということしか知りませんでした」

と、話し始める。

「クラスの友達と、クラスメートが轢かれたのに黙っていられないって話になったんです。それで、現場を見に行きました。ブレーキ痕が細かったので、日坂くんを轢いたのは軽自動車だと思いました。その後で日坂くんのお見舞いに行って……というのは、担任の先生とクラスの代表が先にお見舞いに行っていたので、ぼくは後からにしたんですが、そこで日坂くんから、どんな車にどんなふうに轢かれたかを聞きました。そこは、ご存じですよね」

「知っている。だが、君の口からも聞きたい」

「わかりました。日坂くんは、自分を轢いたのは空色のワゴン車だったと言いました。現場の堤防道路を下流側に向かって歩いていたら、正面から来た車に轢かれたと。車はブレーキを踏んだし、日坂くんはとっさに体の前を両腕でかばったけど、勢いは止めきれなくて地面に押し倒されました。怪我は両腕の打撲と、肋骨骨折と頭蓋骨の亀裂骨折。あと、手首と足も捻挫したって言っていました」

「そうだった。それから?」

「クラスメートは、事故を目撃した下級生を知っていました。ぼくはその下級生に話を聞きに行き、日坂くんを轢いたのがワゴンで、ナンバープレートが黄色い軽自動車だったことを知りました。それから、事故現場にはもう一人、うちの学校の女子がいたんです。ぼくはその女子と偶然出会って、日坂くんを轢いた車が上流側に向かって急発進し、その女子まで轢きかけたことを聞きました」

日坂さんは黙って頷き、先を促す。

ぼくは、犯人の車が映っているはずの防犯カメラのデータを手に入れたこと、軽ワゴンの行き先を辿って堤防道路を歩いたことは、話から省いた。あのデータに犯人の車が映っていなかった理由は――いずれ必ず突き止めるけれど、あくまでいまの時点では――わかっていないからだ。

「事故の瞬間、日坂くんが一人でなかったことも、突き止めました。日坂くんが一人で歩いていたと考えると、ブレーキ痕の位置が説明できなかったからです」

詳しい話を求められるかと思ったけれど、日坂さんは特に何も言わずに話を聞いている。ぼくは少しだけ落胆しながら、先を続ける。

「日坂くんと一緒に歩いていた〈同行者〉は、自転車を押していたことがわかっています。目撃していた下級生に確認して、〈同行者〉が着ていた制服が黄葉高校のものだってことも突き止めました。もう少し時間があれば、それが誰だったのかもわかると思います。その〈同行者〉は轢き逃げをした車を間近で見ているので、もっと詳しい車の特徴や、もしかしたら犯人の顔も見ているかもしれません。だから……」

だからぼくは、もう少しでこの事件のすべてを明らかにするんです——さすがにぼくは、そう口にはしなかった。代わりに、

「だから、張り紙を張りました」

と言った。

日坂さんはうつむいて、黙っていた。煙草を指の間に挟んだまま吸おうともせず、ただ煙が漂うに任せて、ふと暗い天井を見上げた。それでぼくは日坂さんの顔を見ることができた。

その顔は歪んでいた。悔しさのせいだろうか、悲しみのせいだろうか。ぼくは人の内心を読み取ることが、あまり得意ではない。物事がどうあったのかを考えることはある程度できても、

人が、物事にどうあってほしいと願っていたのか心を読み解くことは、あまり得意ではないと自覚している。だから日坂さんがどうしてあんなに険しい表情をしているのか、よくわからない。ただぼくはその顔に、何よりも怒りが表れているような気がした。

ぼくは、とっくに訊いておくべきだったことを訊いた。

「あの……日坂くんの容態は、どうですか」

日坂さんは、うたた寝から揺り起こされたように、驚いた顔をした。

「ん？　ああ……」

そして、沈痛にうつむく。

「あれはよくもなし、悪くもなしといったところだね」

「退院できそうですか」

「医師の判断を待つしかない」

日坂さんはゆっくりと、煙草を灰皿で揉み消した。

「いや、よくわかった。よく調べたね。おかげでずいぶん、事故のことがわかった。君が息子を思う気持ちは嬉しい。ありがとう」

どういたしまして、今後もお任せくださいと胸を張る間もなく、日坂さんは続ける。

「だけど、これは警察の仕事だ」

「……」

「息子の事故を調べてクラスメートが危険な目に遭ったと知れば、息子も安心して治療に専念できないだろう。君が言う同行者については、私から警察に話しておこう。君は勉強に集中しなさい。それが学生の本分だ」

ぼくは戸惑った。警察が何をしているのかわからず、事故の詳細も伝えてくれないから、日坂さんはぼくを頼ったはずだ。それなのに日坂さんはいま、後は警察に任せろと言っている。矛盾がある……日坂さんが言いたいことは、言葉通りではない。

「つまり」

と、ぼくは言った。

「手を引けということですか」

「まさか。そんなことは言っていない」

日坂さんは余裕ありげに微笑み、コーヒーに口をつける。

「あとは大人に任せなさいということだよ」

カップをソーサーに置き、テーブルの上で両手の指を組み合わせ、日坂さんは嚙んで含めるように言った。

「小高《こだか》くん。君のことが心配なんだ。あまり聞き分けがないようなら、学校にご相談することになる。わかったね。さあ、行きなさい。支払いはこちらで済ませておこう」

日坂さんは、ぼくの名前もうろ覚えだ。それでぼくのことを心配していると言っても、説得力なんか欠片《かけら》もない。ただ、学校に通報するというのは脅しではないだろう。つまり、やっぱりぼくが思った通り――日坂さんはぼくに、手を引けと言っているのだ。

事件を調べている者として、手を引けと脅されるのは誉れと思うべきなのかもしれない。何かに迫ったからこそ、もうやめろと言われているのだと満足すべきなのかもしれない。けれどぼくは何よりも、嫌な気分だった。

ぼくは黙ってポケットをさぐり、ホットミルクの代金をテーブルに置く。日坂さんは、置いた金を引っ込めろとは言わなかった。

煙草の匂いにつきまとわれながら、ぼくは無言でラウンジを出る。エレベーターに乗り、地下駐車場に行き、自転車に乗ってペダルに足を置く。向かう場所は、黄葉高校だった。正しくは黄葉高校の正門前、月曜日にぼくが張り紙を張り、掲示期限まであと一週間以上を残している掲示板だ。

そこで見たものは、ぼくにとって意外ではなかった。張り紙は破り取られていた。

「夕食です」

ベリーショートの看護師さんが、トレイを持ってきてくれる。

献立はご飯、鰤《ぶり》の照り焼き、根菜の炊き合わせ、そして小鉢にそばが盛られていた。年越しそばだ。きのこそばだった。手を合わせて箸を取り、ほかの病室に配膳を続けるため出て行こうとする看護師さんに声をかける。

「ありがとうございます」

看護師さんは肩越しに振り返る。

「いえ。あわてず食べてくださいね」

「はい。あの、先に水を頂けませんか。トレイを下げるタイミングで水を汲んでもらうのは、慌ただしい時に申し訳ないんで」

看護師さんは少し動きを止めたけれど、別に問題ないと判断したようだ。

「わかりました。待っていてくださいね」

静かになった病室で、ぼくはゆっくり箸を動かす。この病院の夕食は毎日六時で、今日もスケジュール通りだ。

年越しのきのこそばは、さすがに熱々とはいかなくて、冷え込む廊下を運んでこられたことが察せられるほどにぬるかった。そば自体もふつうで、出汁《だし》は少し塩気が薄い。これまでの病院食が割とおいしかっただけに、きのこそばはせいぜい「ふつう」としか言いようがない。けれど、そのふつうのそばが嬉しかった。毎日の食事だってもちろん工夫を凝らしてくれているのだけれど、こういう特別な日には特別なものが出てくると、この狭い病室だって季節の流れから切り離されてはいないのだと思える。このベッドは外に繋がっていることを、改めて信じられるのだ。

とはいえ、そばの量は少なかった。本当に儀礼的な意味しか持たない、食事というにはあまりにささやかな年越しそばだ。実際の食事はほかのご飯とおかずで進めていく。

ドアがノックされ、ぼくが返事をするまでもなく、看護師さんがコップに水を入れて持ってきてくれる。今日はそばが載っている分だけトレイにはスペースがなく、ぼくはそのコップを手で受け取った。

いつものルーティンでも、看護師さんは確実を期す。

「水は飲み切ってくださいね」

「はい」

「後で、食器を下げに来ます」

夕食を進める。この分だと、明日はお雑煮が出るだろうか。餅は病人食としてはリスクがあるから、別の形で年賀を表現するだろうか。何が出たら嬉しいだろう……伊達巻《だてまき》なんか、いいかもしれない。甘い甘い伊達巻を一口かじれば、きっとしあわせな気分になれそうだ。

そう思いながら、根菜の炊き合わせを食べていく。これも、別に特別な日の料理ではないけれど、ちゃんとおいしい。食事の傍ら、小佐内さんからのお願いごともきっちりこなしておく。狼のぬいぐるみに話しかける。

「花には水をあげたよ」

きのこそばがぬるくなってしまったのと同じく、鰤の照り焼きも、やや冷めてしまっている。それでもまだほのかに温かく、火を通し過ぎていない柔らかさが嬉しい。

ご飯を食べ終え、箸を置く。食事のペースは患者それぞれでばらばらだからか、トレイを下げに来てくれるタイミングは一定ではない。今日は十五分ほど、ぼくは空いた食器を前にぼんやりしていた。

やがて戻ってきてくれた看護師さんが、トレイを下げて、歯磨きの介助をしてくれる。ぼくは訊いた。

「今夜もお仕事ですか」

看護師さんは、変な顔もせず答えてくれた。

「いえ。定時です」

「そうですか。よいお年を」

「小鳩さんも、よいお年を」

そしてぼくはベッドに横たわり、枕に頭を乗せる。目をつむると、看護師さんが病室の電気を消して、そっとドアを開け閉めした。

……静かだ。

暗い。

完全な無音ではない。空調の、低い音が鳴っている。

エアコンから、温風が吹き出しているのを感じる。

それでもなお覆い難いほど、今夜は寒い。

ベッドの布団からそっと足を出せば、最初は心地よく、やがてつらいほどに冷えていく。

——眠気は訪れない。ぼくは目を開ける。

第十章　黄金だと思っていた時代の終わり

明かりはつけない。この暗さでは、ノートを開いても何も書けない。
だからぼくは枕に頭を乗せたまま天井を見上げ、過去を思い出していく。三年前の事件は、どのようにして終わっていったかを。

伊奈波川ホテルで事件から手を引けと言われた翌日、午後も遅めの時間に、小佐内さんから電話があった。

『いきなり、ごめんね』

「大丈夫だよ。どうしたの？」

『麻生野さんから連絡があったの。話があるって』

ぼくは頭の中で、麻生野さんの用件は何か想像を巡らせる。これだろうと言い切れるものは思いつかなかったけれど、あまりいい話ではないような気がして、いちおう訊いた。

「電話で話した方がいいんじゃない？」

『わたしも、そう言ったの。だけど電話じゃだめで、会って話したいんだって』

ますます剣呑だ。

かつて小佐内さんは麻生野さんから防犯カメラのデータをもらう時、ぼくを用心棒代わりにした。ぼくは別に体格に恵まれているわけでも凶悪な顔つきをしているわけでもないけれど、男子が黙って立っているだけで、どうやら麻生野さんにはそれなりにプレッシャーを与えていたらしい。その時のことを思い出す。

「黙って立ってる役なら、いつでも呼んでね」

小佐内さんは、ぼくの温かい申し出に感動したりはしなかった。今日が何曜日なのかを聞かされただけのように『うん』と言い、こう続けた。

『じゃあ三十分後に学校で』

ぼくは、もうすぐ夕食の時間だということを思い出し、小佐内さんを説得しようとした。けれど電話は一方的に切れてしまったので、その機会は得られなかった。

すぐに着替え、こっそり家を出て、ふだんは歩いていく通学路を自転車で走る。

麻生野さんについて、ぼくはこれまであまり考えてこなかった。なぜか？　それらしい理由はいくつも並べることができるけれど、自分自身にまで嘘をつくのは考え物だ。麻生野さんのことを意識から締め出していた理由はほかでもない、彼女があの防犯カメラにかかわる人物だからだ。

ぼくたちは麻生野さんから防犯カメラのデータを受け取ったけれど、そこには、映っているはずの犯人が映っていなかった。そしてぼくはまだ、その理由を解き明かしていない。事故の瞬間に日坂くんは一人ではなかったという推理と、そこから繋がる〈同行者〉の特定に意識と時間を割《さ》くため、防犯カメラの謎はいったん棚上げにしていた……というのも、嘘ではない。

でも本当は、単純に、解けないでいるのだ。

小佐内さんと実際に歩いてみた通り、堤防道路を走る車が上流側に向かったのなら、あのコンビニに設置された防犯カメラには必ず車が映るはずだ。なのに映っていなかったということは、車はどこかから引き返したか、消えてしまったということになる。Uターンしたと考えるのは現実的でなく、堤防から河川敷へと下りる道は、増水のため鎖でふさがれていた。あの日の堤防道路は、いわば閉ざされた空間だった。犯人はそこからどうやって出て、どこへ行ったのか？

ぼくは、これといった考えを思いつけなかった。車に詳しくないから……地形もよく知らないから……いまは別のことを考えた方が、早く犯人に辿りつけそうだから……そんな言い訳を自分に繰り返し、あの謎が放置されていることから目を背けていた。

だから、麻生野さんのことを思い出すこともなかった。

いま待ち合わせの学校に向かうぼくは、望みと恐れをどちらも同じぐらいに大きく感じている。ペダルを漕ぐ足は時に軽く、時に重い。麻生野さんが小佐内さんを呼びだしたことで、事態は動くかもしれない。もしかしたら、あの閉じた空間の謎を解く手掛かりが得られるかもしれない。そんな望みがある。

一方で、その手掛かりを得てもなお何も解き明かせないことを、ぼくは恐れている。どんなに優れた観察力と思考力を持っていても、手掛かりが充分でないなら、謎の真相を看破できないのは仕方がない。けれどもし……手掛かりが得られたのに解けなかったとしたら、それは何を意味するだろう?

目の前の交差点から、一時停止義務を無視した車が飛び出してくる。危ういところで、ぼくは自転車にブレーキをかけた。甲高い摩擦音が鳴るけれど、車はスピードを緩めもせずに走り去っていく。

危ないところだった。それからは考えることをやめ、ぼくはただ自転車を漕いでいく。

今日は日曜日で、日は暮れかけているので、学校には入れない。待ち合わせといってもどこで落ち合えばいいのだろうと思っていたけれど、小佐内さんは校門の前に立っていた。濃い色のデニムと袖の長いTシャツというあまりにもシンプルな恰好で、足元もスニーカーだ。いかにもご近所着といった感じで、別の言い方をすれば、とても動きやすそうに見える。何かあった時に逃げやすい用心だと思ったのは、ぼくの考えすぎだろうか。

小佐内さんはまず、ぺこりと頭を下げた。

「ごめんね。休みの日に、いきなり」

「気にしないで。互恵関係だから」

ここに麻生野さんはいない。さらに移動するのだろう。小佐内さんの自転車も見当たらないので、待ち合わせ場所は歩いて行ける距離にあるらしい。あまり返事を期待せずに、訊く。

「麻生野さんの話って、見当がつく?」

小佐内さんは首を傾げた。

「……麻生野さんとは、そんなに仲良くない。前にいろいろあって、お互いに名前を知ってるってぐらい。ご両親がコンビニをやっているっていうのも、今回調べ始めて初めて知ったの。だから、接点は一つしかない」

「防犯カメラの話だね」

「たぶん。……遅刻しちゃう。こっち」

小佐内さんが先に立って歩き始め、ぼくは自転車を押してその後に続く。この歩道はあまり広くないので、自転車を押した状態では小佐内さんと並んで歩けない。

小佐内さんの後ろ姿を見ながら、ぼくはいわれのない後ろめたさを感じていた。麻生野さんから連絡があった時、小佐内さんは、夕食時にもかかわらずぼくを呼び出した。もちろん、麻生野さんが暴力に訴えた場合の備えという意味もあっただろう。けれど小佐内さんは、今回の事件ではお互いに助け合い、情報を共有し合うという約束を守ってくれたのだとも言える。

——ぼくと違って。

いまからでも遅くない。小佐内さんの後ろ姿に話しかける。

「小佐内さん」

返事はないけれど、聞こえていることはわかっている。

「話しておくことがあるんだ。日坂くんのお父さんから電話があって、昨日、会ってきた」

小佐内さんは肩越しに振り返る。

「それで、何て言われたの？」

「手を引けって」

しばらく前を向いて歩き、小佐内さんはあまり気のない返事をした。

「そうなの」

ぼくはいちおう、日坂くんが轢かれた事故の真相を知り、こうだったと広く知らしめるために行動していて、事故と日坂くんの父親とは関係がある。けれど小佐内さんは、自分を轢きかけた運転手が誰なのかを突き止め、償いを求めるために行動しているだけで、その行動目的と日坂くんの父親とは無関係だ。「そうなの」という以外に、特にコメントはないのだろう。どうして一人で行ったのか、責めるようなことも言わなかった。

行く手に、石造りの柵——後で知ったけれど、玉垣という——で囲まれ、鬱蒼と木々が茂る一角がある。神社だ。こんなに学校の近くに神社があることに、ぼくは気づいてさえいなかった。それほど大きな神社ではなく、夕暮れ時で明らかに人の気配はない。小佐内さんは怖がる様子もなく、境内へと入っていく。ぼくは自転車を石造りの柵に立てかけ、小佐内さんの後を追う。

獅子と狛犬に挟まれて、賽銭箱の前に麻生野さんが立っていた。白黒ボーダーのだぼっとしたシャツにショートパンツを穿いていて、明らかに不機嫌だ。麻生野さんは小佐内さんを見ると、まっさきにこう言った。

「なんで神社なんだよ!」

指定したのは麻生野さんじゃなかったのか……。

小佐内さんは、どこ吹く風といった様子で答える。

「家には来てほしくない、お店にも入りたくない、でも誰にも聞かれたくないって言ったのは、麻生野さんでしょう」

「駅前とかあるじゃん!」

「だったらそう言ってくれればよかったのに。駅はわたしの家から遠いから、思いつかなかった」

ぼくは小佐内さんのことをまだそれほど知らないけれど、明らかに怯えている麻生野さんの様子を見ていると、麻生野さんに心理的な圧力をかけるためにこの場所を選んだのではという気がした。

麻生野さんはロケーションには不満があるようだけれど、ぼくがついて来ていることには、驚いていないようだ。事前に聞いているか、どうでもいいと思っているのだろう。

前置きなしに、小佐内さんが訊く。

「それで、話って?」

麻生野さんもまた、もってまわった話はしなかった。

「おまえさ、何やってんの?」

「夕ご飯の時間なのに、呼び出されて困ってる」

「ふざけんなよ。なんかやばいことやってんじゃないの？」

「ごめんね麻生野さん。何を訊きたいのか、わかんない」

麻生野さんは苛立たしげに髪をかき上げる。

「警察がさ、うちに来たんだよ。うちっていうか、うちの店に。そんで、防犯カメラのデータを寄越せって言ってきた。あー、いまのは要約な。実際はもっと丁寧だったけど。で、警察がくれっていったデータがさ、六月七日の十七時からのなんだよ。指定された防犯カメラも、おまえが寄越せって言ったやつとおんなじ。これでおまえが警察沙汰に絡んでないって思う方がおかしいだろ。なんなんだよ、六月七日に何があったんだよ。おまえ、何やってんだよ」

小佐内さんは、ちらりとぼくを見た。ぼくたちが日坂くんの轢き逃げ事件について調べていることは、別に秘密でも何でもない。話してあげればいいんじゃないかなという意を込めて、頷く。ところが麻生野さんはぼくたちのアイコンタクトを変に誤解した。

「言っとくけど、あたしも録画見たからな。警察はなんかコピーじゃ駄目だって言ってレコーダーごと持って行ったけど、おまえに渡す時にコピー作ったから、それで見たんだよ。変なところなんか、なーんにもない。ふっつーの車がふっつーに行き来してるだけ。そんなデータをまずおまえが、次に警察が持って行った。気味悪いんだよ。親父に迷惑かけたくねえんだよ。警察がさ、『これ、なんかコピーした形跡がありますね』とか言ってきたら、どうすりゃいいんだよ」

小佐内さんが善良であるかどうかはわからないけれど、少なくとも怯える麻生野さんをはぐらかして楽しむ嗜虐性《しぎゃくせい》は持ち合わせていないようだ。麻生野さんの言葉が途切れた隙に、小佐内さんは手短に言った。

「その時間に、轢き逃げがあったの」

「……轢き逃げ？」

「現場は渡河大橋の南の歩道。被害者はわたしたちの中学校の三年一組、日坂祥太郎。犯人は堤防道路を上流方向に逃げて、まだ捕まってない」

麻生野さんが怪訝そうに眉を寄せる。

「それが、うちの店とどう関係があるんだよ」

「現場から上流方向に向かった場合、事件当日、車が堤防道路から下りられる場所はなかったの。犯人の車は道なりに走るしかなくて、必ず、麻生野さんの両親が経営しているコンビニ〈七ツ屋町店〉の前を通る」

麻生野さんは口許に手を当てた。

「ちょっと待って。っつーことは、あれか？　犯人がうちの防犯カメラに映っていたんだな？」

「映ってなかった」

麻生野さんは石畳に足を踏み下ろす。……すごい、本当に地団太を踏む人を見たのはたぶん初めてだ。

「どういうことだよ。おまえの話、嚙み合ってねえぞ」

「だから」

小佐内さんは、噛んで含めるような言い方をした。

「ぜったいに映っているはずの犯人の車が、映ってなかった。犯人はどうにかして、あのコンビニの前を通らずに堤防道路から抜け出した。その方法が、まだわかってないの」

「わかってないだって？」

薄暗がりの中でもわかるほど、麻生野さんの顔から血の気が引いた。

「それでおまえ……」

麻生野さんは初めてぼくを見る。

「っていうか、おまえらか。おまえら、その犯人がどこからどう逃げたか調べてるのか」

小佐内さんとぼくは、ばらばらに頷く。麻生野さんが、中途半端に伸ばした指でぼくたちを指す。

「何日もかけて？」

ぼくは少し、嫌な予感がした。その予感の正体をつかむ前に、麻生野さんが声を爆発させる。

「ばっかだろ、おまえら！　そんなの……そんなの一つしかねえだろ。そこまで調べて、なんで映ってなかったかわかんねえって……なあ、嘘だろ？」

嘘ではない。

残念だけど、嘘じゃない。ぼくにはわからなかった。でも、ぼくにわからなかったのなら、誰にもわからないはずだ。ぼくは思わず訊く。

「何か知ってるの？」

その瞬間、麻生野さんはぼくを見た。その目にあわれみを湛《たた》えて。

「知らねえよ、初耳ばっかだよ。でもさ、あの録画見たんなら、結論なんか一つだろ。くそっ」

麻生野さんは石畳を蹴る。

「悪いけどさ、おまえらと話してる場合じゃなくなったんだわ。じゃあな！　変な時間に呼んで悪かったな！」

それだけ言うと、麻生野さんは手を振り、境内の奥の方へと走って行く。その先に抜け道があるのだろう。

――ぼくにわかるのは、それぐらいだった。麻生野さんが何に気づいたのかは、まったくわからない。そして小佐内さんもまた、目を見開いて硬直している。麻生野さんの言動は、小佐内さんにとっても予想外だったのだ。

麻生野さんは結論に辿りついた。

でも、そんなことがあるはずはないのだ。だから麻生野さんの結論は早とちりか、思い込みか、何かそういうものに違いない。麻生野さんは、たったいま事件について知ったばかりなのだから、犯人の車が空色の軽ワゴンだということさえ知らないのだから――その結論が正しいなんてことが、あるはずはないのだ。


病室は静かだ。

静けさに慣れると、耳はふだんなら拾わないような音も拾ってくる。どこかから歌が聞こえてくる……たぶん、紅白歌合戦だ。この病院の消灯は九時だから、それまでは誰かがテレビを見ていても何の問題もない。

枕と頭の間に、手枕を挟む。腕はどう動かしても、ほとんど肋骨には響かなくなってきた。暗くてノートが開けないのは、よかった。書きたくないことばかりだ。麻生野さんと会った翌日、月曜日へと記憶は遡る。

日曜の夜、ぼくは眠れなかった。最後に時計を見たのは午前四時だった。どう考えても、ぼくが解き得なかった謎を麻生野さんがあの一瞬で解いたはずはないとわかっているのに、意識は麻生野さんが気づいた何かから離れなかった。

夜が明ければ月曜日で、授業がある。夏服に着替え、鞄を持って家を出る。睡眠が足りていない目に夏の太陽が過酷だった。

教室に入ったのは、いつもよりも遅めの時間だった。ホームルーム開始まで、ほとんど間がなかった。けれどその短い時間でも、クラス内のどよめきに気づくには充分だった。理由は明らかだ。その日、三年一組に欠席者はいなかった——日坂くんが、出席していた。

日坂くんは松葉杖も包帯も、およそ怪我人らしく見えるものは何一つ身につけていなかった。頭蓋骨にヒビが入っているはずだけれど、髪を短く切っているわけでもなく、事故もそれに続く轢き逃げ事件も何もなかったかのように、自身の机についていた。

何人ものクラスメートが日坂くんの帰還を祝福し、同時にこっそりと好奇心を満足させようとしていた。

「おかえり！」

「よかったなあ」

「警察と話したの？」

「かわいそうに」

「大丈夫なのか？」

「心配したよ」

「どんなふうだったんだ？」

「怪我はどうだ？」

いろいろな声を日坂くんは邪険にせず、かといって丁寧にも扱わずに、総じて生返事をするばかりだ。

ぼくは鞄を下ろし、自分の机についた。ふと日坂くんの方を見ると、正面から目が合った。日坂くんもぼくを見ていたのだ。ぼくは微笑み、ちょっと手を上げた。日坂くんは目に何も映らなかったかのように、ついと視線を外した。

その日、同じことが幾度も繰り返された。日坂くんはぼくを見ている。けれどぼくが目を合わせると、日坂くんは目を逸らす。

友好的な振る舞いとは言えない。

そして放課後になる。

ぼくは、日坂くんに避けられているなら、どうしてもこちらから接触しなくてはならないわけではないと思っていた。時間が解決することもあるだろう。ぼくとしては、日坂くんが無事に退院し、体育の授業こそ見学していたもののそれ以外は問題なく学校生活を送っているのを見て、ぼくが何をしたわけでもないのに、不思議な安心感をおぼえていた。

けれど、帰り支度をしていたぼくに、日坂くんが近づいてきた。

「小鳩。少し話せるか」

ぼくは手に持っていた教科書を鞄に入れ、答える。

「もちろん。ここで?」

「……いや。場所を変えよう」

考えるような間を置いて、日坂くんは教室を出て、ぼくはそれについていく。

放課後の学校には、いろいろな音が響いている。いっしょに帰ろうと言葉を交わし合う同級生の声、金属バットがボールを打つ音、誰かが階段を駆け下りていく音。ぼくはその音の中に、シューズが体育館の床と擦れる音や、ラケットがシャトルを打つ破裂したような音が聞こえないことに気づいていた。ぼくたちがいる場所は体育館から離れすぎている。けれどいまこの瞬間もきっとその音は鳴っているはずで、日坂くんは、その場所にいない。

日坂くんは、歩くのが遅かった。ゆっくり歩いているのかもしれない。事故の怪我のせいで、ゆっくりとしか歩けないのかもしれない。どちらなのか当てる手掛かりは、いまのところ見当たらない。

ぼくたちはそれほど遠くまでは行かなかった。三年生の教室が並ぶ一般棟の、まっすぐな廊下のどん詰まりまで、日坂くんは歩いて行った。かつてこの街にもっと中学生が多かった頃は、この廊下の先まで教室が続いていたはずだ。それらの部屋はいま何にも使われておらず、鍵がかかっていて入ることもできない。ぼくたちの教室から廊下を歩いてきただけなのに、このあたりは静かで、隔絶された感じがした。

日坂くんが振り返る。ぼくは、今日一日言いたかったことをようやく言った。

「退院おめでとう」

日坂くんは、さして表情を動かさなかった。

「ありがとう」

「いつ退院したの？」

「土曜の朝。おまえが見舞いに来てくれた後、ちょっと腫れてな。退院が遅れた」

「いまは、いいんだよね」

「ああ」

「それはよかった」

そこまで言って、ぼくは感電したようなショックを感じた。――土曜の朝だって？

そんなことはあり得ない。土曜の朝には、まだ日坂くんは病院にいたはずだ。でも、いま日坂くんが嘘をつく理由もない。ということは……。

これは手掛かりだ。とんでもなく大きな手掛かりだ。

実を言えば、前から疑わしいと思っていたことがある。ぼくはいま新しい手掛かりを得て、その疑問点に説明がつくと思った。

日坂くんが口を開く。

「小鳩、あのな……」

話があると言っていたのは日坂くんなのだから、向こうに優先権があるのはわかっていた。けれどぼくは手のひらを日坂くんに向け、強引に考える時間を作った。

そうか。そういうことだったのか。

「……土曜日の午後に、日坂くんのお父さんと会ったんだ」

日坂くんの顔つきが、一気に険を帯びる。

「なんだって?」

「電話をかけて来て、日坂くんの父親だって言ったんだ。だけど少し、おかしかった。どことは言えなかったんだけど、いまわかった。だってその父親だっていう人、日坂くんが退院していたことを知らなかった」

あの男性は日坂くんの退院の予定について、医者次第なので見通しが立たないと言っていた。でも実際には、その時点で日坂くんは退院していた。退院を知らなかったなんて、父親なら考えられない。

本当に父親なら。

「あの人、たぶん偽者だったんだ」

引っかかっていたのは、そこだった。あの男性は自分を日坂くんの父親だと名乗った。だけどぼくは特にあの人と日坂くんが似ているとは思わなかったし、身分証とかで本人の名前を確認したわけでもない。もし小佐内さんがこのことを知ったら、「確認した方がよかったね」と言うだろうか。

ぼくは自分の連絡先を、小鳩という名前を添えて黄葉高校の前の掲示板に張りだした。逆に言えば、あの掲示板の張り紙を見た人は誰でも、ぼくに電話をかけられた。

「ただの通りすがりの人が、いたずらや気まぐれで電話してきたとは思えない。伊奈波川ホテルのラウンジにわざわざ席を取って呼び出すなんて手間をかけたことが、ただのいたずらのはずがない」

黙っている日坂くんに、ぼくは一気にまくしたてる。

「あの男のひとは、捜査の進捗を知りたがっていたんだ。息子が……日坂くんが轢き逃げに遭って、保険会社に事故の状況を伝える必要があるからって言ってた。でも、あの人が日坂くんの父親じゃないなら、保険会社の話も本当じゃない。じゃあいったい誰が、轢き逃げ事件の捜査の進捗を知りたがるのか？」

ぼくは、背にさむけを感じた。

「もしかしたらぼくは……犯人に会ったのかもしれない」

日坂くんはうつむいていた。

自分を轢いた犯人が、自分の父親を騙《かた》ってクラスメートに接近していた……たしかに、聞いていて楽しい話ではないだろう。けれどこの情報は、もしかしたら犯人逮捕の決め手になるかもしれない。

日坂くんはどこか疲れた笑みを浮かべた。

「……すごいな、小鳩は。いつ退院したか話しただけで、それだけ考えつくのか。見事だって思うよ、本当に」

そして、納得したように頷くと、日坂くんはこう続けた。

「せっかくいろいろ考えてくれたところ悪いんだが、歯を食いしばってくれ」

「え？」

ぱち、と気の抜けた音がした。

日坂くんの右手が、ぼくの頰を叩いていた。

痛くはなかった……ほとんど撫でるほどに、その平手打ちは弱々しかった。ぼくは、痛みではなく驚きによろめいた。日坂くんは自分の手のひらを見ていた。

「情けないな。スナップが効かせられないんだよ、痛くてさ。まあ、腱を痛めたわけじゃないらしいから、そのうち治るらしいんだけどな」

そして日坂くんは、さみしそうな顔をする。

「なあ小鳩。俺、そんなことしてくれって頼んだか。俺が何か言うたびに手掛かりじゃないかって考え込んで、休みの日にホテルで人に会って。俺がそんなことしてくれって言ったか。逆だったよな。俺はぜんぜん逆のことをおまえに言ったよな。——余計なことはするなって。忘れたか?」

ぼくは凍りつき、何も言えなかった。だから日坂くんは一方的に話した。

「俺は、はっきり憶えてる。あの病室で、見舞いに来てくれたおまえが轢き逃げ犯を捜しているって聞いて、ちゃんと言った。何もしないでくれ、やめてくれって。忘れたなんて言わないだろう?」

日坂くんは、それほど口数の多い方ではない。流暢《りゅうちょう》ではなく、ぽつりぽつりと言葉を重ねていく。

「ちゃんと言ったのに、なんでこんなことしたんだよ。なんでだよ。牛尾から聞いたんだ。轢き逃げ犯を捜そうって最初に言い出したのはあいつだって。でもあいつはすぐに手を引いて、あとはほとんど全部おまえが調べていたんだって。そうなんだよな? そういうことでいいんだよな?」

「……」

「藤寺からも話は聞いた。喋るなって言ったのに、あいつ、ぜんぶおまえに話したって」

「藤寺くんは悪くない」

「あいつが悪いなんて言ってない。でも俺はあいつを恨むだろう。もちろん、おまえも。おまえは嗅ぎまわって、俺が黙っておくよう頼んだやつの口を割らせた。なんでだよ」

轢き逃げ犯を捕まえたかったから。捕まえて、そして……。

ぼくは、何をしたかったのだろう。

日坂くんは窓から差す西日を受けている。

「なあ小鳩。俺は充分、不運だったんだ。ただ歩いていただけなのに、車に轢かれた。それで中学最後の大会を棒に振った。俺、全国大会に出たかったんだ。そりゃあ全国の強豪相手に勝てるとは思ってないけどさ、ちょっとは勝負になるかなって思ってた。夏の成績次第じゃ、スポーツ推薦の話もあった。だけど、それも流れた。別に好きで始めたわけじゃなかったけど、中学の間ずっと打ち込んでいたものを、俺はぜんぶなくした」

ぼくを打った手のひらを、日坂くんは何度か握ったり開いたりする。痛むのだろう。

「だけど正直言って、そんなことは別によかったんだ。いや、よくはねえけど、諦めがつく。仕方ねえからな、事故なんだから。あんな目に遭って、生きてるだけで俺は充分だった。……なのに、おまえが出しゃばってきた。やるなと言ったことを、まんまとやりやがった」

「ぼくは……」

その先の言葉は、出なかった。日坂くんは、ぼくを責めるというよりも心底から知りたがっているように、訊いてくる。

「俺、おまえに何かしたか？　恨まれるようなことをしたのか。俺はさ、そんなに気がまわる方じゃないんだ。部活だって牛尾に頼りっきりだ。だから、おまえになにか悪いことをしたのかもしれん。その恨みを晴らしたいって言うんなら、まだ、わかるんだよ」

「そんなことない」

「……わかっているんだ。おまえに悪気がなかったことは。それが腹立つんだよ。不思議な顔してるじゃないか、小鳩。まるで、自分が何をしたのかわかっていないみたいじゃないか」

日坂くんは、泣きながら笑っているように見えた。あるいは、笑いながら泣いているように。

「なあ。おまえ、鬱陶《うっとう》しいよ」

「……」

「前にも言った。もう一回言う。それで、これが最後だ」

その口ぶりはどこか、聞き分けのない子供に言い聞かせるようだった。

「放っておいてくれ。頼むよ」

日坂くんは、ゆっくりと立ち去った。ほんの少し、足を引きずるようにして。ぼくは自分の頬に手を当てた。まったく痛くはなかったけれど、日坂くんの手のひらが当たった部分が、ひどく熱をもって引きつっているような感じがした。

ゆっくりと、日坂くんは遠ざかっていく。放課後の廊下の端っこで、ぼくはひとり、立ち尽くす。

ぼくは……。

日坂くんの言う通りだった。ぼくは、自分が何をしたのかわかっていないのだ。

どうして日坂くんは、轢き逃げ事件について調べられることをこれほど拒むのか。なぜ日坂くんは、あんなに傷ついた顔をしているのか。

日坂くんが階段に消えて、ぼくも歩き始める。

……ここまでの調べでは、あの事故の日、日坂くんは交際相手の岡橋さんとは違う、別の女子生徒といっしょに歩いていた公算が高い。その女子の存在を日坂くんが隠したこと、女子自身も事故現場から速やかに立ち去っていることから、彼女が日坂くんの姉や妹など、隠す必要のない相手だったとは考えにくい。藤寺くんが察した通り、多重交際だったのだろうとぼくも思っている。

だけど日坂くんは、単に多重交際をあばかれたから、あんなにかなしそうだったのだろうか。スナップの効かない手で平手打ちするほど、ぼくが許せなかったのだろうか。ぼくは調べたことを誰かに言いふらしたりはしていない。藤寺くんだって小佐内さんだって、そんなことはしなかったはずだ。

ぼくはぼんやりと廊下を歩く。さっき日坂くんと廊下の端まで行ってから十分も経ってはいないだろうに、廊下は奇妙なまでに静かだ。

頬をなでる。

考えは千々に乱れてまとまらない。日坂くんがなぜ怒っているか、どうして突き止める必要があるのだろう。そしてどうして、ぼくはこれほどまでに動揺しているんだろう。足元がふわふわとしておぼつかない。暴力を振るわれたことが、よほどショックだったのだろうか。そんなことではない気がするけれど、じゃあほかに理由があるのかと考えても、何も浮かんでは来ない。

三年一組の教室に入る。さっき日坂くんと出た時には何人もの生徒が居残っていたのに、いまはもう一人しかいない。その一人はどこか青い顔をして、ぼくの机の前に立っている。小佐内さんだ。手に、新聞を持っている。

「小佐内さん」

呼びかけると、小佐内さんは手の中の新聞を無言で広げ、その中の一点を指した。妙に薄い新聞だと思ったら、夕刊だった。


（六月十九日　岐阜新聞　社会面）

木良署は十九日、道路交通法違反（ひき逃げ）の疑いで木良市に住むアルバイト永原匠真《ながはらたくま》容疑者（21）を逮捕した。

逮捕容疑は今月七日午後五時六分ごろ、市内渡河町の堤防道路で市内の中学生（15）を車ではね、救護せずに走り去った疑い。

警察の調べに対し「携帯を見ていて事故は起こしたが、逃げた覚えはない」と容疑を一部否認している。


二十一歳。

伊奈波川ホテルに現れた男性は、どう見ても四十歳は超えていた。つまり、あの男性が犯人だという推理は完全に的外れだ。

事件は終わった。ぼくたちの捜査は、犯人の影にも届かなかった。

ぼくはただ、日坂くんを傷つけ……。

結局のところ、成し得たことはそれだけだった。


これが日坂祥太郎くんの轢き逃げにまつわる顚末だ。

ぼくは三年前、犯人の車がなぜ防犯カメラに映らなかったのか、その謎に取り組むことを避けた。新しい手掛かりを得ることにさえ、積極的ではなかった。もし、手掛かりが揃ったのに解けなければ、それはぼく自身の能力の低さを証明することになるからだ。そして実際、そうなった。ぼくと同じ手掛かりしか持っていないはずの麻生野さんが、事情を聞くだけでたちどころに謎を解くところを、ぼくは見た。麻生野さんが謎を解いた翌日に犯人が逮捕されたのは、偶然ではないだろう。

加えてぼくは、解き得なかった謎に粘り強く取り組むことをやめ、現場にいた〈同行者〉を見つけだすことに執心した。まるで的外れな方針ではなかったはずだと、いまでも思う。けれどやはりこの選択の根本にあったのは、解けない謎からの逃避だ。〈同行者〉を捜すことでぼくは日坂くんのプライバシーをあばいたけれど、それはいっさい、事件を解決する役には立たなかった。

つまりただ単に、あばいただけだった。

捜査は無惨な失敗に終わった。中学時代のぼくがいかに自信に満ち溢れていたとしても、部分的には成功したと自分を慰めることさえできない、完全な失敗だった。

事態を直視できなくて、ぼくはこの件について新しく何か知ることを拒否した。目を逸らし、耳をふさいだのだ。だからぼくは轢き逃げ犯たる永原匠真について新聞で読んだことしか知らないし、犯人逮捕以降に日坂くんと話をすることもなかった。もっとも後者については、何か聞こうとしても聞けなかったかもしれない。日坂くんは事件の後、誰とも、あまり話さないようになったから。

――中学時代を振り返れば、輝かしい成功がもっとも悲惨な結果をもたらした事件や、苦心の報いが嘲罵《ちょうば》だけだった事件など、思い出したくもない出来事はいくつもある。けれど、入り組んだ謎の真相を解き明かすことにわずかなためらいをおぼえるようになったのは、やはり、この事件がきっかけだったと思う。

この事件は、小佐内さんにも傷を残した。小佐内さんは麻生野さんに対する優位を失った。……小佐内ゆき、恐るるに足らずと思われたのだ。ぼくは当時の小佐内さんがどういう状況に置かれていたのか、詳しいことを知らない。ただわかるのは、麻生野さんへの優位を失うことで、小佐内さんが物理的な危機に晒されたということだけだ。小佐内さんは轢き逃げ犯の逮捕が報じられてから一週間、学校に来なかった。

ぼくと小佐内さんはどちらもぼろぼろになり、中学を卒業する前に、高校ではきっと自分たちのおろかしい性向を封じ込めていようと誓った。お互いに助け合って、小市民になろうと約束したのだ。

それから三年間、ぼくたちは、自分らが掲げたモットーのおこがましさに向き合うことになった。けれどこれはまた別の話だろう。

どこかから紅白歌合戦（あるいは別の何か）が微かに聞こえてくる。ぼくは薄暗がりの中、天井を見上げている。眠気はない。

いま、ぼくは確信している。ぼくは三年前、日坂くんに何をしたのか。

同時に二人と交際していることをあばいた……のでは、ない。

かつてのぼくはそう思っていた。けれど、違う。きっと、そうじゃなかったんだ。でも、じゃあ、ぼくは何をしたんだろう？

夜に起きていることがなかったので知らなかったけれど、この病室の掛け時計は、針に蓄光塗料が塗られているらしい。時刻は八時四十七分で、間もなく消灯だ。九時以降はテレビをつけることもできないので、歌声が洩れ聞こえてくることもなくなる。夜明けまでは、うんざりするほど長い夜になるだろう。

ノックもなく、ドアが静かに開いていく。廊下の明かりが部屋に射して、ぼくは眩しさに手のひらで目をかばう。

戸口には、ファーつきのフードをかぶった姿が立っている。逆光だ――けれど、見間違えはしない。ぼくは言う。

「こんばんは」

小佐内さんは小首を傾げ、無感動に返した。

「おわあ、こんばんは」

第十一章　報　い

　小佐内さんはクリーム色のダウンコートにくるまり、灰色のマフラーを巻いている。小佐内さんは寒さが苦手だ。冬場はよく、もこもこになっている。

かぶっているフードを下ろすと、小佐内さんはダウンに似たクリーム色のイヤーマフもつけていた。それを耳から外して首にかける間に病室のドアが自然に閉まっていき、差し込んでいた明かりも途切れる。

「やっぱりそうだった。あんまり毎日寝てるから、おかしいなって思った」

　ぼくは苦笑いした。

「これは愚痴なんだけど、昼間に来てくれればよかったのに」

「忙しかったの」

「受験生だもんね」

「そう。それと……」

小佐内さんは口ごもり、ぼくはちょっと軽口をたたく。

「探偵もしていたから？」

きろりとぼくを睨むと、小佐内さんは薄暗がりの中をゆっくり歩き、ベッドの傍らのテーブルに近づいた。ドライフラワーを挿《さ》した花瓶を手にして振ると、静かな病室に、水が揺れる軽やかな音が響く。ぼくは言った。

「よく、水を疑ったね」

小佐内さんは花瓶をテーブルに戻した。

「ふだんだったら、小鳩くんもすぐに気づいたと思う。どうしてふだんと違って、早い時間に深く眠ってしまうのか」

「それなりに大きな怪我をしたから、体が治っていくときはこういうものかなって思ってた」

「毎晩、コップ一杯の水を飲み切るように指導されているのも、変。そんなことしたら、お手洗いに行きたくなるでしょう」

「治療の一環だと言われたら、疑わなかった」

当事者でいるあいだは疑えない異常性に、客観的な第三者がたちまち気づくことは珍しくない。それにしても小佐内さんの指示は興味深かった。

「花に水をあげてほしいだなんて、わかりにくいメモを残したね」

小佐内さんがあのメッセージと共にくれた花は、ドライフラワーだった。当然ながら水は必要ない。それでも花に水をあげてほしいというのがどういう意味なのか、幸い、ぼくは汲み取ることができた。つまり、こうだ。

——夕食のあとで出される水を飲まず、花瓶に捨てろ。

監視されていて、一度は失敗した。しかし二度目は成功し、水を飲まなかった。入院してから今日まで、消灯時間まで起きていたことは一度もなかったのに、水を捨てた今日はこうして意識を保っている。結果から見れば、起きていたことは明らかだ。ぼくはドライフラワーを挿した花瓶を見つめる。

「薬を飲まされているなんて、気づかなかった」

「わたしだって、はじめは信じてなかった。信じられなかった」

小佐内さんは少し間を置いて、ぼくを見た。

「もっと早く警告することだってできたのに、自分の思いつきを信じられなかった。ごめんね、小鳩くん」

謝ることなんて、何一つない。

「どうしてそんなこと謝るのさ。ぼくこそ、ごめん。……突き飛ばしたりして」

事故の直前、ぼくは小佐内さんに肩からぶつかっていった。小佐内さんは堤防の小段へと落ちていった。

「怪我しなかったか、ずっと気にしてた。きっと、ほかの方法もあったはずなのに」

「……小鳩くん」

「鯛焼き、食べていたよね。あれだって台無しにした。ごめんね、どこかぶつけなかった？」

「小鳩くん」

小佐内さんは、ベッドに横たわるぼくに顔を近づける。

「わたしは軽い打ち身だけだったし、鯛焼きなんてどうでもいい。小鳩くんが気になるなら、今度買ってきてあげる。わかったら、わたしの話を聞いて」

「……」

「知ってると思うけど、小鳩くんは五時間も目を覚まさなかった。そのあいだ、わたしが何をしていたかわかる？　この病院の待合室で、ずっと検索していたの。『頭を打った　目覚めない　一時間』『頭を打った　意識不明　二時間』ってね。こんなことするべきじゃないって思っても、止められなかった。指がふるえて変な入力ばかりしてたって言ったら、小鳩くんは信じてくれる？」

そう訊かれると、信じられないような気もする。

小佐内さんは体の前で手を重ね、まっすぐに立った。

「ちゃんと言うね。あの時、わたしは車に気がついてなかったから、小鳩くんが押してくれなかったら轢かれてた。小鳩くんが生きていてくれて、うれしい。そんなに大怪我してるのによかったなんて言えないんだけど、小鳩くんが生きていて、いまこうしてお話しできること、わたし本当に、本当に喜んでる。……助けてくれてありがとう」

小佐内さんはこんなにしっかり話せたのに、ぼくは、まるでだめだった。軽やかに誰かを助けて颯爽と去っていくヒーローに憧れたことはあっても、身命を賭して誰かを助ける自己犠牲的ヒーローであろうとしたことなんか一度もなかったし、似たようなことがまた起きたら、その時はきっと自分だけ助かろうとすると思う。でも、そんなぼくでも、あの瞬間だけは小佐内さんを助けることができた。

ほかのことはどうでもよかった。取り返しのつかない結末が紙一重まで迫っていた刹那に、ぼくは悪くない選択肢を選び取り、そしてどうやら、うまくやり遂げた。

ぼくは手のひらで目を覆う。ぼくの涙なんて、きっと小佐内さんも見たくないだろうと思ったからだ。

いつの間にか、テレビらしき歌声は聞こえなくなっていた。ぼくは目が慣れているので暗いままでも問題ない。そして小佐内さんも、病室に明かりをつけようとはしない。

「それにしても」

と、ぼくは明るい声を作る。

「ぼくが水を飲むよう指導されていること、よく知っていたね」

小佐内さんは、つまらない冗談を聞かされたような顔をした。

「気づいていたんでしょう?」

なにを、とは訊かなかった。受けなかった冗談を繰り返す気はない。ぼくは手を伸ばし、テーブルから狼のぬいぐるみを持ってくる。小佐内さんのお見舞い品だ。

「わざわざ、買ってくれたんだね。高かったんじゃない」

「ただじゃなかった。でも、そんな話はしたくない」

ぼくはぬいぐるみに向けて話しかける。

「こんばんは」

けれど小佐内さんは、さして感銘を受けた様子ではなかった。

「小鳩くん、ちょっと間違ってる。話しかけるなら、そっちじゃない」

「え？」

ぼくは戸惑った。割と自信があったのに。

小佐内さんはテーブルを指さす。その上にあるのはドライフラワーを生けた花瓶と、残り一粒になったボンボンショコラだけ。

……まさか。

ぼくは、ボンボンショコラの箱を持ち上げ、底を指ではじいた。小佐内さんが眉をひそめる。

「雑音が入るから、やめて」

「こっちだったのか」

箱を横から見る。中身のボンボンショコラに比べて、たしかに、箱は不必要に深い。箱の底を見ると、「ボンボンショコラ　十六個入り」と書かれている。

そうか。この箱は二重底なんだ。本来ならボンボンショコラが入っていたはずの下の段に、いまは、別のものが入っているのか。

「一服盛られたのも驚きだけど、盗聴器を仕掛けられたのもびっくりだ」

憤懣《ふんまん》やるかたないと言いたげに、小佐内さんの声が低くなる。

「盗聴器じゃない。無線機」

「そうなの？」

「そう。常時作動してる、発信専用の無線機」

それを盗聴器と呼ぶんじゃないのかな……。

小佐内さんはどこか感慨深げに言う。

「たいへんだった。医療機器に影響の出ない周波数のを用意しないといけなくて。わたし、あんまり知識がないから、詳しい人に手伝ってもらったの」

穏当な協力要請だったことを願う。

小佐内さんは、必要とあらばあんまり手段を選ばないタイプではあるけれど、ぼくが理解する限りだれかれ構わず盗聴してまわる趣味の持ち主でもない。ぼくが来る日も来る日も夕食後には深く眠って目覚めないとわかってからであれば、その理由を突き止めるために盗聴器——無線機を設置するのもわからなくないけれど、このボンボンショコラはクリスマスのプレゼントだった。ぼくが轢かれたのは二十二日の夕方だったから、小佐内さんはほとんど事故直後に無線機を用意したことになる。

「そもそもどうして、無線機なんて置こうと思ったの？」

「だいたいわかっているんでしょう」

「まあ、なんとなく。でも、的外れかもしれないから」

ぼくがそう言うと、小佐内さんは恐ろしいことから身を守るように、そっと自分を抱きしめた。

「わたし、車に気づくのが遅かったから、確信は持てなかった。でも、小鳩くんを轢いた車はブレーキを踏まなかった気がしたの」

認めたくないことだけれど、ぼくも同じ印象を持っていた。

あの日は、珍しく雪が積もっていた。この街はあまり雪が降らないため、冬でもスノータイヤに履き替える車は多くない印象がある。ノーマルタイヤで雪の上を走るのは極めて危険なので、ほとんどの車はゆっくり走っていた。

ぼくを轢いた車も、それほど速度は出ていなかった。そうでなければ、ぼくはいまここにいなかったかもしれない。黄色くて小さい車がゆっくりとぼくたちに近づき、そのまますれ違うと思われた瞬間、車が方向を変えた。

そして小佐内さんの言う通り、運転手はブレーキを踏まなかったような気がした。このことは事情聴取の際に警察のひとにも伝えて、調書にも残っている。

――三年前、ぼくは小佐内さんに対し、日坂くんを轢いた車は小佐内さんを狙っていたのではないかとほのめかした。それに対して小佐内さんは、死にかけた人間に対して殺意を向けられた結果だとにおわせることは、冗談としてもまったく面白くないのだと教えてくれた。今回、死を間近に感じた経験から言って、あのときの小佐内さんの言葉は正しかったと言うほかない。

けれどそれは、大した根拠もなく故意の可能性を取り沙汰するのは不愉快だという話であって、実際に故意の可能性があるか検討してはならないという意味ではない。あの日ぼくは意図的に轢かれた――殺されかけたおそれが、否定できなかった。

小佐内さんも同じことを考えていたらしい。だからこそのボンボンショコラ、だからこその無線機だった。

「運転手が本当に小鳩くんを故意に狙ったのなら、病院だって安全じゃないって思った。小鳩くんがどこの病院に運ばれたのかは新聞にも出てたから。子供っぽい考えだとも思った……事故が、実は意図的な犯罪かもなんて疑うのは。だけど、何回思い出してもわたしには、犯人がブレーキを踏まなかったとしか思えなかったの」

かといって、病室内でぼくを護衛し続けるわけにはいかない。あの轢き逃げが殺人未遂だという確証があるわけでもない。そこで最低限、病室内で異状が起きないか情報を集めるための道具が必要だったのだろう。

無線機のことを小佐内さんがぼくに隠しておく意味はない。一度でも会えたなら小佐内さんはきっと、ボンボンショコラの仕掛けについて話してくれたはずだ。けれど実際小佐内さんが来てくれた時、ぼくはずっと眠っていた。

ぼくの手からボンボンショコラの箱を取り、小佐内さんはそれを見つめる。中身は一粒残っている。

「ロックフォールチーズのボンボンを残したんだね。チーズは苦手?」

「そんなことない。適当に選んで、たまたま残っただけ」

「……小鳩くんもわたしと同じように、あの事故は本当に事故だったのか疑っていたはず。だって小鳩くん、このボンボンショコラはあやしいとか、自分は殺されかけたのかもとか、一度も口にしなかったでしょう」

「まあ、それはね。って、二十四時間盗聴してたの?」

「せめて傍聴って言って」

「意味が違うような気がする」

「……二十四時間聞き続けるなんて、そんなことしてない。小鳩くんなら、言わなかったんじゃないかって思っただけ」

やられた。かまをかけられた。

小佐内さんは見事に当てた。ぼくも、事故は故意だったのではと疑う子供っぽさを後ろめたく思いながら、あの日に起きたことが殺人未遂ではないかと思っていた。だからこそ、故意犯の可能性は口にしないようにしていた。小佐内さんが無線機を仕掛けたように、犯人がなんらかの方法でこの病室の様子をうかがっていないとも限らなかったからだ。ベッドから動くこともできないのに、ぼくが殺人を疑っていることを犯人に知られるのは、あまり安全な行為とは言い難い。

もちろん、犯人が意図的にぼくを轢いたのだとして、ぼくを小鳩常悟朗と認識しての行為だったのかは不明だった。犯人は何かの理由でむしゃくしゃしていて、誰でもいいから轢き殺したい気分だったのかもしれないと思ってはいたけれども、用心に越したことはなかった。

小佐内さんが、何気なく言う。

「それに、わたしが最初にプレゼントしたのは、ボイスレコーダーだった」

「ボイスレコーダー？　無線機じゃなくて？」

「ちっちゃな無線機は電波が弱いから、結局、ずっと病院の近くにいないといけないでしょう。それだとどこにも行けないし、外で傍受しているのはとっても寒いから、最初は長持ちするボイスレコーダーを置いて様子を見ていたの。そうしたら小鳩くん、夕食の後はいつもすぐに寝ちゃうでしょう。ちょっとおかしいなって思ったから、とうちょ……無線機に切り替えた。本当は夕食に立ち会えればよかったんだけど、食事の時は面会禁止だったから」

たしかに、ぼくも日坂くんを見舞いに行った三年前に、夕食の時間は面会できないと聞いていた。それはさておき。

「さっき盗聴器って言いかけたよね」

心外だとばかりに、小佐内さんは首を横に振る。

「言ってない」

小佐内さんがボイスレコーダーから無線機に切り替えたのがどのタイミングか、ぼくは敢えて訊かなかった。おおかた、ドライフラワーに水をあげるようメモを残した前日か、前々日だろう。そしてぼくは、気づいた。

小佐内さんが持つチョコレート色の箱を見つめて、訊く。

「もしかして、ボンボンショコラは二箱あったの？」

ボイスレコーダーを回収して音声を聞くためには、ボンボンショコラの二重底を開けて、おそらくテープか何かで固定されているボイスレコーダーを剝がさなければならない。音がする時間もかかるその作業を、小佐内さんがこの病室でしていたとは思えない。

もちろん小佐内さんは同じボンボンショコラとボイスレコーダーを二つずつ手に入れて、箱を交換していたのだろう。それだけで音声データの入ったボイスレコーダーを回収し、録音を開始したばかりのボイスレコーダーをこの病室にセットできる。同じ手で、ボイスレコーダーを無線機に切り替えられたはずだ。

小佐内さんは首を傾げた。

「気づいてなかったの？　小鳩くんがどのボンボンを食べたかは気にしてなかったから、同じフレーバーに当たったこともあったと思うけど」

言われてみれば……ヴァニラを二回、食べたような……。

いかに本調子ではなかったとはいえ、目の前のすり替えに気づかなかったのはいかにも情けない。足が問題なければ地団太を踏みたいところだ。

ぼくを見下ろしていた小佐内さんが、一瞬、口許を緩めた気がした。

「いま、笑った？」

「笑ってない」

いずれにせよ、小佐内さんはこの部屋の盗聴を始めた。そして何回見舞いに行ってもぼくが早い時間から深く眠っていることを不審に思って、盗聴記録を手掛かりに、夕食後の水があやしいと結論づけた。

ボンボンショコラは一日一粒ずつ食べるようにと書いたのは、箱を、ずっとテーブルに置いておかせるためだったのだろう。

ベッドの上のぬいぐるみを見ながら、ぼくは訊く。

「ところで、じゃあ、こっちのぬいぐるみはなんだったの」

「かわいいぬいぐるみを置いておくのに、理由が必要？」

「そういうわけじゃないけど」

「犯人に無線機を疑われた時の、かわいい囮《おとり》」

囮か……。


「ただ、わたし、どうして小鳩くんが眠らされたのかわからない」

と小佐内さんが言う。ぼくはその点について、確信めいた考えを持っている。けれどいちおうもう一つだけ、確かめておきたいことがあった。

「小佐内さん。お見舞いに来てくれたのに悪いんだけど、ちょっとお願いしていいかな」

「え？　うん」

「お手洗いに行きたいから、車椅子に移るのを手伝ってほしい」

小佐内さんは嫌な顔もせず頷いて、病室の隅にある車椅子をベッドの横まで持ってきてくれる。ぼくも自分で体を動かし、ベッドの端に座る。ここからが問題だ。ベッドから車椅子に移る時が危ない。その危険を察したのか、小佐内さんが訊いてきた。

「電気つける？」

ぼくは少し考える。明かりをつけるリスクと足元が暗い中で車椅子に乗り移るリスク、どちらが大きいかを比べる。

「……うん、お願い」

明かりがついて、ぼくも小佐内さんも眩しさに薄目になる。目はすぐに慣れ、ぼくたちは乗り移りを始める。

「移るとき、車椅子が動いちゃうことがあるから気をつけて」

車椅子のハンドルをしっかり握り、小佐内さんが答える。

「タイヤロック、よし」

「じゃ、行くよ」

右足には体重をかけられないけれど、左足は特に問題ない。ベッド上の生活で筋力が落ちていることを忘れなければ、一本足で立って車椅子の座面に腰を下ろすことは、それほど難しくない。

「お手洗いって、どこ？」

「ここまで、エレベーターで昇ってきた？　その隣がトイレ」

「じゃあ、わかる」

小佐内さんが車椅子を押し、病室のドアを開けてくれる。車椅子は自分でタイヤをまわすのが本来の形なのかもしれないけれど、まだその使い方は指導されていないし、なにより両肩を開いてタイヤをつかもうとすると肋骨が痛い。ここは小佐内さんに任せる。

時刻のせいか、やはり大晦日だからか、廊下は静まり返っている。小佐内さんは病室を出ると、廊下の右手へと車椅子を押していく。いくつかの病室の前を通り過ぎ、ナースステーションの前を通る。ナースステーションには中田という三十代半ばぐらいの看護師さんがいたけれど、ぼくと目が合っても、特に何も言わない。ぼくが車椅子を使えるのは看護師の立ち合いが条件だということを知らないか、知っていても、トイレに行くぐらいは問題ないと思ってくれたのだろう。

やがて廊下はエレベーターに突き当たる。その左隣がトイレだ。

「どっちのお手洗いを使うの？」

と小佐内さんが訊いてきたのは、多目的トイレと男性用トイレのどちらを使うのかという意味だろう。いまは、どちらでもない。

「いや、いいんだ」

振り返ると、小佐内さんの表情には不満の色があった。病室に戻ってから説明しようと思っていたけれど、小佐内さんをからかったと思われては心外なので、手短に言う。

「ぼくがトイレに行くとき、病室を出ると、左手に向かうんだ」

「左に？」

「そう。で、廊下をぐるっとまわり込んでトイレに来る」

この病棟の廊下は中庭を中心としたロの字形をしているので、病室を出て右に行こうが左に行こうが、最終的にトイレには行ける。ただどちらが近いかと言えば、小佐内さんがいま無意識に実践した通り、右に向かった方が明らかに早い。

「ぼくはトイレに行くとき、遠まわりをしていた。ぼくが睡眠薬を盛られた理由は、そこにあると思う」

小佐内さんが首を傾げる。

「わからない」

「それも当然だよ。小佐内さんは病室の音を聞いていただけなんだから。つまり……」

と言いかけて、ぼくは開けた廊下の寒さと、自分の声がどれほど響いているかに気づいた。夜の病院の廊下は会話に適した場所ではない。

「病室で話そう」

小佐内さんは黙って頷き、また車椅子を押していく。潤滑油が足りないのか、それともこういうものなのか、タイヤがまわるたびに小さく甲高い金属音が鳴る。病室のドアに鍵はかからない。小佐内さんはノックなしでスライドドアを開け、車椅子を病室へと押していく。開けたドアは、ひとりでに閉まっていく。

――ベッドの横に、人が立っていた。

くすんだ緑のロングコートを着ている。足元は汚れたスニーカーだ。両手は後ろにまわっている。大きなマスクが顔の下半分を隠しているけれど、特徴的な髪形を見れば、訪問者が誰なのかはすぐにわかる。ベリーショートの看護師さんだ。

車椅子のハンドルを握る小佐内さんの緊張が伝わってくる。ぼくは、極めて友好的に挨拶する。

「こんばんは。すみません、トイレに行っていました」

看護師さんもまた、ナース服を着ているかのように受け答える。

「そうでしたか。でも、車椅子を使う時は看護師を呼んで下さい。ナースコールを押してくれて構いませんから」

和やかな会話の間にも、ぼくは自分の失敗を悟っていた。さっき車椅子に移るとき、安全を確保するために部屋の明かりをつけた。問題はないだろうと思っていた……けれど、問題はあった。あの明かりは、ぼくが起きていることを看護師さんに知らせてしまったのかもしれない。

看護師さんは壁掛け時計を見た。九時を過ぎている。

「お友だちですか？　面会の時間は終わっていますから、すみませんがお引き取り頂いてください」

まったく正当な指示だ。ぼくは選択を迫られる。このまま小佐内さんに帰ってもらい、一人で年明けを待つべきか。それともここで勝負に出るべきか。

ずくり、と太腿が痛む。その痛みが、相手に時間を与えるなと囁く。

つばを飲み、ぼくは言った。

「すみません。水、飲まなかったんです」

ほんの一瞬だけ、看護師さんの目が、すっと冷たくなる。口火を切ったからには、もう引き下がれない。

「でも、どうしてですかね。どうしてぼくに、睡眠薬なんて飲ませたんですか」

「睡眠薬?」

忍耐強さを漂わせつつ、看護師さんが驚いて見せる。

「何の話ですか。小鳩さん、さあ、安静にして下さい。せっかく治りかけているんですから」

「夕食の後、もらった水を飲まなかったんです」

「習慣を変えると、寝つきが悪くなることもあります。水だったら、もらってきましょうか」

「その水はペットボトルに移し替え、警察に届けるように手配しています」

嘘だ。水は花瓶の中にあり、花瓶は看護師さんの背後、テーブルの上に置いたままだ。ぼくは看護師さんを見据える——そうしないと、花瓶に目が行ってしまいそうだったから。

ぼくたちは病室のドアの前にいて、ベッドとの間に看護師さんが立っている。枕元のナースコールを押せればほかの看護師さんが来てくれるはずだけれど、この位置からでは押せる望みはない。まだ深夜というには早いのだから、万が一の時は、ドアを開けて大声を出した方がいいかもしれない。

看護師さんは、なだめるように微笑んだ。

「……小鳩さんは大怪我をして昂奮していたから、落ち着いて休んでもらう必要があったんです。よく休めたでしょう? その分だけ、治療の成績もよくなっています」

「治療のために睡眠薬を飲ませたっていうんですか。善意だったと？」

「当たり前です。ここは病院ですよ」

いくら病院だからって、患者に説明もせずにこっそり睡眠薬を飲ませることが適切な治療であるはずはない。けれどこう開き直られては、いまここで反駁《はんばく》するのは難しい。

なら、強引に話を進める。

「実はいま、どうしてぼくは睡眠薬なんて飲まされたのか、彼女と話をしていたんです。夜のあいだはずっとぼくが寝ていて、彼女は受験生で忙しくて夜しか時間が取れなかったから、ぼくたち今日まで会うこともできませんでした。……あ、すみません、紹介します。ぼくが車に轢かれた時、いっしょにいた友達です」

意外なことに、小佐内さんは名乗った。

「こんばんは。小佐内ゆきといいます」

小佐内さんがどこまでぼくの意図を察してくれたのかは、わからない。たとえ偶然にせよ、これで話がしやすくなった。

「小佐内さん、こちらはぼくがふだんお世話になっている看護師さん。お名前は……」

ぼくは、看護師さんの目を観察しつつ言う。

「お名前は、なんでしたっけ」

マスクで隠れた顔にどんな表情が浮かんだかはわからない。しかし露出している目には、怒りが滲んだ。

ここだ。畳みかける。

「事故以来、たくさんの関係者に助けてもらいました。脳神経外科の和倉先生。整形外科の宮室先生。理学療法士の馬渕さん。この部屋をいつも掃除してくれているのは、山里さんです。名札にそう書いてありました。でもぼくは、看護師さんの名前を知らない」

なにかが無いことに気づくのは、有ることに気づくよりもずっと難しい。けれどぼくは、自信を持って言える。ふだん看護師さんは、名札をつけていなかった。

「ほかの関係者の皆さんが名札をつけているのに、看護師だけつけないなんて、おかしいですよね」

看護師さんは、目元に笑みを浮かべる。

「いろんな患者さんがいらっしゃいますから、中には名札を見て看護師の名前を憶えて、退院後につきまとったりすることもあるんです。対策のため、看護師は名札をつけないんですよ」

ぼくは目を丸くした。

「そうだったんですか。すみません、勘違いして。なにしろ……ほかの看護師さんに会う機会が、なかったので」

病室の温度が下がった気がした。

「あなたはぼくが入院して以来、毎日出勤しています。少なくとも、九連勤。食事の配膳も生活の介助も、ぜんぶやってくれました。本当に感謝しています。……だけど別の見方をすると、ぼくはほかの看護師さんに会う機会がなかった」

車椅子の使用許可が出るまでは、診察も医師の先生が病室に来てくれた。車椅子を使うようになってからサポートしてくれたのもこの看護師さんだったから、やっぱり、ほかの看護師さんには会っていない。

「看護師さんだって、当然、睡眠も休息も必要です。おそらくですが、あなたは日中にだけシフトが入っていて、夜間勤務はしないんですね。だからあなたにとって、夜が心配だった。ぼくが起きてナースコールを押せば、名札をつけた看護師さんが来てしまう。ぼくは名札に気づかないかもしれない。でも目ざとく気づいて、誰かに訊くかもしれない。……あのベリーショートの看護師さんは、なんというお名前なんですかって」

看護師さんは、ほんの少しだけ苛立ちを見せた。

「さっきも言ったように、当院で看護師は名札をつけません。お薬を飲んで頂いたのは、安静にして一日でも早く治って頂きたかったからです」

「お気持ちは嬉しいです。さっきお手洗いに行ったんですが、ナースステーションに中田さんがいましたよ。名札でわかりました」

そしてこのナースステーションの存在こそが、さっき小佐内さんに話そうとしたことだ。

「……手洗いに行くときも屋上に行くときも、車椅子を遠まわりさせていましたね。病室を出て右に行けばすぐエレベーターなのに、わざわざ左から行っていた。もちろん、ナースステーションの前を通りたくなかったからです。屋上庭園へ行く許可が下りたときも、とにかく早く病室に戻そうとしていましたね。患者に付き添って、いつほかの看護師が来るかわからなかったからです」

ぼくは一つ思い出す。

「思えば、あなたにとって一番危うかったのは、入院直後の手術の時でした。あの時ばかりはストレッチャーに乗せられて、大勢の看護師さんに囲まれていたから。でもあなたは、たった一言で窮地を切り抜けた。移動中は目をつむっていてくださいと言うだけで、ぼくはそれに従ったんです」

小佐内さんが、絶妙のタイミングで合《あい》の手を入れる。

「でも小鳩くん。どうして看護師さんは名前を隠したかったの？　小鳩くんに睡眠薬を飲ませてまで、ほかの看護師さんは名札をつけているって気づかせないようにしたのは、どうして？」

ぼくは看護師さんから目を離さないままに答える。

「それは、看護師さんの名前がわかると、ぼくと看護師さんの関係が明らかになるから。関係が明らかになると、看護師さんが何をしたのかもわかってしまうから」

ぼくはこの看護師さんに、本当にお世話になった。感謝してもしきれない。それは本当だ。けれど、それと死の恐怖は、別の話だ。

「看護師さんの特徴的なベリーショートは、ごく最近切ったものなんだ。理学療法士の馬渕さんはベリーショートの看護師に心当たりがないようだった。いま看護師さんは眼鏡をかけているけれど、仕事中はかけていなかった。もちろん、ただ仕事中はコンタクトレンズを使うことにしているだけかもしれないけど、そうじゃないかもしれない。じゃあ、たとえば髪形がいまの逆、つまりロングヘアで、眼鏡をかけている人を考えてみたらどうだろう。そういう人が、ぼくが入院してからイメージを変えたんだとしたら？　それはつまり、ぼくはその人の名前を知っていて、ひょっとすると思い出すかもしれないことを意味している。実際、ぼくは思い出したし、それ以上のこともわかっている。看護師さんの名前は……」

ぼくの胸には不安がある。いま自分で語ったほどには、高い蓋然性《がいぜんせい》を得られていない。けれど、勝負に出られるぐらいには自信がある。

ぼくは言った。

「日坂エーコですね」

エーカンのエーコ。

黄葉高校でただひとり、事故に遭ったという噂をぼくが聞いた人物だ。ぼくは三年前、張り紙を張った当日に捜している人物の情報が得られるなんてでき過ぎだと考え、自転車をバイクに壊されただけだというエーコについて深く知ろうとしなかった。

この件から、ぼくは教訓を得るべきだ。まず、人は嘘をつくということ――自転車をバイクに壊されたというエーコの言い分には、裏づけがない。それから、信じられないような幸運に恵まれて得た情報だからまさか有意義ではないだろうと考えるのは、まったくの没論理なのだと。初日に得た情報だろうと百日後に得た情報だろうと、同条件で真偽を問わねばならないのだということを。

そしてぼくはもうひとつ、気づいていることがある。黄葉高校でぼくたちに親切だった先輩は自分のことをショーカといい、すぐに商業科と言い直した。では、エーカンのエーコとは何を意味するのか。

衛生看護科だったのだろう。

看護師さんは何も言わない。

間違っていれば、否定するはずだ。ぼくはその沈黙にこそ安堵し、言葉を続ける。

「ほかの名前だったら、隠す必要がない。小細工して名札を変える方がリスクが大きい。だけど日坂という名前だけは、まずいんだ。その名前を知ればぼくは当然、三年前の事件を思い出す。三年前に歩道で轢き逃げに遭った被害者が日坂、いま同じ歩道で轢き逃げに遭った被害者を担当する看護師が日坂。ぼくはこれを偶然と考えるだろうか」

ぼくは、少し笑う。

「実際は、ぼくが何をどう考えようと大勢《たいせい》には影響ないんだけどね。日坂さんにとって本当に問題だったのは、ぼくが警察にその名前を告げることだ。日坂という名前が、三年前と今回の轢き逃げを繋げてしまうのがまずかった。だから日坂さんは名前を隠し、黄葉高校でたった一度ぼくと目が合った時とはまったく違うイメージに髪を切る必要があった。なぜそこまでして、二つの事件を繋げられることを嫌ったのか？　言うまでもない」

少し息を吸い、吐く。

「あなたがぼくを轢いたからだ。おそらく、ぼくを小鳩常悟朗だと知った上で、意図的にハンドルを切って轢いたからだ。――あなたが、殺人未遂の犯人だからだ」

看護師さんは、笑ってみせた。

「ちょっと待って。わたしが日坂英子《えいこ》で、あんたの水に薬を入れたんだとしても、だからって轢き逃げ犯ってことにはならないでしょ」

「それは警察が調べればいいことだけど……」

ぼくは日坂さんのマスクを見る。あのマスクの下を、ぼくは病床から見ていた。

「日坂さんは最近、日に当たるようになったでしょう。鼻の頭や目の下が赤くなっていた。最初はスキーかスノボにでも行ったのかと思いました。でも違った。日坂さんは連勤中で、遊びに行く余裕はなかった。それどころか日が出ているあいだは、ずっと屋内で仕事をしていた。じゃあ、いつ日焼けしたのか」

「そんなのいつだって……」

「通勤中です。あなたはぼくが轢き逃げに遭った後、日焼けする方法で通勤するようになった。平たく言えば、事故直後から自動車通勤をやめ、自転車か徒歩で職場に来るようになった」

「健康のためよ。事故とは関係ない。だいたい、警察に捕まってないのが一番の証拠でしょう」

「それは証拠じゃないです。あなたの車が見つからないから、証拠が足りなくて逮捕まで時間がかかっているだけじゃないですか？　まあ、警察は防犯カメラを調べてあなたの車が映っていないことを確認したみたいだから、車が見つかるのも時間の問題だと思いますよ」

これははったりだ。警察が日坂さんに目をつけているか、ぼくは知らない。けれど日坂さんは動揺し、悪手《あくしゅ》を打った。

「なんでカメラに映ってないと、車が見つかるの？　いい加減なこと言って」

三年前の轢き逃げでは、犯人の車がコンビニ〈七ツ屋町店〉の防犯カメラに映っていないのは大問題だった。川が増水していて、唯一の脱出口である河川敷には下りられなかったはずだからだ。

一方、今回のケースでは、問題はそもそも存在していない。〈七ツ屋町店〉の防犯カメラに映っておらず、事故現場から下流側にある伊奈波大橋の防犯カメラにも映っていなかったのなら、車が向かった場所は決まっている。

「車は河川敷でしょう。冬枯れの草に隠した」

ぼくは、日坂さんの目に優越感を見た。間違っている、こいつは馬鹿だと言いたげな目をしている。つまり、こうだ。

「でなければ、川の中です」

日坂さんは、マスクをしていることで油断しているのだろうか。目の表情が、あまりにもわかりやすく動揺を伝えてくる。

「伊奈波川は暴れ川で、ちょっとした雨で増水する。車を川に沈めて、いつか来る増水後に下流に流れ着いた車の前で、大雨で流されたんですと言えばいい。逮捕が遅れているのもわかります。川から車を引き上げるなんて作業には、それなりの準備期間が必要でしょうから」

病室に沈黙が下りる。

ぼくたちは動けなかった。日坂さんはもう反論の方法も思いつかないようだけれど、自分がやりましたと認めているわけでもない。いったん疑いを口にしてしまった以上、事件の幕が下りなければ今夜は終わらない。じゃあそういうことで続きは明日と言ってベッドに横になったら、日坂さんはぼくの首を締めに来るだろう。かといって、日坂さんの目の前で携帯を取り出して警察を呼ぶこともできない。日坂さんが力ずくで止めようとしてきたらぼくには何もできないし、腕力勝負では小佐内さんも有利とはいえない。そもそもぼくはいま、携帯を持っていない。

膠着《こうちゃく》した状況を破ったのは、笑みを含んだ小佐内さんの声だった。

「やっとわかった。わたしずっと、あなたはここに、何をしに来たんだろうって思っていた。大晦日だもの、こたつに入ってぬくぬくしていればいいのに、なんで私服で病室に来ているんだろうって不思議だったの。でもわかった」

車椅子から伝わってくる微妙な感触が、小佐内さんはハンドルを持ったままだと伝えてくる。つまり、いつでもぼくと逃げられるよう身構えているということだ。

「あなたが、自分はまだ安全だって思えるのは、小鳩くんが病室にいるあいだだけだった。その間は、小鳩くんが轢き逃げ犯について何か憶えていないか、余計なことを言い出さないか見張っていられる。小鳩くんに睡眠薬を飲ませたのは、ほかの看護師の名札を見せないためだけじゃなかったんでしょう？　自分がいないところで、事件について誰かに何か話すんじゃないかって、怖くて怖くて仕方なかったからでしょう」

そうか。日坂さんが正体を隠してまでぼくの看護を続けていたのは、単に、それが仕事だからというだけではない。そうすれば、誰よりも近くでぼくを監視できるから……たしかにそう考えた方が、腑に落ちる。

小佐内さんは落ち着いて続ける。

「小鳩くんがあなた以外の看護師に会わない病室にいるから、あなたは正体を隠していられた。でも、いずれ小鳩くんは治る。生きているんだもの。治って病室を出られるようになったら、推理も推論も必要ない。あなたが名前を隠していることは、一瞬でわかっちゃう」

「……」

「そして、あなたがさっき言っていた。小鳩くんって、治療の成績がいいんだって。小鳩くんが治っていけば治っていくほど、あなたはあせったはず。罪を逃れたくて、でもぜんぶ捨てて逃げちゃうこともしたくないなら、あなたが採れる手段は三つしかなかった」

ぼくだったら、たぶん指を一本ずつ折ってみせただろう。小佐内さんはやはり、車椅子のハンドルを握ったままだ。

「一つ目は、小鳩くんが病室にいるあいだに誰かの養子になったり、結婚して相手の姓にしたりして苗字を変えちゃうこと。でも、これは難しいよね。相手がいる話だし、戸籍上の苗字が変わった瞬間から誰もが間違いなく新しい名前で呼んでくれるとは限らない。誰かが『日坂さん。あ、いまはもう日坂さんじゃなかったね』って言ったら、それでおしまい」

ふと、小佐内さんが片手をハンドルから離す気配があった。言葉は続く。

「二つ目は小鳩くんを、こ、殺しちゃうこと。一つの犯罪を隠すために別の大きな犯罪に手を染めるなんて、馬鹿みたいだけど」

初めて、日坂さんが明白に動揺した。

「殺すなんて」

小佐内さんの声が、あざけりの色を帯びる。

「そう、殺せなかった。乗っている車をぶつけることはできても、自分の手と意志で小鳩くんを殺すことはできなかった。とっても倫理的ねって、誰かが褒めてくれるって思った？　違うよ、あなたは卑怯なだけ」

「……」

「そして三つ目は、完全に安全圏とは言えないけれど決定的に破滅してもいない、臆病な時間稼ぎ。小鳩くんが治っていくのが問題だったら、問題を長引かせればいいってあなたは考えた」

ぼくは思い出す。宮室先生は、来月には外出も許可できるだろうと言っていた。けれど、何か不幸な事態があってぼくの怪我が悪化したなら、その見込みはキャンセルされただろう。

「お薬で寝ている小鳩くんの太腿を、ちょっぴりコツンってするだけ。それだけで小鳩くんはまた、病室から出られなくなる。あなたは心地よいぬるま湯の宙ぶらりんを続けられる。少なくとも、連勤が歓迎される年末年始の間は、ずっと小鳩くんを見張っていられる。……ねえ日坂さん。どうしておててを隠しているの？」

マスクの内側で、日坂さんは深く溜め息をつく。

その手には、小ぶりな金槌が握られている。

嫌悪を向けられたことはある。ぼくは誰とでもなんとなく仲良しになれるタイプじゃない。敵意を向けられたこともある。積極的に恨みを買いに行ったりはしないけれど、結果として恨まれることがあるのは、生きている以上はたぶん多少仕方がない。

けれど、害意を向けられたのは初めてだった。これでおまえを害するという凶器を目の当りにしたのは、初めてだった。

ひどく小さな金槌だ。何かの医療器具なのだろうか？ いやまさか、看護師だからって医療器具で襲ってくると考えるのは理が通らない。しかしまあ、いくら小さくても……あれで殴られたら、ちょっと痛いでは済まないだろう。

ぼくは、ふっと笑い飛ばす。まがうかたなき百パーセントの虚勢だけれど、それで少しだけ余裕を取り戻す。小佐内さんは、敵意を向けてくる相手に拉致《らち》されたこともある。もっと怖かったはずだ。それに……こっちに突っ込んでくる車に比べれば、あんなもの、何が怖いものか！

小佐内さんの挑発に乗って、日坂さんは凶器を取り出してしまった。これでもう、治療の一環だとかなんとかいう言い訳は効かない。追い詰められたのは向こうだ。

つまり、自暴自棄になって襲ってくる可能性があるということだ。

日坂さんの腕が動き、金槌を振り上げる。もしかしたら凶器を捨てて降参してくれるかと思ったけれど、そんなつもりはないらしい。怖さは一時的に振り払ったにしても、だからといって勝ち筋が見えたわけではなかったな、などと頭のどこかが冷静に判断する。その瞬間、小佐内さんが何かを撒いた。

日坂さんが「あっ」と叫ぶ。ぼくはくしゃみをして、肋骨の痛みに胸を押さえる。目が痛い。なんだこれ……唐辛子か、胡椒か、そんな感じの何かだ。小佐内さんが車椅子を引っ張り、ドアを開けて病室を抜け出す。ががらと音を立て、小佐内さんは車椅子を右に走らせる。

ナースステーションの中田さんが目を剝いて、それでも叫ぶことはせず、鋭く言う。

「廊下は走らないでください！」

小佐内さんは忙しそうなので、ぼくが言い返す。

「警察を呼んでください！」

廊下の突き当たりはエレベーターだ。そしていまちょうど、そのドアが開いていく。小佐内さんは車椅子を押すスピードを緩め、下りる医師と入れ違いにぼくたちはエレベーターに乗り込む。

エレベーターには、まだ看護師さんがひとり乗っていた。ぼくたちを見て訝しげな目を向けてくるけれど、特にとがめてはこない。振り返ると、追ってくる日坂さんが見えた。エレベーターのドアが閉まり、振動が伝わってくる。

ぼくは、舌打ちしそうになった。エレベーターは上に向かっている。一階上の五階が最上階だ。下に逃げればどこにでも行けたのに、上に向かっては追い詰められる。

カーゴはすぐに五階に到着し、看護師さんが下りていく。小佐内さんが訊いてくる。

「下りる?」

日坂さんは確実にエレベーターのボタンを押している。このまま乗っていれば四階でドアが開き、日坂さんと鉢合わせになるだろう。ここで下りるしかない。一瞬、詰め物をしてエレベーターのドアを閉まらなくする細工を提案しようかと思ったけれど、やめておく。ほかの場所ならともかく、ここは病院だ。エレベーターが動かなくなれば、誰かの命を危うくするかもしれない。

まあ、いま実際に命が危うくなっているのは、ぼくたちなんだけど。

五階は薄暗い。小佐内さんは素早く左右を見まわす。学校のように部屋名のプレートが廊下に突き出してはおらず、どのドアがどんな部屋に繋がっているのかはわからない。小佐内さんはエレベーターの向かいの、自動ドアに向かう。ロックされているだろうと思ったけれど、意外にもそれは開いた。

中は風除室で、もう一枚ドアを開けると、そこは屋上庭園だ。

今夜、冷え込みはそれほどではない。風もなく、夜空は街明かりを受けてわずかに白い。なぜ鍵が開いているのだろうと思ったら、庭園には先客がいた「畑」という名札をつけた看護師さんが、松葉杖を突く高齢の患者に付き添っている。畑さんはぼくたちを見て言った。

「もう締めますよ」

たしかここは、時間外でも看護師同伴なら入れたはずだ。ぼくは笑顔を作る。

「すぐに日坂さんが来ます」

畑さんは別に疑うそぶりも見せずに頷いて、傍らの患者さんに話しかける。

「さあ、そろそろ戻りましょう。冷えますからね」

そうして松葉杖の患者さんと畑さんは庭園を出て行き、空の下はぼくと小佐内さんだけになる。何か話そうと振り返ると、小佐内さんは指を素早く動かし、携帯を操作している。ぼくは、病室の毛布を持ってくればよかったと後悔し始める。風がなくとも、夜は寒い。

操作を終えたのか、小佐内さんがちょっと息をつく。ぼくが訊く。

「どうする?」

「どうしよう」

「とりあえず小佐内さんからも警察を呼んでくれないかな。ナースステーションの看護師さんが呼んでくれたか、わからないから」

小佐内さんは頷き、再び携帯を操作して耳に当てると、もうちょっと慌てた感じを演出した方がいいのではと思うほど落ち着いた声で話し始める。

「もしもし。木良市民病院で、金槌を持ってマスクをした女性に襲われています。ここは……小鳩くん、ここ何階?」

「五階」

「五階の……」

「屋上庭園」

「屋上庭園にいます。……小佐内ゆきです。お、さ、な、い、ゆ、き。そうです。車椅子の患者と一緒です。……わかりません。はい、わかりました」

ぼくたちの目の前で、屋内に続くドアが開く。金槌をぶら下げ、日坂さんが近づいてくる。

小佐内さんは言った。

「いま、来ました」

そして電話を切る。

さあ。逃げ場は、もうない。

日坂さんに届かないような小声で、ぼくは小佐内さんに訊く。

「何か持ってない？　ハンマーとか」

返事は不満そうだった。

「どうしてわたしがハンマーなんて持ち歩いていると思うの」

なんとなく……。

日坂さんは自分が持つ金槌を見て、どこか途方に暮れているようだ。いったいこれからどうしたらいいのかわからない……そんな心のうちが聞こえてきそうな気さえする。

ぼくの首に、ふわりと温かいものがふれた。小佐内さんのマフラーだ。薄い入院着一枚のぼくにマフラーを貸すと、小佐内さんはダウンコートのフードをかぶり、囁いた。

「時間を稼いで。お話をして」

一般論として、警察が駆けつけるのは早いと言われている。平均的なレスポンスタイムは何分ぐらいだっただろう。とはいえ、いくらなんでも、あと一分や二分で警察が駆けつけるとは思えない。まあ取りあえず小鳩だけは仕留めちゃおうか、と日坂さんが考える前に、足止めは必要だ。

実は、看護師さんが日坂という名だと知った瞬間から、ぼくにはどうしても訊きたいことがあった。日坂祥太郎を知っているか。知っているなら、いま、元気にしているのか。自殺を図ったなんて噂は嘘なのか。だけど残念ながら、いまは質問に適切なタイミングとは言い難い。

ぼくは言う。

「あなたは、歩道を歩いているのがぼくだと認識して、車をぶつけて来たんですか」

日坂さんは、我に返ったように答える。

「もちろん。あの日は雪のせいで、みんなゆっくり走ってた。そうでなかったら、歩行者の顔なんてわからなかった」

まるで来たるべき事情聴取の練習のように、日坂さんはぽつりぽつりと話し始める。

「あんたの顔は忘れない。あんたに気づいた時、すぐにでも轢いてやろうと思った。でもわたしには仕事があるし、あんたへの恨みでぜんぶ台無しにはできないって思ったら、すぐに冷静になった。でもあんたは隣に女の子を連れて、苦しいことなんて何にもないみたいな顔で、轢いてほしそうに車道に寄って、笑ってた！　だからわたしが轢いたっていうより、あんたが轢かせたようなものだと思わない？」

あの日ぼくが車道寄りを歩いていたのは、除雪された雪のせいで歩道が狭くなっていたためだ。それでも路側帯を示す白線を越えてはいなかった。……そうした反論は、胸に留める。ただ、日坂さんはぼくだけを認識し、小佐内さんは憶えていないらしい。ぼくだけで行動したタイミング……日坂さんは、ぼくと日坂和虎さんが伊奈波川ホテルで会ったその日、あの場所にいたのだろうか。こいつの顔だけは忘れないと、ぼくの顔を盗み見ていたのだろうか。

そして、そうか。あの雪の日、堤防道路の上で、ぼくは笑っていたのか。

乾くくちびるを湿らせ、時間を稼ぐ。

「ぼくが聞いた『これは報いだ』って声は、あなたのものだったんですね」

日坂さんは目を見開いた。

「そんな声を聞いたの？」

「……はい」

マスク越しなのでわからないけれど、日坂さんはたぶん、大きく口を開けて笑った。どこかヒステリックな笑い声が夜空に消えていく。

「わたし、そんなことは言ってない。そんなに上品にはね。次の日出勤して、あんたの担当がわたしだって知ったときには驚いた。最悪の偶然だって思ったけど、苦しんでるあんたを見るのは最高だった。眠ってるあんたを見ながらわたしが言ったのは、『ざまあみろ』だよ」

寒さを忘れ、ぼくは訊く。

「ぼくが何をした？　殺されなきゃいけないほど、何をしたっていうんだ」

「それがわかんないことが一番許せない」

「あなたは……日坂さんは、日坂祥太郎くんの身内なんだろ?」

「あんたが祥太郎の名前を言うな!」

日坂さんは金槌を振る。びょうという風切り音が聞こえてくる。日坂さんはマスクをかなぐり捨て、歪んだ顔でまくしたてる。

「あんたは知らないだろう。当然だよ、人には誰にだって事情ってもんがあるんだ。それはね、誰かにほいほい話したりしないんだよ。ふつうの人間はそれをわかってて、他人の事情に土足で踏み込まないよう気をつけるんだよ。でもあんたは、何も知らないくせに知ってるような顔をして、あたしらの願いを踏みつけていった。ああ、なんであんた、生きてるんだよ。もっときっちり轢いておけばよかった!」

頭の中に、声が甦る。

――気持ちだけで充分だ。何もしないでくれ。

――気合を入れてたよ。俺の最後の大会だって言ってな。

――一年の頃は、いまよりもよく笑ってた気がする。

――日坂の親父さんは見たことがない。

――春の大会に行くとき、あいつはそのお守りを外した。

――僕、その人は先輩の妹じゃないかと思ったんです。

――あいつのことは誰にも言うな、警察にも言うな。

――それってもしかしてエーカンのエーコじゃない?

——もちろん息子にも訊いたよ。その上で、君の話を聞きたいんだ。

——あれはよくもなし、悪くもなしといったところだね。

——スポーツ推薦の話もあった。だけど、それも流れた。

——あんな目に遭って、生きてるだけで俺は充分だった。

——不思議な顔してるじゃないか、小鳩。

——まるで、自分が何をしたのかわかっていないみたいじゃないか。

——なあ。

——おまえ、

——鬱陶しいよ。

ああ。そういうことだったのだろうか。ぼくがしたのは、そういうことだったのか。

おずおずと訊く。

「もしかして、日坂くんは、家族と仲が悪かったんですか」

一陣だけ、冷たい風が吹いていく。それとも錯覚だったのかもしれない。

日坂さんはぶらりと金槌を下げ、答えた。

「違うよ」

言葉が途切れると、庭園は耳が痛いほどに静かだ。

「違う。うちは仲が良かった。学校とかじゃ親サイテーとか、死ねばいいのにとか言うやつもいたけど、わたしは不思議だった。うちは仲良かったから。そりゃあ叱られることもあったけど、叱られるだけの理由があったもん。祥太郎とも仲良かったんだ。シスコンとかブラコンとかじゃなくってさ、ふつうに。尊敬とか敬愛とかだよ。わかる?」

けれど、何かがあった。

日坂くんにとって中学三年の夏の大会は、「俺の最後の大会」だった。その一方で日坂くんは、大会の成績によってはスポーツ推薦で進学するはずだった。日坂くんが「俺の最後の大会」と言ったというのは、牛尾くんから聞いた話に過ぎない。実際には、こう言っていたのではないか。――「日坂祥太郎の最後の大会」と。

「あんたみたいなガキにはわからないだろうけど」

日坂さんの目は、ぼくではなく自分の足元に向いている。

「生きていくって波があんのよ。いい時もあれば、悪い時もあるの。だからさ、悪い時があるのはしょうがなくって、そこだけ見て単純に仲悪いって話にはならないんだよ。悪いんだったら立て直せればそれでよくって、後からあの時は大変だったねって笑い話になるんだよ」

伊奈波川ホテルで会った日坂和虎さんは、日坂祥太郎くんがいつ退院したのか知らなかった。三年前のぼくはその理由を、和虎さんは日坂くんの父親に成りすました偽者だからだと考えた。父親なら息子の退院を知らないなんて考えられないから、と。

いまなら、そんなふうには考えないのに。

息子の退院も知らない父親なんだと考えるのに。

牛尾くんは、中学一年生の頃の日坂くんは、おしゃべりではないにしろ笑顔が多かったと教えてくれた。それが変わったのは二年生の秋ごろだったと。三年生が引退し、自分たちに上級生の責任が降りかかってきたからだと牛尾くんは考えていたけれど、たとえ中学生であっても、学校の中だけで暮らしているわけではない。その頃、日坂くんの家庭は「悪い時」だったのではないか。

ぼくは、三年前を思い出しながら話す。

「日坂くんは大会の前に、テニスバッグにつけていたお守りを外したそうです。大会には、そのお守りを見られたくない人がいたんだと思います」

「伊勢のお守りでしょ。修学旅行のおみやげに、わたしがあげたんだ。勝てば推薦で高校に行けるっていうから。そう、外したんだ、ひどいね。でも気持ちはわかるよ」

日坂くんが大会に出る時、送り迎えは日坂くんの母親の役目だったという。

ようやく、わかってきた。

目の前の看護師さんは日坂英子だ。つまり日坂姓を名乗っている。

日坂祥太郎くんは夏の大会後、姓が変わる予定があった。あるいはすでに変わっていて、学校側の配慮で旧姓を名乗り続けていた——そういう配慮は珍しいことではない。

日坂和虎さんは、三年前の事故の時点で、祥太郎くんとは一緒に住んでいなかった。

祥太郎くんは英子さんからもらったお守りを、母親に見られないようにバッグから外した。

そしてあの事故の後、祥太郎くんは英子さんを現場から立ち去らせ、英子さんを見た目撃者である藤寺くんに、口止めをした。

たしかに、日坂くんが家族と仲が悪いのではと考えたぼくは間違っていた。仲が悪いなんてものじゃない。

ぼくは解きたがりで、自分の知恵を誇示せずにはいられない。だけどいまだけはそのくそったれな性分のためではなく、警察が到着するまでの時間を稼ぐために、ぼくは言いたくないことを言うしかなかった。

「ご両親は憎みあっていたんですね。そして、父親についていったあなたと、母親についていった祥太郎くんが会うことも、ご両親は許していなかった」

ぼくを黙らせようとするように、あるいはそうすれば事実が変わるとでもいうように、日坂さんは叫ぶ。

「違う！　ただ、ちょっと一時的に、悪い時だっただけ！」

振りまわされた金槌が、びょうと音を立てる。

「立て直せるんだよ、悪い時は！　だからわたしと祥太郎は相談してた。どうやったらパパとママを仲直りさせられるか、どうやったらまた一緒に暮らせるか、どうやったらわたしたちのいちばんすてきな時代が戻ってくるのか、ばれないように相談してたんだ。でもあんたが、あんたが！　わたしと祥太郎が会ってることを突き止めた！　それを張り紙にして、学校の前に張った！　噂になったんだよ。パパが気づいたんだよ。それでぜんぶ終わりだよ、ぜんぶ！　わたしと祥太郎は、もう会えなくなった！　わたしらの家族を立て直す、たった一度のチャンスだったのに！」

金槌を持ったまま、日坂さんは自分の頭をかきむしる。

「わたしがいれば。わたしがそばにいれば。わたしたちの家族が元通りになっていれば、祥太郎はあんなことしなかった。わたしがさせなかった！　あんたのせいだ。あんたが余計なことをしたから、祥太郎がいちばんつらいときに、わたしはあいつのそばにいられなかった。あんたのせいで、祥太郎は飛び降りた！」

脳から血が引いていくようだ。その言葉だけは、聞きたくなかった。……ぼくのせいで、日坂くんは飛び降りた！

嘘だ。日坂さんが言うことは嘘に決まってる。しっかりしないと。言い返すんだ。小佐内さんも巻き込んでいるのに、ここで弱気になったら……本当に二人とも殺されてしまう。

日坂さんが金槌をぼくに突きつける。

「わたしは逃げられない。前科がつく。切り開いた人生も、ぜんぶだめになった。あんたのせいだ。小鳩常悟朗。殺してやる」

言葉が出ないぼくの視界が、クリーム色でいっぱいになる。ぼくと日坂さんの間に、小佐内さんが立ちはだかっていた。

「けっこうな言い分ね」

「……誰よあんた」

「あなたは、自分に小鳩くんを轢く理由があったって叫んでる。へえ、そう。……じゃあ、わたしは？　あなたはわたしも轢こうとした。小鳩くんが助けてくれなかったら、あなたはわたしも轢いてた。理由のない相手もついでに轢いちゃおうだなんて、ただの人殺しじゃない」

日坂くんの轢き逃げ事件を追っていたのはぼくだけでなく、小佐内さんも一緒で、日坂さんから見れば同罪のはずだ。それなのに小佐内さんはいま、自分は無関係の被害者だと装っている。ぼくには、その理由がわかる。そうした方が、日坂さんを動揺させられるから。時間を稼げるからだ。

日坂さんは悲鳴のような叫びをあげた。

「……違う！　あんたが、そこの男と一緒にいるから！　恨むんならそいつを恨め！」

「お断り。小鳩くんはわたしを轢いたりしない」

「じゃああんたも殺す」

「残念だけど、できないと思う。時間切れだもの。後ろのドアの向こうに誰がいるか、きっと当てられない」

日坂さんはあざけった。

「警察が来たんでしょ。わかってる。まあいいよ」

小佐内さんは身構えることもせず、淡々と言う。

「まだ警察が来てないことは、考えればわかるでしょう。サイレンが聞こえてないんだから。違うよ、日坂さん。あなたの後ろにいるのは別のひと。ねえ！　もう出てきてもいいよ！」

小佐内さんが、ぼくの車椅子の横に移る。

屋上庭園の入口には、杖をついた、日坂祥太郎くんがいた。

ぼくの筋肉が緊張し、骨が軋んで痛みが走る。

日坂くん。生きている。

その瞬間、ぼくは自分が何を思っているのかわからなくなった。

足元に金槌を落とした日坂さんが、泣き出しそうな声で叫ぶ。

「なんで！」

祥太郎くんは三年前に比べて、痩せていた。乾いた音を立てて杖をつきながら、祥太郎くんは英子さんに近づく。

「姉ちゃん。気持ちはわかるんだけどさ」

と、三年前よりも少し低くなった声で祥太郎くんが言う。

「本当に気持ちはわかるんだけどさ。やめてよ。小鳩が悪いわけじゃない。あいつはただ単に、俺を轢いた車を捜していただけなんだ」

英子さんはよろめき、何も植えられていないプランターに寄りかかる。

ああ、そうか。

英子さんは、聞かれてしまったのだ。自分が人を殺そうとしたことを。もう一度いっしょに暮らすことを願っていた弟に、自分は殺意をもって人を轢いたことを、聞かれてしまったのだ。

英子さんの声はふるえ、ほとんど消えてしまいそうだ。

「でも、祥太郎」

「俺が馬鹿なことしたのは、姉ちゃんのせいじゃない。そりゃあさ、元通りいっしょに暮らしていれば結果も違ってたかもしれないけど、そんなこと言ったってしょうがないじゃん。もし誰かのせいだとしてもさ……小鳩じゃないよ。あいつは違うよ」

「でも！」

わずかに足を引きずって祥太郎くんは英子さんに近づき、そっと手に触れる。

「車に轢かれるって、本当まじで、めっちゃ怖いんだよ。俺は小鳩にもそんな思いしてほしくなかったよ」

「ああ」

よりにもよって、弟を苦しめたのと同じ方法で他人を傷つけたことを、英子さんは、たぶんこの世で一番知られたくない人に知られてしまった。祥太郎くんは言った。

「正直言ってさ……俺、姉ちゃんに、そんなことしてほしくなかったよ」

英子さんは、ぺたりと座り込んだ。

風が吹き始めた。嗚咽《おえつ》を吹き散らすような風だった。

サイレンが聞こえてくる。

日坂英子さんは、事情聴取のため連行された。

ぼくも小佐内さんも、日坂祥太郎くんも一通りの事情は訊かれたけれど、意外にも、警察署への同行は求められなかった。また後日話を伺うことがありますから、居場所はわかるようにして、市外へは出ないで下さいと言われただけだった。

消灯時間が過ぎた薄暗い病院ロビーで、ぼくは日坂くんと向かいあう。ぼくは車椅子で、日坂くんは杖をついて。日坂くんの杖は、鋭い光沢のある木製だった。

日坂くんは、ほんの少し笑った。見覚えのある、ちょっと申し訳なさそうな笑い方だった。

「久しぶりだな」

ぼくは、言うべき言葉を見つけられなかった。かろうじて、こう言っただけだ。

「久しぶり。会えると思わなかった。どうしてここに？」

日坂くんは視線をさ迷わせる。

「あれ。小佐内さんは？」

ぼくはかぶりを振る。小佐内さんがふっといなくなるのは、珍しいことではない。

「まあいいや。昨日、小佐内さんに事情を聞いたんだ。顔ぐらいは知ってたけど話したことなかったから、いきなり来られてびっくりしたよ。それで、小鳩が車に轢かれたことや、俺のことを思い出して、まあいろいろ考えてるらしいこととか話してくれて。それで、小鳩に会ってくれって言われた」

「……それで、大晦日に来てくれたんだ」

「ほかにしたいこともなかったしな。バスの乗り継ぎに手こずって遅刻して、ようやく着いたってメッセージ送ったら、屋上庭園に来てって返ってきて驚いたよ。まさか……まさかね。こんなことになるとは」

屋上庭園に入った時、小佐内さんが何か携帯を操作していたことは気づいていた。日坂くんを呼んでいたのか。

日坂くんが来てくれなかったら、日坂英子さんを止めることはできなかったかもしれない。

「ありがとう。おかげで助かった」

「礼を言われるのはおかしいな。姉貴がひどいことをした。どう謝っていいのかわからん」

「謝るなんて。三年前、たしかにぼくは何の事情も知らずに、勝手なことをした」

日坂くんが頭をかく。

「俺も中坊の時は言い過ぎた。ずっと気にしていたんだ。秘密は俺の方にあったのに、なんであそこまで言っちまったんだろうって」

「当然だよ」

自分でも驚くほど大きな声が出た。

「言われて当然だ」

日坂くんはびっくりしたように目を見開き、それから、少し陰のある笑い方をした。

「俺さ、ずっと考えていたんだ。俺がおまえを殴った後、なんでおまえはあんなに傷ついた顔をしていたんだろうって。俺は小鳩のこと、降ってわいた面白そうな事件をドラマみたいにあっちこっち調べてまわって、挙句に面白半分に人の秘密に首を突っ込んできたやつって思ってたから」

その通りで、何の間違いもない。でも日坂くんは続ける。

「そんなふざけたやつだったら、俺が殴ってもあんな顔はしなかったんじゃないか。信じられないかもしれないけどな、俺、人を殴ったのあれが最初で最後でさ、いろいろ考えるんだよ。そうしたら後で牛尾のやつに、話を聞かされた。おまえ、俺の治療費のことを考えてくれていたんだってな」

……まあ、そういう話もした。犯人がわからなければ、日坂くんは賠償金を取れない。治療費は家族が払わなきゃいけないし、大会に出られなかった償いも推薦入学がだめになった償いも得られない、と。

「それで思ったんだ。俺の治療費の話なんて、その場かぎりのおためごかしで出てきたりしない。おまえは本当に俺のことを心配して、力になろうとしてくれたんだって」

それだ。

それこそが、ぼくが三年前に犯した最大の愚行だ。

「ぼくはさ」

ちょっと声がふるえている。

「ぼくは、本当に馬鹿だったんだ。轢き逃げ犯がわかれば、ぼくは褒められる。認められるって思ってた。そのうえ日坂くんは賠償金をもらえるし、家族の負担も軽くなる。日坂くんを助けられる。きっと、きっと日坂くんも喜んでくれるに違いないって……ぼくは、本気で思っていたんだよ」

それを善意と呼ぶのは間違っていないだろう。ただし押しつけがましい、望まれていない、ひとりよがりの善意だ。結果的に事件を解き明かせばきっと喜んでもらえる――途中でどんな事実が転がり出たとしても。ぼくはそんなふうに考えていて、その考えは間違っている。

三年前の放課後、日坂くんから弱々しい平手打ちを受けた後、ぼくは自分でも想像していなかったようなショックを受けた。それは何故なのかを考え、考え尽くして、ぼくは喜んでもらえるはずの場面で拒否を突きつけられたことにくらめいたのだと気づいた。まるで、友達の誕生日にと選びに選んだプレゼントを投げ捨てられたように、おじいちゃんとおばあちゃんの絵を描いて持って行ったら「下手だねえ。いらないよ」と言われたように、好意を受け取ってもらえなかったことがかなしかったと気づいたのだ。

愚かだった。

愚かとしか言いようがない。それが好意だと思っているのはこちらだけで、相手にそれを受け取る義理などひとつもない。まして、心の中に土足で踏み込んでさえ、好意の表れだから許してもらえると思っていたなんて。

ぼくは自分の甘さに愛想を尽かした。いまも、ずっと。

日坂くんが言う。

「あのとき俺は、ありがとうとは言えなかった。いまも言えない。でも、これだけは言わせてくれ。小鳩……殴って悪かった」

日坂くんに謝ってもらう資格なんて、ぼくにはないんだ。ただ、ずっと言いたくて言えなかったことを、ようやく言える時が来たことだけは、ぼくにもわかった。

「ぼくこそ、悪かった。ごめん」

日坂くんは、実に軽く応じる。

「いいよ。でも、もしかしたら、許さない方がよかったりするのか？　わかんねえな、俺、そんなに気がまわる方じゃないから」

ぼくは、少し笑った。間違っているかもしれないけれど、いまなら、ずっと持っていた思いを言ってもいいんじゃないかと思った。

「日坂くん。生きていて、よかった。噂を聞いて、ずっと考えてた。ぼくのせいなんじゃないかって」

日坂くんはさみしそうに微笑して、うつむく。

「そりゃあ、ある意味おまえのせいかもな。ある意味、姉ちゃんのせいだ。牛尾だって藤寺だって、少しずつかかわってる。でも、俺が死のうとしたのは、他の誰でもなく、俺がそう思ったからなんだよ。失敗したけどな」

そして日坂くんは、ぼくの表情を盗み見た。

「事情を聞きたそうな顔をしてるな」

それは勘違いだ。ぼくは首を横に振る。

「別にいい。生きていてよかった、それだけだよ。でも、もし何か力になれることがあったら、言ってほしい。話した方が楽になるなら、聞かせてほしい」

日坂くんは肩をすくめた。

「まあ一つだけ言うと、人間関係だよ。おまえのせいじゃないが、今度は身内から犯罪者が出て、悩みは倍増ってな。つくづく、ひとりで生きられないって嫌な話だ。早く大人になりたいと思ったことはないか、小鳩？」

どうだろう。

まともになりたいと願ったことなら、あったような気がする。

暗い廊下の奥から、中田と書かれた名札をつけた看護師さんが来る。反射的に壁掛け時計を見ると、もう十一時を大きく過ぎている。日坂くんも時計を見て、「まいったな」と呟く。

「バスがない」

「パトカーで送ってもらえばよかったね」

「だな。まあ、なんとかなるさ」

日坂くんは杖をつき、出口に向かう。

「じゃあな、小鳩。よいお年を。会えてよかった」

ぼくはその後ろ姿に手を振る。

「じゃあね、日坂くん。よいお年を。……会えてよかった」

日坂くんは、振り向かなかった。

終章　小市民は空を飛ばない

暗い病室に戻る。

日坂英子さんがいなくなって、明日から誰が来てくれるのだろう。結果的にこの病院の看護師さんが逮捕されるきっかけを作ってしまって、明日からも治療を受けられるのだろうか。それにしても、疲れた。屋上庭園は寒く、寒さは体力を奪っていった。

病室でベッドを見て、ぼくは舌打ちしたくなった。車椅子からベッドに戻れない。さっき病室前まで送ってくれた中田さんに、ついうっかり、一人で大丈夫ですと言ってしまった。仕事に戻ってもらった直後に申し訳ないけれど、ナースコールで呼ぶしかないか。……そう思っていたら、声をかけられた。

「おかえり、小鳩くん」

小佐内さんが、ベッドに座っていた。思わず声を上げる。

「もうすぐ十二時だよ！」

「だいじょうぶ。警察のお世話になることは、家に伝えてあるから」

そんな言い方をしたら、かえって心配するんじゃないだろうか……。

ぼくはマフラーを解いて小佐内さんに返す。

「ありがとう。助かった。これがなかったら、絶対無理だったと思う」

「どういたしまして。寒かったね」

小佐内さんの介助を受けて、ぼくはベッドに戻る。小佐内さんが座っていた場所が温かく、冷え切った体にはちょっと嬉しかった。

テーブルの上には、水の入った花瓶と、入院のあいだ書き綴っていたノートが置かれている。そのノートを見ながら、言う。

「日坂くんと話したんだ」

「よかったね」

「日坂くん、ぼくが日坂くんのことを思い出して気にしてるって知ってた。それって小佐内さんに話してないよね」

話すも何も、そもそもぼくは眠らされていて小佐内さんと話すこともできていなかった。その小佐内さんが、ぼくが日坂くんのことを回想していると知る方法は一つしかない。

「ぼくのノート、見たね」

小佐内さんは目を丸くした。

「わたしに読んでほしくて書いているんだと思ってた」

「そういうわけじゃなかったんだけど……」

ぼくはただ、自分が何をしたのか知りたかっただけだ。

「でも、読むことは想定していたんでしょう」

まあ、そうだ。でなければ、ドライフラワーの花瓶に睡眠薬入りの水を移しそこねた時、このノートを使って小佐内さんに連絡を取ったりしない。

ぼくはベッドの上から、小佐内さん。肋骨の痛みが許す範囲で頭を下げる。

「ありがとう、小佐内さん。日坂くんを呼んでくれて嬉しかった。話ができるだけでも嬉しかったのに、あいつにはピンチまで助けてもらった」

小佐内さんは自分の胸に手を当てる。

「本当にびっくりしたね。怖かった」

「小佐内さんが日坂くんを捜しておいてくれたおかげだよ。よく見つけたね」

そう聞くと、小佐内さんはかぶりを振った。

「そのことなら、お礼は堂島くんに言って。日坂くん……って、いまは苗字が変わって三浦くんなんだけど、彼を見つけてくれたのは堂島くんなの。小鳩くんに頼まれたって言ってたけど」

……たしかに、頼んだ。

「でも、断られたよ」

小佐内さんは首を傾げる。

「堂島くん、そうは言ってなかった。お見舞いに行けなくてごめんって言ってたよ」

日坂くんの消息を調べてくれと頼んだその場では断ったのに、やっぱり気になって、調べてくれたらしい。健吾らしいと言えば、これほど健吾らしいこともない。

「そっか。お礼を言っておいてくれるかな」

「早く治して、自分で言ってね」

がんばって治療速度が変わるものではないけれど、そうだね、早く治そう。

小佐内さんが、テーブルの上のノートを手に取る。

「三年前の轢き逃げ事件は、わたしにとってもひどい失敗だった。小鳩くんも、あの事件が結局どういうことだったのかは、調べなかったんだね」

日坂くんを轢いた永原匠真がどこの誰だったのか、空色の軽ワゴンはどこに消えたのか、たしかにぼくは調べなかった。小佐内さんも、そうだったらしい。三年前のぼくは、自分に解けない謎があることが怖くて、あの防犯カメラからは目を逸らし続けていた。

でも、いまはこう言える。

「たぶん、すごく単純なことだったんだと思うよ。永原匠真だっけ、日坂くんを轢いた犯人はアルバイトをしてた」

「うん。新聞にそう書いてあった」

「コンビニ店員だったんだと思う」

小佐内さんの目が、きゅっと真剣みを帯びる。

「……どういうこと?」

「日坂くんを轢いた車は、当然映っているはずの、〈七ツ屋町店〉の防犯カメラに映っていなかった。それはなぜか？　そう考えたのが間違っていた。あの映像には、いま考えれば明らかにおかしい点があったよ」

首を傾げ、小佐内さんが天井を睨む。

「もう、あんまり憶えてないの」

「正確に言えば、異状がないのがおかしいんだ。Uターンする場所がなかった以上、事故現場を通過する車はぜんぶあのカメラに映ったはず。それなのに映像には、ふつうの車しか映っていなかった」

ぽん、と小佐内さんが手を叩く。

「本当だ。中学生のわたし、おばか」

事故現場では日坂くんが倒れていて、日坂英子さんが携帯を操作して通報が行われた。日坂くんは病院に運ばれ、現場には警察が急行した。特にパトカーは何台も行ったはずだ。

あの日堤防道路上でUターンすることは不可能で、轢き逃げ現場に向かったり、そこから去ったりする車は必ず例のコンビニの防犯カメラに映ることは、ぼくたち自身が念入りに確認した。緊急車輛だからといって無理なUターンをしなかったことは、藤寺くんが見ていた。

つまりあの録画データには、救急車やパトカーが映っていなければならないのだ。

それなのに映っていなかったということは、これはもう、映像が偽物だったと考えるしかない。事故が起きた六月七日のデータは、麻生野さんがぼくたちの目の前でコピーしてくれた。

それが偽物だったということは、そもそも元のデータが改竄《かいざん》されていたということになる。たしか記憶では、録画の日付はファイル名にしか表示されておらず、動画内には時刻しか出ていなかった。ファイル名を入れ替えるだけなら、それほど難しくなかっただろう。

ぼくはあの堤防道路を、全長九キロの大きな密室だと考えた。本当に密室が成立しているのか、鍵も確かめずに推理ごっこに興じたようなものだ。

「永原匠真は、コンビニ〈七ツ屋町店〉の店員だった。あの店の事務室には、店員以外は入れないと言われた。ということは、店員なら入れたんだ。犯人はおそらく、あの店の防犯カメラが堤防道路を行き来する車を一台残らず映していることを知っていて、轢き逃げ事故を起こした後、自分の車が映っている映像と、別の日の映像のファイル名を入れ替えた。轢き逃げした直後、自分の車が映っているデータがあるのが怖かったんだろう」

ひとつ溜め息をつき、続ける。

「事情を聴いた麻生野さんが一瞬で事件を解いたのも、納得できる。救急車やパトカーが映ってないのはおかしいっていうのも気づいたんだろうけど、それ以上に、麻生野さんだったら永原匠真の車が空色の軽ワゴンだって知っていただろうし」

三年前の閉鎖空間の謎は、これで解けた。小佐内さんはまったく正しい。三年前のぼくはあらゆる意味で、おばかだったのだろう。

小佐内さんが、ボンボンショコラの箱の二重底を開ける。小さな盗聴器——小佐内さんが主張するところの無線機――を取り出して、ダウンコートのポケットに入れる。もう何も、盗み聞く必要はない。

ところで、ダウンコートを見ていて思い出した。

「さっき日坂英子さんに撒いたのって、何？」

ぼくも少し吸い込んだんだよね、あれ。小佐内さんは平然と答える。

「胡椒。害はないよ」

「咳が出て、折れた肋骨が痛かった」

「ごめんね」

「なんで胡椒なんて持ってたの？」

小佐内さんはちらりとぼくを見る。

「小鳩くんが看護師さんに薬品を飲まされているって見当はついていたのよ。乗り込むのに警戒するのは当然でしょう。本当にハンマー持ってくればよかったって思ってるぐらいなのに」

「納得」

その備えは功を奏し、ぼくたちは危ういところを逃げ出した。日坂英子さんはぼくたちを追い詰めたけれど、結果として、自分が何をしたのかを自分の口で弟に暴露することになった。

「……ん？」

「え？　どうしたの」

まさかとは思う。思うけど、ちょっと気づいてしまった。

「小佐内さん、ぼくを轢いた轢き逃げ犯に怒ってたよね」

暗がりの中で、小佐内さんはきゅっと眉を吊り上げた。

「当たり前だと思う」

うん。ぼくだって、決して寛容な気持ちではなかった。

「日坂英子さんは、心のどこかで逮捕は覚悟していたと思うんだ。ぼくを永遠に病室に閉じ込め続けることは不可能だし、殺すこともできなかったんだから。でも日坂さんにとって、自分がやったことを弟にぜんぶ知られるのは、逮捕されるよりもずっと悪い、考え得る限り最悪の結末だったんじゃないかな」

小佐内さんはこくりと頷く。

「だと思う。日坂……三浦くんを見たあと、この世の終わりみたいな顔してたし」

「すっきりした?」

「した」

そこまで言って、小佐内さんは自分を指さした。

「えっ。小鳩くん、もしかしてわたしが仕組んだって思ってる?」

小佐内さんは日坂くんに会っているのだから、その姉が木良市民病院の看護師だということは聞いていてもおかしくない。その情報と、ぼくが病院内で睡眠薬を盛られているという推測を結びつければ、日坂英子さんに疑いを向けるのはむしろ自然だ。

あるいはもっと単純に、小佐内さんは病室の外で、規則通りに名札をつけた日坂さんを見たのかもしれない――ただその場合は、いくらぼくが眠っていても、なんとかして看護師さんの正体を伝えてくれたはずだと信じたいけれど。

そして、ぼくはこう考えている。

「犯人にとって最悪の結末ってことは、小佐内さんにとって、最高の復讐だったかもしれない」

小佐内さんは、ぼくの疑いを一笑に付す。

「そんなわけない。犯人が今夜ここに来るって、わたしにわかったはずがないでしょう」

「でも、明かりをつけるように誘導してぼくが眠っていないことを外から見えるようにしたのは、小佐内さんだったよね」

「暗くて危ないって思っただけ。それに、三浦くんが遅刻してくることも事前にわかったはずない」

もし時間通りに来ていたら、日坂くんは小佐内さんと一緒にこの病室に来ていた。そして……お姉さんと鉢合わせしたはずだ。

「日坂くんとお姉さんを会わせたら面白いことになるかもって、ぜんぜん思ってなかったってこと？」

小佐内さんは腰に手を当て、ぼくを睨みつけた。

「小鳩くん、人を何だと思ってるの」

「ご、ごめん」

「そんなの、思ったに決まってるじゃない」

ベッドの上で、ぼくは笑った。小佐内さんは、笑うなんて心外だと言わんばかりに眉を上げていたけれど、やがてやっぱり、笑い出した。

小佐内さんにお願いして、窓を開けてもらった。体はまだ冷えているけれど、外の空気を吸いたかった。

気づかなかったけれど、近くにお寺でもあるらしい。どこからか鐘の音が聞こえてくる。

「ぼくはさ」

言うともなしに、ぼくは話す。

「日坂さんがぼくを殺さなかったのは、臆病だからじゃないと思うんだ。日坂さんはぼくをふつうに看護してくれた。危うかったのは二回だけ、髪を洗うときに首に巻くタオルがきつかったことと、初めて車椅子に乗り移るとき、タイヤをロックしなかったことだけ。……日坂さんは看護師として、職業意識として、患者には手を下せなかったんじゃないかな」

小佐内さんがベッドの端に腰掛け、窓の外を見ながら言う。

「わたし、いまの小鳩くんの気持ちをなんて呼ぶか、知ってると思う」

「センチメンタリズム？」

「ストックホルム症候群」

苦笑するしかなかった。まあ、日坂さんは単に、医療事故は避けたかっただけなのだろう。

一つだけ、奇妙なことがある。

日坂さんはぼくを轢いた翌朝出勤してきて、ぼくを担当することになると知ったと言っていた。けれどぼくはその前、事故後の昏迷の中で、「これは報いだ」という言葉を聞いたのだ。時間的に言って、あれを言ったのは日坂さんではない。では、誰だったのか。

……誰でもなかったのだろう。強いていうなら、ぼくの声だったか。

どこかぼんやりとした頭で考える。――日坂英子さんは、これからどうなるのだろう。警察に対しても、あの轢き逃げはぼくを意図的に殺そうとした殺人未遂だということを認めるだろうか。

日坂さんは自分の人生も守りたいと思っていたから、すべてを告白して潔く刑に服するより、できる限りの言い逃れをしてただの道路交通法違反に収めようとする気がする。

もし警察が日坂さんの殺意に気づくのなら、ぼくは事情聴取の中でそれを否定はしないと思う。けれどそうでないなら、ぼくの方から、日坂さんはぼくを狙っていたと話すことはないだろう。

殺されかけた恐怖を忘れることはできないけれど、それでもやはり、たぶん――ぼくに日坂さんの罪を問う資格は、ないように思うから。

冷たい風が心地いい。少し髪をさわって、小佐内さんがぼくに訊く。

「……治ったら行きたいところ、ある?」

ぼくが自分で出歩けるようになる頃には、小佐内さんはきっとこの街にいない。だからこれは、連れて行ってくれるのではなくて、単純な問いかけだ。ぼくは考える。宮室先生に同じことを訊かれた時は、携帯の店に行きたいと答えた。その時はほかに考えられなかったけれど、急いで連絡を取るべき用件は、今夜片づいた。だったら、行ってみたいところがある。

「〈アリス〉かな。いちごタルトを買いたいんだ」

思いもしない返事だったのか、小佐内さんはちょっと驚いたようだ。

「え？」

「小佐内さんが勧めてくれたお菓子の中で、あれは食べてないんだ。きっとおいしいと思う」

小佐内さんの目が、少し細くなる。

「……うん。毎年少しずつ味が違うけど、いつも、とってもおいしい。いちごだらけなの」

「せめて、いちごたっぷりと言ってほしいな」

春期限定だった〈アリス〉のいちごタルトは、一昨年の春、小佐内さんの目の前で盗まれてしまった。正確には、タルトを前かごに入れた、自転車が盗まれたのだ。あの一件で小佐内さんは、小市民を目指すというぼくたちの誓いを入学早々破ってしまった。まあ、あの時はぼくも一枚も二枚も嚙んでいたのだから、お互いさまだ。

体は冷えていても、頭は熱くなっていたらしい。風がひたいを撫でた時、ぼくはふと、眠気をおぼえる。

「それから……〈セシリア〉にも行きたいな。パフェに挑戦するんだ」

夏期限定のトロピカルパフェのサイズ感は、ぼくの手には余る。けれどたしか〈セシリア〉

には、ふつうの大きさのパフェもあったはずだ。小佐内さんが、ちょっと気づかわしげに訊いてくる。

「パフェ、大丈夫なの？」

二年生の夏の一件以来、ぼくはパフェを苦手にしている。けれど、そろそろ克服してもいいころだ。

「きっとね」

そう言いながらぼくは、パフェが苦手だって小佐内さんに話したことがあるか、記憶を辿っていた。話してない……ような気がする……けれど、小佐内さんが知っている以上、きっとどこかで話したんだろう。

春が過ぎ、夏が過ぎて、ぼくはどれぐらい治っているだろう。秋にはもう、松葉杖がなくても歩けるようになっているだろうか。

「〈桜庵〉の栗きんとんは、絶対に行くよ。あれはちょっと、認識が変わるおいしさだった」

小佐内さんは、ちょっと困り顔になった。

「気に入ってもらえて、うれしい。でも、栗は年ごとに当たり外れがあるから、いま一つでもがっかりしないでね」

「そうしたら、次の年を楽しみにするよ。きっといつか、当たり年も来るはずだから」

「そうね」

漆《うるし》と紅殻《べんがら》を連想させる黒と赤を基調にした〈桜庵〉に、たぶんぼくは一人で行くのだろう。

なにしろ浪人生だから、参考書とノートをもっていくかもしれない。それとも、おいしい栗きんとんを頂くのに、勉強しながらでは野暮だろうか。

鐘が聞こえてくる。小佐内さんはベッドに座ったまま、片手をシーツに置く。

「……ねえ、小鳩くん。いろいろあったね」

そうだね。

「高校生も、もう終わりだね」

そうだね、もう終わる。

ぼくたちは高校に入るにあたって、互恵関係を結び、小市民を目指すと約束した。でも、その約束は時と共に色あせて、より穏当で妥当なものへと変わっていった気がする。もしかしたらそれは、ぼくたちが自分自身を少しずつ受け入れていった経緯なのかもしれない。今回の、日坂英子さんの一件――冬期限定ボンボンショコラ事件を通じてつくづく思い知ったけれど、ぼくは結局のところ、自分があまり好きではない。賢しらに振りまわした知恵の刃が誰かの胸をえぐっても、その返り血で自分の手が汚れたことばかりを嘆いている。そんなぼくを、どうして好きになれるだろう。けれど、それでも……自分を恥じていても、自分を受け入れていくしかない。これからはもう、一人なのだから。

小佐内さんが言う。

「小鳩くん。三年間でいちばん、これはずっと忘れないだろうって思う瞬間って、なあに?」

なんだろう。

まっさきに頭に浮かんだのは、ぼくに向かって突っ込んでくる車と、視界いっぱいに広がった、冬の重く垂れこめた雲だ。でもきっと、これはいつか忘れていくのだろう。

ぼくが返事をできずにいると、小佐内さんが窓の外を見ながら言った。

「わたしはね、いまだと思う」

鐘が響く。眠気が忍び寄ってくる。

小佐内さんが立ち上がり、窓を閉める。やっぱり少し寒かったようだ。小佐内さんはそのまま時計を見た。

「じゃあ、わたし、行くね」

「うん。ありがとう」

「……受験、残念だったね」

そういえば、そうだ。いろいろあり過ぎて忘れていたけれど、ぼくの受験はもう終わっているのだ。

「まあ、ゆっくり勉強するよ」

と言うと、小佐内さんは少し、謎めいた笑みを浮かべた。

「小鳩くんは、どこの大学に行くつもりだったの？」

「名古屋だった、近いし。でも、志望校も練り直さないと」

「わたし、京都がいいと思う」

藪から棒だ。びっくりして、ほんの少しだけ眠気が引っ込んだ。

「なんで？」

「わたしが京都の大学を受けるから」

なんだ。ぼくはちょっと息をつく。

「そう。受かったら教えてよ。お祝いのメッセージぐらいは送るから」

「教えない」

ベッドの端に、小佐内さんの手が置かれる。

「小鳩くんはさっき、わたしをとんでもない陰謀家みたいに言ったでしょう。わたし、心が傷ついたの」

「……それはどうも」

「それに、なかなか意識が戻らなくて、わたしをとっても不安にさせた。だからその報いがいると思う。来年小鳩くんが来るまでの間に、京都に迷路を作ってあげる」

静かな夜に、小佐内さんはくすくすと笑う。ぼくはまぶたを開けているだけで精いっぱいだ。

「おいしいお店も探しておく。だからきっと、わたしを捜してね。そうしたら……最後の一粒をあげるから」

小佐内さんがぼくの枕元から、最後に残されたボンボンショコラの一粒を取って口に運ぶ。

ぼくはまた、抗《あらが》いがたい眠気にとらわれる。薬のせいではない、自然な睡魔に。

「おやすみ小鳩くん。わたしの次善。あなたが生きていてよかった。お大事にね。そしてどうぞ、よいお年を」

ぼくの目は閉じていく。

——夜の底から、鐘の音が聞こえてくる。

小鳩くん、寝台《ベッド》のうえの人となる

松浦正人

小鳩くんと小佐内さんの高校生二人が清くつつましい小市民たらんとして始まった探偵物語（創元推理文庫刊）も、いよいよ大詰めです。彼らが高校デビューを狙った二〇〇四年の『春期限定いちごタルト事件』を皮切りに、高校二年の夏休みの波瀾《はらん》を描いた『夏期限定トロピカルパフェ事件』（〇六年）、同年秋からの一年にわたる二人の足どりと連続放火事件のあとをたどる『秋期限定栗きんとん事件』（〇九年）ときて、季節限定スイーツの名を冠した長編四部作は、高校三年の冬の物語でフィナーレを迎えます。

前作の発表から十五年間しんぼうしたファンの皆さん、お待たせしました。連作短編集『巴里マカロンの謎』（二〇年）でひと息つけたとはいえ、もどかしかったことでしょう。ファニーでありながら深刻でもある、読みごたえ満点の新作ですよ。二人のなれそめの記（といっていいのかしらん）だって、しっかり書かれています。どうかご堪能ください。

それから、『黒牢城』（二一年／KADOKAWA）、『可燃物』（二三年／文藝春秋）といった最近作で米澤穂信を発見したかたへ。これは一編のミステリとして、まことによくできた逸品です。終盤にたたみかける真相究明シーンの迫力がすばらしく、軽妙と見えて、胸に長くのこるだろう激しい感情の発露にもいきあいます。こんなに力のこもった本を見逃す手はありません。ひとつ注意しておきますと、シリーズ第一作の『春期限定～』だけは先に目をとおしておかれるほうがいいでしょう。予備知識なしに読んでこその趣向が同作には秘められていますので。味わいそこなうのは、もったいない！　というものです。

さて。本書『冬期限定ボンボンショコラ事件』のすべりだしはショッキングです。

クリスマスまえの雪のつもった夕刻、小鳩くんと小佐内さんは堤防道路のせまい歩道を凍えながら歩いていました。しごく平穏なひとときでしたが、走ってきた車に小鳩くんが轢き逃げされてしまうのです。すぐに救急搬送《はんそう》されたものの、五時間近く意識をうしない、右の大腿骨《だいたいこつ》を折って、肋骨《ろっこつ》に亀裂《きれつ》骨折も見られる重傷でした。医師からは、退院まで長くて二か月、松葉杖がとれるのにこれまた長くて半年程度かかることが告げられます。それともう一点、来月にせまっていた大学入試をうけるのが難しいことも。

『秋期限定～』で小鳩くんは、四月にもう受験勉強を始めていました。図書館へのりこみ入試問題を解いてみたあと、本番までは〝あと九ヶ月。無限かと思うほど長い時間だけど、いずれ過ぎてしまうんだろう。（中略）高校の三年だけ、終わらないという道理はない。わかっている。わかっているけど、なんというか、いきなり時間がループしたりしないものだろうか。／

するかもしれないので、勉強の続きはそのときにしよう〟と……本当になんというのでしょうか、自分で自分を揶揄《やゆ》するように、そのときは切りあげるのですが、まさかこんなかたちで〝ループ〟が実現するとは思わなかったでしょう。

そんな小鳩くんにとって、食事から排泄、清拭、痛みとのつきあい方まで、入院生活にまつわるすべてが初体験。むろん当事者にしてみればうけいれるしかないわけで、担当医や看護師の工夫もあるとするなら、まさに経験してみないとわからないことの連続です。的確につみかさねられるリアルな細部を読んでいくうち、入院経験のない解説子はいつのまにか首を縮《ちぢ》め、その場に立ち会っているような心もちになっていました。

当の小鳩くんはといえば、寝返りをうつことさえ禁じられています。——ああ、そうでした。シリーズ探偵が病院のベッドに横たわって、うんざりしながら天井をにらんでいる場面から幕のあがるミステリがありましたね。ジョセフィン・テイの里程標的名作『時の娘』（一九五一年／ハヤカワ・ミステリ文庫）です。探偵はアラン・グラント警部といい、犯人追跡中にマンホールに落っこちて、入院生活を余儀なくされました。ふとしたきっかけでリチャード三世の悪名に疑念をいだき、文献のみから史実をひっくり返そうと談論風発、その一部始終がなにしろ愉快だったものですから、シリーズ探偵が寝台探偵（ベッド・ディテクティヴ）となって歴史上の謎に挑むという手法はのちに、高木彬光の『成吉思汗《ジンギスカン》の秘密』（五八年／光文社文庫）、コリン・デクスターの『オックスフォード運河の殺人』（八九年／ハヤカワ・ミステリ文庫）といった後継作を生みました。

米澤穂信は、一次史料だけから過去のある人物の実像をさぐりあてる傑作にして〈古典部〉シリーズ第一作である『氷菓』（二〇〇一年／角川文庫）でデビューした作家です。こうした歴史ミステリにたいする関心も、書きあげる実力も十二分にもちあわせていることは疑うべくもない。けれども、『冬期限定〜』はその種のミステリとなりません。なぜでしょう。思うにこれは、寝台探偵の初心とかかわりがあります。楽屋裏のおしゃべりが冒頭から前面に出る高木作品をさておくと、テイとデクスターの主人公は職業警官であり、身動きできなければ職務を遂行《すいこう》できません。ところがたまたま歴史上の謎がころがりこんでくると、気晴らしに文献ととりくむ気になり、するとふだんとは勝手の違う情況であったはずなのに、グラント警部なら〝たたきこんだ警察官の眼〟（『時の娘』訳者あとがき）で、モース主任警部なら異能の仮説構築力で、彼らしいというしかない活躍（＝推論）を見せるのです。つまり、偶然手にした材料をまえに、探偵としての本領を発揮してしまう、という経緯に両作の本質があると考えます。

では、小鳩くんの場合は？　見舞いにきた無二の友、堂島健吾のことばから、三年前にもその道で轢き逃げ事件があったことを思い出します。轢かれたのは小鳩くんのクラスメートだった日坂祥太郎ですが、健吾によると、その日坂くんが自殺したらしいというではありませんか。受験生である友には伝聞内容の確認を頼むに頼めず、ひどく大きな葛藤に直面したと思《おぼ》しい小鳩くんはベッドで一人、中学三年の夏の記憶をひもときだします。退屈しのぎとはとてもいえないけれど、解きたがりの性分のうえからも、それ故にかかえこんだ罪悪感のうえからも忘れることのできない、奇妙な事件とその調査をめぐる顛末《てんまつ》を。

うまくつたわったでしょうか。典型的ではなくとも本作もまた、寝台探偵の初心につうじる姿勢で書かれた一編なのです。もちろん、肝心なのはそれがどのような実を結んだのか。その点、カットバックのかたちではさまれる長い長い回想は、本シリーズそしてミステリならではの楽しみにあふれています。具体的にふりかえってみましょう。

まず、最初は漠然とした轢き逃げ事件にすぎなかったものが、しだいに輪郭をはっきりさせていく過程の豊かであること。探偵にのりだした小鳩くんは中学生です。飲食店で話を聴いたり、夜に外出したりするにあたっては、補導される心配をしなくてはなりません。自動車の整備工場に問い合わせの電話をすることだってできない。ハンデがあるわけですが、現場に立ってタイヤのブレーキ痕《こん》を観察し、理にかなった結論をひきだそうとすることはできます。実際、シャーロック・ホームズさながらの推論に接すると、ミステリにおいてはこういう五感と頭のはたらきの、ひとつひとつが楽しいのだと気づかせられます。また、関係者への聴取をくり返すなかで、徐々に明らかになっていく歩道での人の動きが、いちいち場景《じょうけい》をしたがえて浮かびあがるあたり、わくわくせずにいられません。

これは中盤をささえる奇妙な謎の語り方にもいえることです。ミステリ好きなら膝《ひざ》をのりだしたくなる不可思議な性質のものなのですが、その全体像がいきなり説明されるようなことはありません。調査が進むにつれ見えてくるのであって、登るべき峰が理解できたとき、その美しくも峻険《しゅんけん》な光景にうたれます。しかも、現場の堤防道路を自分の足で歩いて、ルートを検討し、登攀《とうはん》の糸口をさぐるゆくたてまでが着実にたどられていく。とっぴな経路を小鳩くんがいいだしても、現実味があるかどうかをきちんと、あるいは愉快に検討して始末をつける（いうところの余詰めをつぶす、というやつです）。ときに具体的な行動をともなったこうした探偵活動の面白さを、米澤は雄弁につたえてくれます。

　しかも、です。この回想パートは、小鳩くんと小佐内さんの出逢いの物語でもあるんです。誰よりも知恵がまわることを誇っていた小鳩くんが、功名心にもとらわれ、轢き逃げの犯人を見つけるべく探索していると、ひょんなことから小佐内さんと遭遇します。最初の瞬間から、二人が百パーセント個性全開であることには笑ってしまいますが、たがいの目的をすみやかに理解しあい、確認しあって、じきに〝互恵関係〟ということばをさぐりあてるそのドライさときたら、どうでしょう。また、シリーズ名となった〝小市民〟という表現を、小佐内さんがはじめて口にする場面。彼女のあたふたするさまは、さながら一片の逆説のようで、なんともいえないおかしみをかもします。原因となった小鳩くんの策の狙いを考えあわせれば、小市民になりたいという二人の（高校デビュー時の）スローガンは、生まれるまえからアイロニカルなものであったようです。

　誤解のないよう申し添えるなら、このパートには、本シリーズのコミカルな探偵物語の魅力がめいっぱい盛りこまれています。小鳩くんと小佐内さんのふるまいを綴《つづ》る筆はいつもどおり冴えていて、随所でにやりとせずにはいられません。そのうえ、彼らは知りあったばかりです。たがいの言動に慣れてはいないし、どう反応したものか、手さぐりしているようなところもある。二人の間柄はまだかたまっていず、そのため相手の出方にびっくりして……といった反応がとても瑞々《みずみず》しく感じられます。これはエピソード・ゼロならではの味わいでしょう。

しかし、それでもなおつけくわえると、かたまっていないからこそ、二人のその後を予感させる微妙な行き違いが垣間見える瞬間もあります。ひとつだけ実例を。第五章で、小学生のように小さいからという理由で侮《あなど》られた経験を小佐内さんが話したとき、小鳩くんはさっぱりのみこめず「没論理に聞こえるけど」と応じます。そんなことは意味がわからないし、理屈にならないという感覚はまったく正しいと思うのですが、こうした偏見をもつ人が現にいること、それをむけられたことによる心の痛みへの想像力がこのときの小鳩くんには欠けています。いささか酷かもしれません。けれど〝小佐内さんの声は、笑っているようだった〟という一文の悲しさを、二人の未来のために憶えておきたいと思います。

——さあ、回想パートについてはこれぐらいにして、いよいよ終盤の展開に話を移すとしましょう。ただし、ここからは真相にふれずに書くことができません。というより、その中身に盛大にふれる予定です。**どうか、本文を読了したうえで先へ進まれますように。**

まさに満を持して、真相究明への号砲が真に鳴りひびくのは第十一章です。

驚いたことに、とりあげられるのは三年前の夏の謎ではありません。現在の小鳩くんの入院生活そのものです。究明すべきなにかがそこにあるとは思わなかった者にしてみれば、これは青天の霹靂《へきれき》ともいえる展開でしょう。それどころか、親しんできた日常の背後でひそかに進行していた事態、存在すら明らかになっていなかった犯罪が、小鳩くんと小佐内さんのかけあい

（＝推理の連鎖）によって暴きだされるのです。いったい自分はこれまでなにを見てきたのか、と天を仰ぎたくなります。

　こうした推理小説のかたちから、解説子は一人の偉大な先達《せんだつ》を思い出しました。米澤が敬愛し、私淑《ししゅく》していることを『米澤屋書店』（二一年／文藝春秋）でもくり返し表明していた、泡坂妻夫です。どれと名指すわけにはいきませんが、亜愛一郎シリーズ（創元推理文庫刊）を中心とする初期短編群には、一見なにもないところから魔法のように犯罪（的な事態）の存在を、推理によって日のもとにひっぱりだしてみせる、という特徴をもつ名品がいくつとなく含まれています。最高の実例と考えるのは、《幻影城》以外の商業誌に泡坂がはじめて執筆、発表した一編。興味のあるかたには個々に探求していただくとして、比較するための実例はやはりほしい。そこで思い浮かぶのが、本シリーズの第一作『春期限定～』です。

　身のまわりの奇妙なできごとの数々を相手に、小鳩くんと小佐内さんが探偵活動にいそしんでいたあいだに、背後ではある犯罪の準備が進行していました。小鳩くんは、細いロープのうえを渡るような推理の連鎖によって、その正体を導きだします。愉快な日常の陰でそんなことが起きていたとは思いもしなかった読者は、強烈な驚きに見まわれます。おわかりでしょう。これは本書に共通する結構です。では米澤は、第一作とまったくおなじことをここでもくろんだのか。いいえ、そうではないでしょう。

『春期限定～』の小鳩くんは、よくも悪くも、客観的なまなざしの持ち主です。舞台はふだんから闊歩《かっぽ》している高校や街場で、そこでの平生がどんなものかは、とくに意識しなくとも感得している。そのため、ささやかな異変や違和感が生じたときにも、鋭敏なアンテナをたててさえいれば、察知して推理の足がかりとすることができました。

　本書では、どうだったでしょうか。重傷を負った小鳩くんが本調子のはずがない点は措くとしても、いまいるのはホームグラウンドではありません。入院してはじめて知るスケジュールや心得をのみこむので精いっぱい。病院の人たちのことばをよく聴いてしたがうことが、回復には大切だとうけとめるのが自然です。いってみれば入院生活における日常は、小鳩くんの日常ではなく、それを学びながら慣れようと心がけるのが彼の毎日であったわけです。なじみのない環境で、未知のルールを自分のものにしようと努めている人間にとって、理にかなっていると思える医師や看護師のことばを疑うのは、きわめて難しい。要するに今回、さすがの小鳩くんも入院当事者の心に生まれる盲点からは自由になれず、さらにいえば、その小鳩くんの気持ちになって読み進んだ人間もまた盲点のおすそわけにあずかり、天地のひっくり返るような驚きを味わうはめになったのでした。

　さいわい、小佐内さんが合流した小鳩くんは、息のあったかけあいをとおして推理を確かめていきます。解きたがりの本領発揮というところですが、それだけではなく、現れた犯人と対峙しての息づまる攻防を、頭脳のはたらきの面でも機転の面でも小佐内さんとの連携（といいますか、狐と狼の競合?）で切りぬけていく、そのことまでが……そう、彼らの本領でしょう。入院生活の日常という見えない謎をまえに苦戦した小鳩くんでしたが、最後には探偵としての本分をとりもどし、この二人らしいというしかない見事な活躍をしてのけたのです。これすなわち、寝台探偵のあらたな一席。なんてことを本人たちがいうとは思えませんが、そこはそれということで。

幕をひくまえに、推理にかかわる大事なポイントをひとつ補足しておきます。

第七章の回想パートに、轢き逃げ犯はただの事故ではなく意図的に轢いたのかもしれない、という可能性を小鳩くんがいいだす場面があります。日坂くんではなく小佐内さんが本当の標的だったのでは、というわけです。それにたいして小佐内さんが、「あの堤防道路に上っていったことは、わたしにだって予想できない偶然だった。そのわたしを狙うことは、誰にもできない」とまっとうな反論をしたので、仮説はすぐに撤回《てっかい》されました。余詰めをつぶすこのくだりは、ちょっぴり怖くて印象的な一節ですが、じつのところ現在の轢き逃げ事件において、この反論は覆《くつがえ》されることになります。なんとなれば、やはり偶然に道路を歩いていた小鳩くんを、犯人は意図的に轢こうとしたのですから。

小佐内さんは「轢き逃げ犯は日坂くんを轢きかけた後で、改めて、本命のわたしに向けて突っ込んできたことになる。だめ、小鳩くん。それは成り立たない」と駄目をおしてもいまして、この点で現在のケースとは違っているという考え方もありえます。しかしそれでも、誰にも予想できない偶然の行動だったことに変わりはない。論理的に見える反論を覆したのは、歩いてくるのが小鳩くんだと気づいた瞬間、犯人を突然とらえた殺意です。これにはひょっとすると、アガサ・クリスティーのミス・マープルもの『鏡は横にひび割れて』(一九六二年/クリスティー文庫）の響きを聴きとるべきなのかもしれないと思います。瞬時に燃えあがった殺意にとらわれ、果断に手もとの武器で被害者を死にいたらしめたあの忘れがたい犯人に、どこが似ていて、どこが似ていないのか。それについては読者の皆さんの思索にゆだねるとして、ここではこんなふうに書きとめておくとしましょう。

人の心や人間関係の機微は、ときに推理の城からは想像もつかないところへ人を連れ去ることがある。あるいはまた、人の心に気づいてはじめて、論理によって導きだされた真相のかたちの意味あいが理解できる場合がある。これは米澤がデビュー作以来ずっと考えつづけている主題だと思われます。本書においてもその反映がそこここに見うけられ、ですからもちろん、右の矛盾（と見えるもの）もその一環として埋めこまれたのでしょう。論理を奉じる推理小説だからといって、論理しか語らないわけでは決してないのです。

最後に、終章での小鳩くんと小佐内さんのことを少し。

除夜の鐘に耳をかたむけながら、静かに高校の三年間をふりかえっている二人の姿は、ことばにならないくらい美しい。懐かしい思い出をたどりながら、しかし小鳩くんは終わりを覚悟しています。これからはもう、一人なのだから。そのひとことの孤独にしんと胸がひえるのを感じましたが、どうやら小佐内さんの気持ちは違ったようです。

思い返せば、『秋期限定〜』の結末近く、小佐内さんはいっていました——「わたし、小鳩くんがベストだとは思わない。きっとこの先、もっと賢くて、それでいて優しい人と、巡り合うチャンスがある。わたし、その日を信じてる。／でもね小鳩くん。この街にいる限り、船戸高校にいる限り。白馬の王子様がわたしの前に現れるまでは。……わたしにとってはあなたが、次善の選択肢だと思う。だから」。

これまでの小鳩くんは、季節限定品でした。高校時代というひとつの季節の。けれども、本書での経験をとおして、季節が変わってももうしばらく一緒にいたいと、小佐内さんは考えるようになったようです。賢《さか》しらなことばはならべたくありません。解説子はとにかく思うのです。結びで自然な眠りにさそわれた小鳩くんにたいして、小佐内さんが「わたしの次善」と呼びかけた声音は、きっとこのうえなく優しいものだったに違いない、と。

（二〇二四・三・一九）

参考文献　蓮沼尚太郎「第四の推理小説　―第二稿―」《蒼鴉城》第六号（一九八〇年／京都大学推理小説研究会）所載

著者紹介　1978年岐阜県生まれ。2001年、『氷菓』で第5回角川学園小説大賞奨励賞を受賞しデビュー。『折れた竜骨』で第64回日本推理作家協会賞、『満願』で第27回山本周五郎賞、『黒牢城』で第12回山田風太郎賞および第166回直木賞を受賞。

検印
廃止

冬期限定
ボンボンショコラ事件

2024年4月26日　初版

著者　米《よね》澤《ざわ》穂《ほ》信《のぶ》

発行所　（株）東京創元社
代表者　渋谷健太郎

162-0814/東京都新宿区新小川町1-5
電話　03·3268·8231-営業部
03·3268·8204-編集部
URL　http://www.tsogen.co.jp
DTP　キャップス
晩印刷・本間製本

乱丁・落丁本は、ご面倒ですが小社までご送付ください。送料小社負担にてお取替えいたします。

ISBN978-4-488-45112-7　C0193

泡坂ミステリのエッセンスが詰まった名作品集

NO SMOKE WITHOUT MALICE◆Tsumao Awasaka

煙の殺意

泡坂妻夫

創元推理文庫

◆

困っているときには、ことさら身なりに気を配り、紳士の心でいなければならない、という近衛真澄の教えを守り、服装を整えて多武の山公園へ赴いた島津亮彦。折よく近衛に会い、二人で鍋を囲んだが……知る人ぞ知る逸品「紳士の園」。加奈江と毬子の往復書簡で語られる南の島のシンデレラストーリー「閏の花嫁」、大火災の実況中継にかじりつく警部と心惹かれる屍体に高揚する鑑識官コンビの殺人現場リポート「煙の殺意」など、騙しの美学に彩られた八編を収録。

収録作品＝赤の追想，椛山訪雪図，紳士の園，閏の花嫁，煙の殺意，狐の面，歯と胴，開橋式次第

連城三紀彦傑作集1

THE ESSENTIAL MIKIHIKO RENJO Vol.1

六花の印

連城三紀彦

松浦正人 編

創元推理文庫

◆

大胆な仕掛けと巧みに巡らされた伏線、
抒情あふれる筆致を融合させて、
ふたつとない作家性を確立した名匠・連城三紀彦。
三十年以上に亘る作家人生で紡がれた
数多の短編群から傑作を選り抜いて全二巻に纏める。
第一巻は、幻影城新人賞での華々しい登場から
直木賞受賞に至る初期作品十五編を精選。

収録作品＝六花の印，菊の塵，桔梗の宿，桐の柩，
能師の妻，ベイ・シティに死す，黒髪，花虐の賦，
紙の鳥は青ざめて，紅き唇，恋文，裏町，青葉，敷居ぎわ，
俺ンちの兎クン

鮎川哲也短編傑作選II

BEST SHORT STORIES OF TETSUYA AYUKAWA vol.2

下り〝はつかり〟

鮎川哲也　**北村薫 編**

創元推理文庫

◆

疾風に勁草を知り、厳霜に貞木を識るという。
王道を求めず孤高の砦を築きゆく名匠には、
雪中松柏の趣が似つかわしい。奇を衒わず俗に流れず、
あるいは洒脱に軽みを湛え、あるいは神韻を帯びた
枯淡の境に、読み手の愉悦は広がる。
純真無垢なるものへの哀歌「地虫」を劈頭に、
余りにも有名な朗読犯人当てのテキスト「達也が嗤う」、
フーダニットの逸品「誰の屍体か」など、
多彩な着想と巧みな語りで魅する十一編を収録。

◆

収録作品＝地虫，赤い密室，碑文谷事件，達也が嗤う，絵のない絵本，誰の屍体か，他殺にしてくれ，金魚の寝言，暗い河，下り〝はつかり〟，死が二人を別つまで